DAS LETZTE GEFECHT AN DER MEERESKÜSTE

W0390462

Der ehemalige Mathematik- und Physiklehrer Mark Cheverton begann mit dem Schreiben, um seinem Sohn die Gefahren von Cyberbullying anhand seines Lieblingsthemas zu erklären: Minecraft. Mittlerweile umfasst die Gameknight999-Serie 18 Titel und ein Ende ist noch nicht in Sicht.

MARK CHEVERTON

DAS LETZTE GEFECHT AN DER MEERESKÜSTE

DAS GEHEIMNIS UM HEROBRINE
BAND 3

AUS DEM AMERIKANISCHEN VON
KERSTIN FRICKE

h.f.ullmann

© 2015 by Mark Cheverton
Titel der Originalausgabe: LAST STAND ON THE OCEAN SHORE
ISBN der Originalausgabe: 978-1-63450-098-2

This book is published in agreement with the author, c/o BAROR INTERNATIONAL, INC., Armonk, New York, U.S.A.

Minecraft® is a registered trademark of Notch Development AB.
Minecraft ®/TM & © 2009–2018 Mojang/Notch.

Dies ist kein offizielles Minecraft-Produkt. „Minecraft" ist eine eingetragene Marke der Notch Development AB. Es handelt sich bei diesem Werk nicht um ein offizielles „Minecraft"-Lizenzprodukt, und es steht in keiner Verbindung mit Mojang AB oder einem anderen „Minecraft"-Rechteinhaber.

Dieses Buch ist reine Fiktion. Der Autor erhebt keinen Anspruch auf die Urheberrechte von Minecraft, Mojang oder irgendwelche Namen, Orte, Kreaturen oder Gegenstände, die in diesem Spiel vorkommen. Alle Namen, Personen und Orte entstammen allein der Fantasie des Autors. Jede Ähnlichkeit mit aktuellen Ereignissen, Orten oder lebenden beziehungsweise toten Personen ist rein zufällig. Alle Rechte vorbehalten. Ohne schriftliche Erlaubnis des Autors darf dieses Werk weder ganz noch in Teilen, weder mechanisch oder elektronisch, nicht durch Fotokopien, Aufnahmen oder Datenspeicherung, vervielfältigt werden.

Alle Eigenschaften und Merkmale, die Gameknight999 in der Geschichte aufweist, sind frei erfunden und geben nicht den echten Gameknight999 wider, der das völlige Gegenteil des Charakters im Buch und ein unglaublicher und mitfühlender Mensch ist.

Technische Beratung: Gameknight999

© der deutschen Ausgabe: Ullmann Medien GmbH
Übersetzung aus dem Englischen: Kerstin Fricke
Lektorat: Maxi Lange, Claudia Hahn
Satz: Julian Pies
Redaktion: Sabine Herbold

Coverdesign: Owen Corrigan
Coverillustration: Vincent Vallois

Gesamtherstellung: Ullmann Medien GmbH, Potsdam

Printed in Germany, 2018
ISBN 978-3-7415-2260-4

10 9 8 7 6 5 4 3 2 1
X IX VIII VII VI V IV III II I

www.ullmannmedien.com
info@ullmannmedien.com
facebook.com/ullmannmedien
twitter.com/ullmannmedien

MIX
Papier aus verantwortungsvollen Quellen
FSC® C129466
FSC
www.fsc.org

DANKSAGUNG

Ich möchte meinen Freunden und meiner Familie dafür danken, dass sie mich bei dieser Reise durch Minecraft unterstützt haben. Mein besonderer Dank gilt meinen Nichten und Neffen Breanna, Samantha, Lacy, Brennan, Cheyenne, Devin, Grant, Kyle, Kim, Jared, Austin, Courtney und Danielle für ihre Hilfe und ihre Begeisterung, ebenso wie all den „Minions“ meiner Frau. Ich bin euch allen zu großem Dank verpflichtet!

WAS IST MINECRAFT?

Minecraft ist ein unglaublich kreatives Spiel, das die Computerspielindustrie verändert hat. Man spielt es entweder online mit Menschen aus der ganzen Welt, mit Freunden in einem lokalen Netzwerk (LAN) oder allein. Ich habe seit langer Zeit kein Videospiel mehr erlebt, bei dem man seine Kreativität derart ausleben kann. Dieses sogenannte Sandbox-Spiel ermöglicht es den Spielern, mit texturierten Blöcken alles zu bauen, was sie sich ausdenken. Natürlich bauen die meisten zuerst eine Burg. Ich habe das auch getan, und sie sah furchtbar aus, aber da es mein Werk war, habe ich sie geliebt. Ich vermute, dass viele zuerst eine Burg errichten, weil sie mit Blöcken bauen – es ist wie eine Art Initiationsritual.

Aber während ich zusammen mit meinem Sohn baute, bemerkte ich schnell, dass die normalen physikalischen Regeln in dieser digitalen Landschaft außer Kraft gesetzt sind. Im Kreativmodus kann man schwebende Städte, Brücken ins Nichts oder ein Unterwasserdorf aus Glas bauen (das unter anderem auf dem Server meines Sohnes von Griefern zerstört wurde!). Ich habe schon gewaltige verzierte

Wendeltreppen gesehen, die sich von der Grundsteinebene bis hinauf zur Baugrenze auf Ebene zweihundertfünfundfünfzig erstreckten, sowie riesige Raumstationen, die am Himmel schwebten und mehrere Hundert Blöcke breit und lang waren. Im Grunde genommen ist alles möglich, solange man sich an die beiden wichtigsten Regeln hält: 1. Alles besteht aus Blöcken! 2. Du kannst alles bauen!

Ihr solltet euch unbedingt einige der Schöpfungen der Baumeister von HermitCraft ansehen, denn die versetzen einen in Erstaunen. Sucht nach ihren Videos, denn das, was sie erschaffen, regt die eigene Fantasie an, sodass ihr garantiert auch bald etwas Umwerfendes bauen wollt.

Das kreative Potenzial von Minecraft ist wirklich sehr beeindruckend. Einige Spieler haben Städte wie London oder Paris nachgebaut, Karten ganzer Länder erschaffen oder Pixelkunstwerke hergestellt, die einen aus den Socken hauen. Das eigentliche Spiel findet allerdings im Überlebensmodus statt. Dabei werden Spieler mit nichts als ihren Kleidern am Leib in einer blockartigen Welt ausgesetzt. In der Gewissheit, dass irgendwann die Nacht anbrechen wird, sammeln sie Ressourcen wie Holz, Stein, Eisen usw., um Werkzeuge und Waffen herzustellen und sich damit gegen die Monster zu verteidigen, die bei Einbruch der Dunkelheit hervorkommen.

Um Ressourcen zu erlangen, muss der Spieler Minen graben und tief in die Welt von Minecraft vordringen, in der Hoffnung, Kohle und Eisen zu finden, die beide für die überlebensnotwendigen Metallwaffen und -rüstungen gebraucht werden. Beim Graben stoßen sie auf Höhlen, mit Lava gefüllte Kammern und möglicherweise auch auf eine der wenigen Minen oder Verliese, in denen sich Schätze finden lassen. Doch viele der Wege und Kammern sind von Monstern (Zombies, Skeletten und Spinnen) bevölkert, die nur darauf warten, sich auf Unachtsame zu stürzen.

Das Land mag voller Monster sein, aber der Benutzer ist nicht allein. Es gibt riesige Server mit Hunderten oder sogar Tausenden von Spielern, die sich alle den Platz und die Ressourcen mit anderen Kreaturen in Minecraft teilen. Auf diesen Servern kann man unterschiedlichste Spieltypen ausprobieren – von Minispielen über Spleef (mein Lieblingsmodus) bis hin zu PvP (kann ich überhaupt nicht), Fraktionen, dem Überlebens- oder Kreativitätsmodus usw. Es ist wirklich erstaunlich, was schon alles in Minecraft erschaffen wurde, und diese unglaubliche Anzahl an Servern beweist wieder einmal, welche Möglichkeiten fantasiebegabte und kreative Spieler in Minecraft haben. Vor Kurzem habe ich einige Server entdeckt, die ich hier unbedingt erwähnen muss. Dort findet ihr eine Vielzahl an unfassbar komplexen Minispielen, aber auch Fraktionen, Gefängnisse, Spleef-Bereiche, PvP-Arenen, „Hunger Games" … Alle Bauwerke, die man sich in Minecraft vorstellen kann, gibt es auf diesen Servern. Noch interessanter ist allerdings, dass man dort zu jeder Tages- und Nachtzeit Tausende von Benutzern antrifft, und Mineplex, der größte davon, brüstet sich mit über zwanzigtausend Benutzern. Sucht euch die IP-Adressen der Server heraus und testet sie; ihr werdet nicht enttäuscht sein. Aber seid gewarnt, denn in PvP und Fraktionen werden andere Spieler versuchen, euren Charakter zu zerstören – das sind jedoch keine Griefer; vielmehr werden diese Spiele so gespielt. Ich habe mit meinem Sohn auf Mineplex, The Hive, Desteria, MinecraftHG, ArkhamNetwork und Hypixel gespielt, aber es gibt bestimmt noch sehr viele weitere solcher Server.

Minecraft ist eine beeindruckende Plattform

für kreative Menschen, die gern etwas bauen und erschaffen, aber sie sind dabei nicht auf Gebäude beschränkt. Mit einem Material namens Redstone können die Benutzer im Spiel elektrische Schaltkreise anlegen und so beispielsweise Kolben und andere Geräte antreiben und komplexe Maschinen aufbauen. Auf diese Weise wurden bereits Musikanlagen, funktionsfähige 8-Bit-Computer und raffinierte Minispiele in Minecraft erschaffen, die alle mithilfe von Redstone realisiert wurden. Seit der Einführung der Befehlsblöcke mit Version 1.4.2 ist es außerdem möglich, Spielmechaniken über Skriptfunktionen zu steuern, woraufhin auf der ganzen Welt völlig neue Minecraft-Programme entstanden, die noch ausgeklügeltere Spielmechaniken ermöglichen.

Das Schöne und Brillante an Minecraft ist, dass es sich nicht nur um ein Spiel handelt, sondern um ein Betriebssystem, das seinen Benutzern gestattet, eigene Spiele zu programmieren und sich auf neue, in Minecraft bisher nie da gewesene Art zu entfalten. Dank der vielen Updates, die Mojang ständig produziert, entwickelt sich das Spiel unaufhörlich weiter und wird immer besser. Die kreativen Programmierer bei Mojang haben die Möglichkeiten der Befehlsblöcke erweitert, sodass inzwischen Spiele wie Missile Wars (was ich sehr mag) und der Klassiker Cake Defense (ein weiterer meiner Favoriten) nachgebaut wurden. Wenn ihr sie noch nicht getestet habt, dann solltet ihr das schleunigst nachholen, denn es macht sehr viel Spaß, sie zusammen mit Freunden zu spielen. Mit Vollversion 1.8 (Bountiful Update) kamen weitere coole Funktionen hinzu … Mir gefallen das Ozeanmonument, die Wächter und die Kaninchen am besten.

Minecraft ist nicht nur ein Spiel, ein Betriebssystem oder eine Programmierumgebung, es ist so viel mehr. Im Grunde genommen entspricht es einer nackten Leinwand, die sich in alle Richtungen erstreckt und auf der man seiner Fantasie freien Lauf lassen kann.

Was wirst du erschaffen?

"Ich sah einen Engel im Marmor und meißelte so lange, bis er frei war."

Michelangelo

KAPITEL 1

DAS ORAKEL

Die gefleckten Creeper kamen wie eine wütende grüne Woge aus dem Dschungel, und nur ein einziger Gedanke beherrschte ihre winzigen Gehirne: *Explodieren … explodieren … explodieren.*

Herobrine stand auf der Klippe über dem Dschungeltempel und beobachtete, wie seine Kreaturen zwischen den Bäumen hervorkamen und über die Lichtung liefen. Riesige Krater in der Landschaft kennzeichneten die Stellen, an denen TNT explodiert war; die verzweifelten Dorfbewohner hatten die rot-weißen Blöcke gesprengt, um sich gegen die Spinnenkönigin und ihre grausame Armee aus achtbeinigen Monstern zu verteidigen. Zaghaft lugte neues Grün aus der Erde hervor und machte sich daran, die braunen Schandflecken auszulöschen, die dafür sorgten, dass die direkte Umgebung des Tempels eher einer zerklüfteten Mondoberfläche glich.

Die NPCs und Herobrines Erzfeind Gameknight999 waren fort. Eigentlich hatte Herobrine vorgehabt, nach dem Initialangriff der Spinnen über die

Dorfbewohner herzufallen und sie mit seiner Armee aus Creepern und Zombies zu vernichten … aber irgendwie war ihnen ein weiteres Mal die Flucht gelungen.

Er kochte vor Zorn, und seine Augen leuchteten hell, aber dann riss er sich zusammen, und das Leuchten ließ nach.

„Ich werde dich ab sofort nicht mehr unterschätzen, Benutzer-der-kein-Benutzer-ist", knurrte Herobrine. „Unser nächstes Zusammentreffen wird auch das letzte sein!"

Herobrine stand mit ausgestreckten Armen da und blickte auf die grün und schwarz gefleckten Kreaturen hinab.

„Kommt, meine Kinder, gewährt dieser steinernen Struktur eure liebevolle Umarmung."

Die gewaltige Monstergruppe näherte sich dem Tempel. Ein einsamer Creeper huschte voraus zur steinernen Seite des Gebäudes und bewegte die kleinen Füße so schnell, dass man sie kaum erkennen konnte. Er blieb direkt neben der Mauer stehen, fing an zu zischen und zu leuchten, und sein Körper schwoll während des Detonationsvorgangs an. Im nächsten Augenblick …

BÄMM!

Die Kreatur explodierte vor der bemoosten Bruchsteinmauer. Eigentlich hätte die Wand dadurch einstürzen müssen, doch sie bekam seltsamerweise kaum einen Kratzer. Ein weiterer Creeper trat vor und gehorchte Herobrines Befehl, indem er sein Leben hingab … Auch er explodierte, und wieder blieb die Mauer stehen.

Herobrine knurrte. Er konnte spüren, wie ihn die alte Vettel in ihrer unterirdischen Kammer auslachte.

„So, Orakel, du setzt also deine Magie ein, damit das Gemäuer nicht einstürzt", stellte Herobrine fest. „Tja, dann wollen wir mal sehen, was du dazu sagst."

Er hob die Hände gen Himmel, krümmte die Finger, sodass sie wie Drachenklauen aussahen, sammelte seine Crafting-Kräfte und projizierte sie in die dunklen Wolken über seinem Kopf. Ein zufriedenstellendes Donnern ertönte, gefolgt von einem zweiten und einem dritten …

BRITZEL!

Ein Blitz sauste zu Boden und traf einen der Creeper. Im nächsten Augenblick war die Kreatur von einer knisternden elektrischen blauen Ladung umgeben. Funken tanzten über ihre grüne Haut und verliehen ihr ein beinahe magisches Aussehen. Ein weiterer Blitz zuckte vom Himmel herab, dann noch einer und immer mehr, und sie erschufen lauter aufgeladene Monster, deren elektrische Energie ihr zerstörerisches Potenzial deutlich vergrößerte.

Drei dieser geladenen Creeper bewegten sich lautlos auf das Gebäude zu, dann hallte das Zischen ihres Detonationsvorgangs durch die Luft. Dieses Mal rissen die schrecklichen Explosionen die Seite des Gebäudes auf, Bruchsteinblöcke flogen durch die Luft und prallten den umstehenden Monstern auf den Kopf.

„Großartig!“, brüllte Herobrine. „Jetzt alle anderen … ATTACKE! LASST KEINEN STEIN AUF DEM ANDEREN!“

Immer mehr Creeper stürmten vor, explodierten und rissen Löcher in die Mauern des Dschungeltempels. Mit zunehmender Zeit und Creepern verschwand die oberste Ebene. Die gefleckten grünen Monster flogen mit hasserfülltem Eifer in die Luft und hielten Ausschau nach immer weiteren Gebäudeteilen, die sie zerstören konnten, um ihren einzigen Lebenszweck mit lautem Getöse zu erfüllen.

Sobald die überirdischen Teile des Tempels zerstört waren, drangen die Creeper in die unterirdischen Gänge ein und hörten erst auf, als kein einziger Bruchstein mehr übrig war. Innerhalb von Minuten war jeder Hinweis darauf, dass an dieser Stelle ein Dschungeltempel gestanden hatte, völlig von der Oberwelt getilgt.

Herobrine teleportierte sich an den Rand des rauchenden Kraters und blickte in das Loch hinab. Ein großer Lavasee lag zu seiner Linken und schien einst Bestandteil einer der Fallen der Alten gewesen zu sein. Rechts entdeckte er eine Treppe, die weiter in die Tiefen von Minecraft hinabführte.

„Ich weiß, dass du da unten bist, alte Frau, und ich komme dich holen“, säuselte er.

Er legte die Finger an die Lippen und pfiff. Das durchdringende Geräusch zerschnitt die Luft wie eine Klinge, die durch Fleisch fährt, und ließ alle Creeper zusammenzucken. Dann hallte auch schon das Stöhnen und Knurren einer riesigen Zombiearmee durch die Luft, die soeben den Wald verließ und sich der gerade entstandenen Mulde näherte. Herobrine wusste genau, was am unteren Ende dieser Treppe wartete: kräftige Kiefer und spitze Zähne, die Fleisch zerfetzen wollten. Doch dieses Schicksal wollte er nicht erleiden. Viel lieber opferte er seine Zombies, bis er sicher sein konnte, dass ihm da unten keine Gefahr mehr drohte.

„Geht in den Tunnel, und sichert ihn“, befahl

Herobrine dem Zombiemob, „aber lasst die alte Frau in Ruhe … Sie gehört mir."

Die Zombies knurrten zustimmend und liefen in den Krater, um den Lavateich herum und die Stufen in die Dunkelheit hinab. Schon hörte Herobrine das Kläffen und Knurren von Wölfen, von denen gut einhundert da unten zu lauern schienen. Er malte sich aus, wie sie gnadenlos nach den Zombies schnappten, aber seine Monster strömten gehorsam weiter die Treppe hinunter, denn Herobrines Befehl und die Furcht vor ihrem Anführer ließen ihnen keine andere Wahl. Welle um Welle der verwesenden grünen Kreaturen drang in den Gang ein. Das Stöhnen und Kläffen vermengte sich in der unterirdischen Kammer. Nach und nach hörte man das Zombiestöhnen jedoch besser aus der Kakofonie heraus, während das Kläffen nachließ … Für zwei bis drei gefallene Zombies musste auch ein Wolf sein Leben lassen.

Irgendwann drang der schmerzerfüllte Todesschrei eines Wolfs nach oben, danach war nichts als das Stöhnen der Zombies zu hören. Nun konnte Herobrine gefahrlos nach unten gehen. Er drängte die grünen Kreaturen beiseite und stolzierte wie ein siegreicher Held die Treppe hinunter, obwohl er nichts weiter getan hatte, als egoistisch das Leben anderer auf grausame Weise zu opfern.

Herobrine bahnte sich durch die Zombies einen Weg nach unten, bis er das Ende der Treppe erreicht hatte. Der Gang führte in eine aufwendig verzierte Kammer, deren Boden Blöcke aus Lapislazuli, Smaragd und Gold bildeten. Hohe Säulen aus Bruchstein ragten hinauf bis zur Decke aus Stein und Erde, und an den Wänden hingen im Abstand von vier oder fünf Blöcken Fackeln, deren Flammen Lichtkreise erzeugten und den ganzen Raum in ein goldenes Licht tauchten. Jeder andere hätte diesen Anblick als wunderschön beschrieben, aber das galt natürlich nicht für Herobrine.

„Du bist also endlich gekommen", sagte eine kratzige Stimme vom anderen Ende der Kammer.

Herobrine verließ die Treppe und betrat den Boden der Kammer. Rings um sich herum sah er unzählige Haufen aus Zombiefleisch und leuchtende Erfahrungskugeln, die über dem Schlachtfeld schwebten. Er machte einen großen Bogen um die Kugeln, da er sich nicht in einen Wolf oder einen Zombie verwandeln wollte. Während er durch die Kammer schritt, hörte er den Gehstock der alten Frau über den Boden klappern. Sie kam auf ihn zu … perfekt.

„Du hast mir ziemlich viel Ärger gemacht, Virus",

sagte sie. „War es wirklich nötig, all meine Wölfe zu töten?“

„Ich werde alles vernichten, was dir lieb und teuer ist. Einfach, weil mir danach ist“, antwortete Herobrine.

„Aber du hast auch viele Zombies sterben lassen“, fuhr das Orakel fort. „Empfindest du denn keinen Respekt für lebendige Wesen?“

„Diese Zombies unterstehen meinem Befehl, und ich kann sie opfern, wenn ich es für nötig erachte. Sie haben ihr Leben gern für mich gegeben.“

„Besonders glücklich sahen sie aber nicht aus“, bemerkte die alte Frau.

„Dir fehlt eben Weitsicht, Weib. Du erkennst einfach nicht, was wirklich wichtig ist. Ein paar Hundert Zombies wurden geopfert ... Wen interessiert das schon? Deine Gefühle und Stimmungen beeinflussen dein Urteilsvermögen, und aus diesem Grund wirst du verlieren und ich werde gewinnen.“

„Das werden wir ja sehen, Herobrine. Diesmal wird Gameknight999 jedoch bereit sein.“

„So wie letztes Mal?!“, brüllte er. „Deine jämmerlichen kleinen Hunde waren alles, was ihn vor der Vernichtung gerettet hat. Das wird jedoch nicht noch einmal passieren. Wenn ich dem Benutzer-der-kein-Benutzer-ist das nächste Mal gegenübertrete, habe ich eine kleine Überraschung für ihn … Etwas, das selbst das große Orakel nicht vorhergesehen hat." Er trat einen Schritt näher, woraufhin der alte NPC seinen Gehstock fester umklammerte. „Hast du die Veränderung der Server bemerkt? Ich bezweifle es. Ich war sehr vorsichtig, als ich etwas geschaffen habe, das so harmlos und unwichtig erschien, dass es sogar dem allzeit wachsamen Blick des Orakels entgangen ist. Aber dieses unscheinbare Ding wird das Gleichgewicht entscheidend beeinflussen und dafür sorgen, dass der Benutzer-der-kein-Benutzer-ist bald vor mir auf den Knien liegt."

Herobrine stieß sein böses, manisches Lachen aus, das durch die Kammer hallte. Er machte noch einen Schritt und zog sein Schwert.

„Deine Zeit ist um", erklärte er grinsend, „und jetzt hast du keine Köter mehr, die dich beschützen können. Alle NPCs haben dich verlassen, und du bist ganz allein. Das Orakel ist von meiner Gnade abhängig."

„Du kennst die Bedeutung dieses Wortes doch gar nicht", spie ihm das Orakel ins Gesicht. Sie hob ihren Gehstock hoch und schleuderte ihn zur Seite.

„Was machst du denn?", fragte Herobrine.

Das Orakel lächelte nur, schloss die Augen und verschränkte die Arme vor der Brust.

„Was hast du vor?“

Sie erwiderte nichts ... und lächelte bloß.

Herobrine hörte, wie die Musik von Minecraft immer lauter wurde. Er sah sich nervös im Raum um und wusste nicht, was gerade geschah, drehte sich dann jedoch wieder zu seiner Beute um. Entschlossen umklammerte er sein Schwert, hob es hoch in die Luft, machte den letzten Schritt auf das Orakel zu und ließ die Waffe herabsausen. Aber gerade, als die rasiermesserscharfe Klinge genau über ihrem grauen Haar war, verschwand sie, und Herobrines Schwert durchschnitt nur Luft.

Er drehte sich schnell um die eigene Achse und hielt nach der alten Frau Ausschau. *Was ist passiert? Hat sie sich irgendwie teleportiert?* Es war ihm völlig neu, dass sie derartige Kräfte besaß. Während er unschlüssig und sprachlos dastand, erloschen die Fackeln an den Wänden eine nach der anderen, als würde ein unsichtbarer Riese die Flammen mit den Fingern ausdrücken. Eine Fackel nach der anderen flackerte und ging aus, bis der Raum in völlige Dunkelheit getaucht war.

Herobrine sammelte seine Teleportkräfte und

tauchte im nächsten Moment auf der Klippe wieder auf, unter der sich nun ein gewaltiger Krater anstelle des Tempels befand. Er drehte sich auf der Suche nach dem Orakel um die eigene Achse, konnte es aber nirgendwo entdecken. Den einzigen Hinweis darauf, dass eben etwas Monumentales geschehen war, gab ihm die Musik von Minecraft. Sie war immer lauter geworden, aber nun bemerkte er, dass sie verklang und fast schon wie sonst auch nur im Hintergrund zu hören war.

Während sich Herobrine mit seinen leuchtenden Augen nach links und rechts umschaute, grinste er.

„Dann habe ich es wohl geschafft … Ja! Ich habe das Orakel vernichtet!“, rief er laut aus. „HÖRST DU DAS, GAMEKNIGHT999 … ICH HABE DIE ALTE VERNICHTET, UND JETZT KOMME ICH DICH HOLEN!“

Er verschwand und tauchte an der Meeresküste wieder auf.

„Und dieses Mal habe ich eine kleine Überraschung für dich, Benutzer-der-kein-Benutzer-ist.“

Herobrine stieß erneut sein böses, hasserfülltes Lachen aus und verschwand. Zurück blieb nur der rauchende Krater – eine weitere Narbe im Antlitz von Minecraft.

KAPITEL 2
MILKYS LAND

Tagelang segelten die vielen Boote über den eintönigen Ozean. Es war den NPCs gelungen, die riesige Spinnenarmee am Dschungeltempel zurückzuschlagen, und die offene Feldschlacht war dadurch beendet worden, dass Gameknight999 die Spinnenkönigin vernichtet hatte. Aber der Ausgang des Kampfes hatte auf Messers Schneide gestanden, und es hätte auch ebenso gut anders enden können. Da Herobrine ihnen eine weitere Armee aus Creepern und Zombies auf den Hals gehetzt hatte, war ihnen nichts anderes übrig geblieben, als die Flucht zu ergreifen.

Mithilfe von Booten, die ihnen Gameknights Freund, der Benutzer Shawny, zur Verfügung gestellt hatte, waren sie Herobrines Falle entkommen und ins Ungewisse gesegelt; aber langsam kamen immer mehr Zweifel an dieser Entscheidung auf. Seit Tagen war kein Land zu sehen, und ihre Nahrungsvorräte schrumpften zunehmend. So flüsterten viele NPCs ängstlich miteinander, die schon befürchteten, nie wieder an Land gehen zu können. Gameknight sah, dass einige ihre Angeln hervorholten, doch ihre enttäuschten Gesichter verrieten ihm, dass sie nichts fingen. Wenn sie nicht bald Land entdeckten, würden sie große Probleme bekommen.

Zu seiner Rechten bemerkte Gameknight eine Gruppe von Tintenfischen, deren knallrote Münder mit den scharfen weißen Zähnen sich deutlich vom sanften Blau des Meeres abhoben. Diese Tiere hatten ihn schon immer fasziniert. Ihre Zähne wirkten immer so bedrohlich – erst recht jetzt, wo er sich im Spiel befand – und sahen aus, als könnten sie einen NPC innerhalb von Sekunden zerfetzen. Dabei waren sie völlig harmlose Kreaturen, deren Tintenbeutel beim Craften als schwarze Farbe dienten. Die eckigen Kreaturen bewegten sich mit friedlicher Anmut durchs Wasser und zogen ihre langen, rechteckigen Tentakel hinter sich her. Sie konnten keiner Fliege etwas zuleide tun.

Gameknight999 beneidete diese Tintenfische.

Als er nach links schaute, sah er Digger, der in seinem eigenen Boot übers Meer schipperte. Der große NPC drehte sich zu Gameknight um. Das Licht der Sonne, die gerade am endlosen Horizont aufging, brachte sein hellbraunes Haar zum Leuchten, und in seinen grauen Augen schimmerte wie immer ein

Hoffnungsfunke. Neben ihm ruderte Stonecutter. Der stämmige NPC bewegte sein Boot mühelos vorwärts und hielt gleichzeitig auf dem Meer Ausschau nach Gefahren. Er war stets auf der Hut vor Monstern.

„Ich liebe die Farben des Sonnenaufgangs", sagte jemand rechts neben ihm.

Gameknight drehte sich zu seiner Schwester Monet113 um, die im Boot neben ihm saß. Sie trug noch immer ihre Eisenrüstung, hatte den Helm allerdings abgesetzt. Ihr hellblaues Haar fiel ihr auf den Rücken und unterstrich ihre Liebe zu Farben und Kunst.

„Ich auch", stimmte ihr Digger zu. „Und selbst hier draußen fühle ich mich sicherer, wenn die Sonne aufgeht."

„Ja", meinte Gameknight999, „es ist beruhigend, dass hier im Ozean keine Monster spawnen. Einige kampffreie Tage haben allen gutgetan."

Der große NPC nickte und bewegte sein Boot neben Gameknights, sodass Stonecutter allein war.

„Hast du eine Ahnung, was wir tun werden, sobald wir Land entdecken?", wollte Digger wissen.

Gameknight zuckte mit den eckigen Schultern.

„Eigentlich nicht", gab er leise zu. „Ich weiß nur, dass wir unbedingt ein Dorf und etwas zu essen finden und weitere NPCs rekrutieren müssen. Bestimmt war Herobrine stinksauer, als er entdeckt hat, dass wir seiner Falle entronnen sind. Er wird uns alles, was ihm zur Verfügung steht, entgegenwerfen, wenn er uns wiederfindet. All die Schlachten, die wir bisher geschlagen haben, werden im Vergleich zu dem, was Herobrine in seinem Zorn auf die Beine stellt, verblassen." Gameknight beugte sich zu dem großen NPC hinüber und senkte die Stimme. „Ich habe das Gefühl, dass wir die letzte Schlacht um Minecraft nicht etwa auf den Stufen zur Quelle gegen Erebus und die Monster der Oberwelt und des Nether geschlagen haben. Vielmehr wird es die sein, die uns noch erwartet, irgendwo da draußen … und wir müssen bereit sein."

„Vielleicht können wir Shawny dazu bringen, dass er einige Benutzer bittet, uns zu helfen", schlug Monet vor.

Aber Gameknight schüttelte den Kopf.

„Der Beschluss des Rats der Crafter besteht noch immer", erwiderte Gameknight. „Sobald Benutzer auftauchen und die NPCs ihre Hände und Waffen benutzen, werden sie aus ihrem Dorf verbannt … und du weißt ja, was das bedeutet."

„Dann würden sie zu Verlorenen … NPCs ohne Dorf", murmelte Digger, der die Worte kaum über die

Lippen bekam. „Sie wären gezwungen, ganz allein durch die Oberwelt zu streifen ... ohne Gemeinschaft und ohne Freunde."

„Weißt du, wie lange ein Dorfbewohner allein in Minecraft überleben kann, Monet?", fragte Gameknight.

„Nicht lange", sagte Digger.

Der Benutzer-der-kein-Benutzer-ist nickte.

„Dann sind wir auf uns allein gestellt?", hakte sie nach.

Gameknight und Digger bestätigten es mit einem Nicken.

„Würde ein Dorfbewohner weiterkämpfen, nachdem ein Benutzer aufgetaucht ist, würde er alles riskieren", erklärte Gameknight. „Und das kann ich von niemandem verlangen. Wir müssen einen Weg finden, Herobrine ohne die Hilfe von Benutzern zu besiegen."

„Du weißt ja, dass wir alle auf dich vertrauen. Du wirst uns bestimmt weiterhin gut anführen und Herobrine besiegen", fügte Digger hinzu.

Wenn ich doch selbst auch so zuversichtlich sein könnte, dachte Gameknight. *Aber ich weiß doch gar nicht, was ich hier mache. All diese NPCs glauben, ich wäre eine Art Held, dabei spiele ich ihnen nur etwas vor und ver-*

suche, irgendwie über die Runden zu kommen, ohne mir anmerken zu lassen, dass ich eigentlich gar keine Ahnung habe.

Er holte das gepunktete rosafarbene Ei aus seinem Inventar, die Waffe, die den Worten des Orakels zufolge Herobrine vernichten würde. Während er es in seinen klobigen Händen drehte, betrachtete er die Oberfläche und versuchte herauszufinden, was es war … doch es blieb ihm ein Rätsel.

Was soll ich nur damit machen?

Gameknight dachte an sein letztes Gespräch mit der alten Frau zurück. Sie hatte gesagt: „Achte auf die niedersten und unbedeutendsten Kreaturen, denn dort wirst du deine Rettung finden."

Was hat sie damit gemeint? Es muss sehr wichtig sein.

Er erschauderte und rang wieder einmal mit seinen Zweifeln.

„Weißt du, was du mit dem Ding anfangen musst?", erkundigte sich Monet.

Gameknight zuckte mit den Achseln.

„Keine Sorge, du wirst es schon noch herausfinden", beruhigte sie ihn. „Zur rechten Zeit wirst du wissen, was du zu tun hast."

„Das mag für dich ja in Ordnung sein, Monet, aber ich ticke anders", entgegnete Gameknight. „Ich kann nicht einfach darauf warten, dass es passiert. Ohne Plan und Vorbereitungen geht bei mir gar nichts, schließlich hängt zu viel davon ab, dass ich das Richtige tue. Ich kann das nicht so machen wie du und erst handeln, um danach nachzudenken … So läuft das bei mir nicht." Er richtete den Blick auf die aufgehende Sonne. Der Himmel war inzwischen Dunkelblau geworden, sodass man kaum noch erkennen konnte, wo er aufhörte und wo das Meer anfing. „Jenny … Was ist, wenn ich es nicht herausfinde?", flüsterte er. „Oder wenn ich dafür nicht klug genug bin?"

„Was ist, wenn?", wiederholte sie. „Hast du das gerade wirklich gesagt, Tommy?"

Gameknight starrte bedrückt in sein Boot.

„Du weißt doch, was Dad in dem Fall immer gesagt hat?"

Er nickte.

„Ja … Er sagte, man soll sich nicht auf das konzentrieren, was sein könnte, sondern auf das Hier und Jetzt", rezitierte Gameknight die Worte, die er schon unzählige Male von seinem Vater gehört hatte. Er beugte sich zu seiner Schwester hinüber. „Ich wünschte, er wäre jetzt hier und nicht unterwegs. Wir könnten seine Hilfe gebrauchen … Beim Digitalisierer … Mit Herobrine. Wenn er zu Hause wäre, wüsste er bestimmt, was zu tun ist. Aber er ist nie da, und ich muss immer seine Arbeit machen, solange er weg ist … Also eigentlich immer!“

Gameknights Vater war ständig unterwegs und versuchte, seine Erfindungen zu verkaufen; aus diesem Grund war Gameknight überhaupt erst in Minecraft gelandet. Während der Abwesenheit seines Vaters war es Gameknights Aufgabe, sich um seine Schwester zu kümmern und dafür zu sorgen, dass sie keine Schwierigkeiten bekam. Aber keiner hatte damit gerechnet, dass Jenny, wie seine Schwester im wirklichen Leben hieß, den Digitalisierer benutzen und in Minecraft landen würde. Ihre impulsive Art, die sie dazu brachte, erst zu handeln und hinterher nachzudenken, brachte ihr ständig Ärger ein, und immer blieb es an Gameknight hängen, die Dinge wieder in Ordnung zu bringen.

Doch Gameknight verdrängte die Unsicherheit und die Angst und blickte zu den Booten hinüber, die in seiner Nähe auf dem Wasser schaukelten. In der Ferne sah er eine funkelnde Rakete zum Himmel hinaufsteigen und dort farbenfroh explodieren – es war eine von Crafters Feuerwerksraketen. Der kluge NPC schoss sie ab, damit alle Boote zusammenblieben, was während der langen Nächte gut funktioniert hatte, aber inzwischen war Gameknight besorgt, dass Crafter bald die Raketen ausgehen würden. Als er Digger gerade danach fragen wollte, hallte Crafters kindliche Stimme über das Rauschen des Meeres hinweg zu ihnen herüber.

„Ich sehe Land!“, rief Crafter. „LAND IN SICHT!“

Die NPCs jubelten laut, und Diggers Freudenruf dröhnte in Gameknights Ohren. Voller Hoffnung lenkten die Dorfbewohner ihre Boote in Richtung des erdfarbenen Flecks, der am Horizont langsam größer wurde.

Nach einigen Minuten konnte auch Gameknight das neue Land sehen … aber es war nicht so, wie er erwartet hatte. In der Landschaft ragten hohe Pilze auf, die wie Wächter wirkten, und auf ihren roten Hüten befanden sich kleine weiße Quadrate. Dazwischen standen braune Pilze mit flachem Hut und knochenweißen Stielen. Der Boden schien eine Mischung aus Lila- und Pinktönen zu sein, wodurch es beinahe so aussah, als wäre man auf einem anderen Planeten. Gameknight wurde immer aufgeregter, als ihm klar wurde, dass sie sich einem Pilzbiom näherten. Er hatte noch nie zuvor eins betreten, aber online schon sehr viel darüber gelesen und sich auf YouTube zahlreiche Videos angesehen.

Nachdem Gameknight sein Boot an den Strand gelenkt hatte und an Land gegangen war, konnte er das Muhen von Kühen hören. Er lief eine flache Anhöhe hinauf und stand einer riesigen Herde von Mooshrooms gegenüber, rot-weiß gefleckten Kühen, auf deren Köpfen und Rücken Pilze wuchsen. Ihre hellrote Haut bildete einen starken Kontrast zum lavendelfarbenen Myzel, das den Boden bedeckte. Als sich Gameknight umschaute, bemerkte er, dass seine Schwester bereits auf einem flachen Pilz stand und staunend die Landschaft betrachtete. Er lief zu ihr.

„Gefällt es dir hier?“, fragte Gameknight.

Sie nickte, blickte auf ihn herab und grinste breit.

„Die Farben sind großartig“, sagte sie. „Die Blöcke, aus denen die Landschaft besteht …“

„Das ist Myzel“, erklärte er.

„Genau, Myzel. Es ist wundervoll. Ich kann wenigstens sechs verschiedene Farben erkennen. Und aus allen wachsen winzige Sporen, als würde das Land versuchen, weitere Pilze hervorzubringen.“ Monets Stimme klang beinahe, als würde sie träumen. „Und die Kühe …“

„Die nennt man Mooshrooms.“

Monet lachte auf.

„Aber wir haben jetzt keine Zeit, uns hier lange

umzusehen, Monet. Es gibt viel zu tun."

Sie blickte seufzend auf ihren Bruder hinab und stieg die behelfsmäßige Treppe aus Erdblöcken hinunter, die sie errichtet hatte, um auf den Pilz zu gelangen. Gameknight und Monet machten sich auf die Suche nach Crafter. Monet entdeckte den jungen NPC zuerst, dessen schwarze Robe vor dem malvenfarbenen Hintergrund besonders auffiel. Crafter hatte seine Axt in der Hand und marschierte auf den hohen weißen Stiel eines gewaltigen braunen Pilzes mit flachem Hut zu, der bestimmt zehn Blöcke hoch sein musste.

„Crafter, wir müssen …", setzte Gameknight an.

„… die Pilze ernten", fiel ihm der junge NPC ins Wort.

„Genau", bestätigte Gameknight und wandte sich an seine Schwester. „Monet, besorg dir Schüsseln von allen, die eine dabeihaben. Wir können aus diesen Pilzen eine Suppe kochen. Dafür braucht man jeweils einen braunen und einen roten Pilz sowie eine Holzschüssel. Sammle so viele Schüsseln wie möglich ein, damit wir genug Suppe für alle zubereiten können."

Er musterte die Gesichter der Umstehenden und hielt Ausschau nach einem ganz bestimmten NPC.

„Herder!", rief Gameknight.

„Hier drüben!“

Gameknight drehte sich um und entdeckte den großgewachsenen, dünnen Jungen mit langem schwarzem Haar, der ihm zuwinkte. Der NPC trug eine Robe in der Farbe braunen Leders mit einem weißen Streifen in der Mitte und kam mit breitem Lächeln angelaufen, sobald er die Stimme seines Idols hörte.

„Ich bin hier … Ich bin hier!“, rief der Junge aufgeregt und blieb direkt vor dem Benutzer-der-kein-Benutzer-ist stehen.

„Ja, das sehe ich“, erwiderte Gameknight. „Du stehst mir ja fast schon auf den Füßen.“

„Oh, entschuldige“, murmelte Herder und machte einen Schritt nach hinten. „Wie kann ich helfen?“

„Es geht um die Mooshrooms“, antwortete Gameknight.

Herder starrte erst ihn und dann die rot-weißen Kreaturen verwirrt an.

„Ich möchte, dass du sie scherst“, erklärte Gameknight. „Du kannst die Pilze einsammeln, dann werden sie zu normalen Kühen. Nach dem Scheren musst du so viele anlocken, wie du nur kannst. Wir brauchen eine neue Herde, und wie jeder weiß, ist das dein Fachgebiet.“

„Aber ich habe keine Wölfe, die mir helfen können“, beschwerte sich der schlaksige Junge.

„Dann lass dir von den Kriegern helfen. Aber wir brauchen unbedingt etwas zu essen.“

Herder zuckte zusammen, als Gameknight andeutete, dass sie die Tiere vielleicht töten mussten. Er wusste, dass diese Vorstellung für Herder schwer zu verkraften war, aber der Junge kannte auch die raue Realität: Wenn einem die Nahrung ausging, dann hielt man nicht mehr lange durch.

„Ich übertrage dir diese Aufgabe … Kann ich mich darauf verlassen, dass du sie erledigst?“

Herder blickte zu Gameknight auf und nickte, denn er war stolz, dass ihm der Benutzer-der-kein-Benutzer-ist eine so wichtige Aufgabe anvertraute. Dann ging der Junge mit einer silbernen Schere in der Hand los. Gameknight bedeutete einigen Kriegern, ihm zu helfen. Sie hörten sofort auf, Pilze auszugraben, und folgten Herder. „Wolfsmann! Wolfsmann!“, riefen sie begeistert.

Gameknight lächelte.

Noch vor gar nicht langer Zeit war Herder verspottet und tyrannisiert worden. Weil der Junge anders war als die anderen, hatte man ihn verhöhnt und ihm bei jeder sich bietenden Gelegenheit gemeine

Streiche gespielt. Sein Spitzname war „Schweinejunge“ gewesen, weil er mit Tieren arbeitete, aber dieser Name hatte ihn verletzen und nicht ehren sollen. Doch der Junge hatte es geschafft, im Kampf an der Quelle Mut und Ehre unter Beweis zu stellen, indem er die Monsterhorde mit einem riesigen Wolfsrudel an der Seite zurückgedrängt und Hunderte seiner Kameraden gerettet hatte. Nun nannte man ihn nicht mehr „Schweinejungen“, sondern „Wolfsmann“, und diesem Namen wohnte Respekt inne, da seine einzigartige Gabe endlich von allen anerkannt wurde und ihn das ganze Dorf als wichtiges Mitglied der Gemeinschaft akzeptierte. Gameknight war stolz auf Herder und blickte ihm lächelnd hinterher.

Dann ließ der Benutzer-der-kein-Benutzer-ist den Blick über die Landschaft schweifen. Alle NPCs gruben Pilze aus und verstauten die kleinen rot-braunen Blöcke in ihrem Inventar. Einige hatten sogar schon angefangen, Pilzsuppe zuzubereiten, tranken von der blassen Flüssigkeit und reichten die Holzschüssel danach an den nächsten Dorfbewohner weiter. Gameknight entdeckte Digger auf der Spitze eines kleinen Hügels und nahm sich eine Schüssel Pilzsuppe, mit der er den Hang erklomm, bis er neben dem großen NPC stand.

„Digger … Für dich“, sagte Gameknight und reichte ihm die Schüssel.

Digger streckte einen seiner muskulösen Arme aus, nahm die Schüssel, trank alles aus und gab sie Gameknight zurück.

„Danke“, sagte er mit seiner tiefen Stimme.

Gameknight nickte und stand dann neben ihm mit dem Rücken zum Ozean. Aus dieser Höhe konnten sie erkennen, dass es sich bei dem Pilzland um eine große Insel handelte, die nur durch einen schmalen Wasserstreifen vom Festland getrennt war. In der Ferne sahen sie bereits das Land, das sie erwartete … eine heiße, trockene Wüste.

„Dort wird es wenig Nahrung geben“, meinte Digger, ohne seinen Freund anzusehen. „Wir sollten so viele Pilze mitnehmen, wie wir tragen können.“

„Crafter hat schon alle zur Ernte eingeteilt.“

Digger brummte.

„Weißt du, welche Richtung wir einschlagen müssen?“, fragte Digger.

Gameknight schüttelte den Kopf.

„Ich dachte, wir gehen nach Osten“, sagte der Benutzer-der-kein-Benutzer-ist. „Je weiter wir uns von Herobrine entfernen, desto besser. Aber wenn wir nicht bald ein Dorf finden, bekommen wir Probleme.

Diese Pilze werden nicht lange reichen."

„Wir müssen uns eine Strategie für die Durchquerung der Wüste ausdenken", stellte Digger fest. „Auf dem Meer gab es keine Monster, und auf Pilzinseln kann man auch keine antreffen, daher waren wir in letzter Zeit ziemlich verwöhnt. Aber wir müssen alle daran erinnern, dass der Krieg noch lange nicht vorbei ist."

„Die Spinnen in der Wüste werden uns das bestimmt bald ins Gedächtnis rufen", meinte Gameknight.

„Ich will es nicht hoffen", erwiderte Digger, zog seine Eisenspitzhacke aus dem Inventar und ging nach unten, um seine Krieger zusammenzusuchen.

Gameknight blieb noch auf dem Hügel stehen und schaute über die Pilzinsel zur gewaltigen Wüste hinüber. Er schloss die Augen und lauschte der Musik von Minecraft. Sie klang nicht so verzerrt und misstönend wie damals, als die Monster angeführt von Erebus zur Quelle gegangen waren. Nein. Dieses Mal hörte sie sich anders an. Sie glitt weiterhin als wunderschöne Hintergrundmelodie dahin und untermalte die herrliche Landschaft mit ihren harmonischen Klängen, aber irgendetwas stimmte nicht. Der Musik fehlte die beruhigende Stimmung, und sie hinterließ bei ihm stattdessen ein Gefühl von Verzweiflung und Unruhe, als stünde ihnen etwas Gefährliches bevor.

KAPITEL 3

ÜBERRASCHUNG IN DER WÜSTE

Als Gameknight999 durch das flache Wasser von der Pilzinsel zur Wüste watete, schaute er zur Sonne hinauf. Sie stand im Zenit. Ihr eckiges gelbes Antlitz befand sich direkt über ihnen und leuchtete hell und rein auf sie herab. Kaum hatte Gameknight die wässrige Barriere hinter sich gelassen, die die beiden Habitate voneinander trennte, stellte er überrascht fest, dass die Temperatur schlagartig in die Höhe schnellte, sobald seine Füße den sandigen Boden berührten. Er schaute sich um und bemerkte, dass alle NPCs dasselbe spürten … erdrückende Wüstenhitze. Es war kaum auszuhalten, gleichzeitig wussten sie aber auch, dass Herobrine und seine Monsterarmee hinter ihnen her waren und sie jagten, daher wagten sie es nicht, das Tempo zu drosseln. Mit gesenkten Köpfen marschierten Gameknight und die NPCs weiter in Richtung Osten.

„Ich war noch nie in einer Wüste", sagte eine hohe Stimme neben ihm.

Gameknight drehte sich um und stellte fest, dass

Topper zu ihm aufschaute. In den warmen braunen Augen funkelten im Sonnenlicht kaum erkennbare goldene Flecken. Er war Diggers Sohn und hatte eine Zwillingsschwester namens Filler.

„Etwa einen Tagesmarsch von meinem Dorf entfernt gab es auch eine“, berichtete Topper, „aber ich durfte nicht hingehen. Dad … du weißt schon, Digger …“

„Ja, ich weiß, wer dein Vater ist“, bestätigte Gameknight lächelnd.

„Jedenfalls sagte er, dass der Weg für jemanden, der so jung ist wie ich, zu weit wäre.“

„Dein Vater ist ein weiser NPC.“

Der Junge runzelte die Stirn.

„Aber wann *bin* ich denn alt genug?“, maulte Topper. „Wir können jetzt schon eine ganze Menge, weißt du … Filler und ich … aber keiner glaubt uns. Alle denken, wir wären schwach und verängstigt, weil wir noch klein sind … aber das ist nicht richtig! Ich will wie ein großer Junge behandelt werden, aber alle tun so, als wäre ich noch ein Kind … Das ist unfair!“

„Digger passt nur auf euch auf, Topper“, sagte der Benutzer-der-kein-Benutzer-ist. „Und wenn ihr etwas älter seid, hat er bestimmt ganz viele Aufgaben für euch, die nur größere Kinder erledigen können. Ihr müsst einfach noch eine Weile warten."

„Ich will aber nicht warten!", schimpfte der junge NPC.

„Es sind unsere Entscheidungen und unsere Taten, die uns bestimmen, Topper", sagte eine Stimme hinter ihnen. Als sich Gameknight umdrehte, bemerkte er, dass Crafter ihnen mit Stonecutter und Filler an seiner Seite folgte.

„Ich habe schon kleine Kinder gesehen, die sehr erwachsene und gute Entscheidungen getroffen und Dinge getan haben, die keiner für möglich gehalten hätte."

„Wie Fisher?", fragte Gameknight.

Crafter nickte.

„Anhand unserer Entscheidungen erkennen andere, was für Individuen wir sind, Topper", fuhr Crafter fort. „Kinder, die Entscheidungen wie Erwachsene treffen, werden wie große Kinder behandelt, selbst wenn sie noch zu den kleinsten NPCs gehören. Das Alter ist nicht das Maß, an dem man gemessen wird; entscheidend ist vielmehr, was man tut und wie man es macht … Nur das ist von Bedeutung."

Topper sah Crafter über die Schulter hinweg an und musterte dann Gameknight999, während er konzentriert die Stirn runzelte.

„Taten machen keinen Helden aus …", murmelte Gameknight beinahe unhörbar vor sich hin.

Als er einen Blick nach hinten warf, bemerkte er, dass Crafter lächelte.

„Na, eines Tages werdet ihr es schon sehen … Dann werden es alle erkennen … dass Topper und Filler keine kleinen Kinder mehr sind", erklärte Topper stolz.

„Ganz genau", stimmte ihm Filler zu.

„Das mag ja sein, aber immerhin seid ihr momentan noch klein genug hierfür", meinte Gameknight.

Er beugte sich schnell vor, hob Topper hoch und setzte ihn sich auf die Schultern. Stonecutter folgte seinem Beispiel und machte dasselbe mit Filler. Die Kinder kicherten, als sie da oben saßen, und Gameknight lächelte Stonecutter zu und tätschelte dem muskulösen NPC die Schulter.

Dabei stellte er fest, dass Stonecutter mindestens so kräftig und robust wie Digger war. Der NPC hatte Arme wie dicke Baumstämme und einen gigantischen Bizeps von den zahllosen Stunden, die er damit verbracht hatte, mit seiner Spitzhacke Stein zu zertrümmern. Seine Haut war durch die vielen Steinsplitter, die ihn im Laufe der Jahre getroffen hatten, mit winzigen Narben übersät. Stonecutter sah diese

Kratzer als Ehrenabzeichen an, als Symbol seiner harten Arbeit und seiner Fähigkeiten. Sein eckiger Kopf war mit zerzaustem braunem Haar bedeckt, das beinahe die Farbe von Eichenrinde hatte und hier und da von grauen Strähnen durchzogen war. Es war offensichtlich, dass er ein mittleres Alter erreicht hatte. Doch das Bemerkenswerteste an Stonecutter waren seine Augen. Sie hatten die Farbe von Stein und waren grau, jedoch funkelte darin nicht die Hoffnung wie bei Digger oder Crafter. Vielmehr verbargen diese grauen Augen eine schreckliche Traurigkeit, die in seiner Seele verankert zu sein schien. Der kräftige NPC hatte in der Vergangenheit etwas erlebt … etwas Furchtbares. Gameknight hatte schon bemerkt, dass sich der stämmige NPC häufiger in sich zurückzog und dass er ruhig und nachdenklich wirkte, wenn ihn die schmerzhaften Erinnerungen wieder einmal peinigten. Zuweilen wirkte Stonecutter unglaublich traurig, aber in Gameknights Gegenwart schien er seine Melancholie abzuschütteln und stand aufrecht und wacker da. In letzter Zeit war Gameknight999 aufgefallen, dass Stonecutter nur selten von seiner Seite wich. Es war fast so, als wollte der NPC ihn ständig beschützen … wie merkwürdig.

Als Gameknight das Kind auf seinen Schultern anschaute, grinste Topper auf ihn herab, und sein sandblondes Haar glänzte im Sonnenlicht. Filler strahlte ihren Bruder an und blickte dann auf Stonecutter hinunter. Der große NPC schenkte dem Mädchen ein strahlendes Lächeln, und seine steinfarbenen Augen funkelten kurzzeitig vor Glück.

Die beiden Kinder blieben den ganzen Nachmittag auf den Schultern der Männer sitzen, während diese Stunde um Stunde weiterliefen. Die drückende Hitze machte den NPCs zu schaffen und raubte ihnen die Kraft … in einigen Fällen sogar die Gesundheit. Gameknight bemerkte, wie viele Dorfbewohner ihre Wasserflaschen hervorholten, um etwas zu trinken und ihre Gesundheit wieder aufzufüllen, die ihren ohnehin schon erschöpften Körpern von der Sonne entzogen wurde. Während sie weiter durch die trockene Ödnis marschierten, machte sich Unruhe unter ihnen breit, da sich die Sonne langsam dem Horizont näherte. Es würde bald Nacht werden. Hier draußen in der Wüste inmitten von riesigen Sanddünen gab es wenig, was sich zur Tarnung oder Verteidigung eignete. Sie waren ungeschützt, und Gameknight wusste, dass sie einen schweren Stand haben würden, falls sie hier von einer großen Monsterhorde angegriffen wurden.

Er erklomm eine hohe Sanddüne und sah sich um, während er versuchte, irgendeinen Plan für den Fall einer Begegnung mit Monstern zu schmieden. Bedauerlicherweise hatten sie keine Pferde dabei. Schnelligkeit wäre ein großer Vorteil gewesen, aber sie hatten ihre Reittiere am Dschungeltempel zurücklassen müssen. Die Kühe, die Herder geschoren und gezähmt hatte, würden ihnen im Kampf nichts nutzen, aber immerhin konnten die NPCs hinterher mit dem Fleisch ihre Gesundheit wieder auffrischen.

Gameknight erschauderte, als er sich ausmalte, wie ein Kampf hier in den Dünen aussehen würde. Dabei erinnerte er sich an ein Buch, das er mal gelesen hatte. Er stellte sich vor, er wäre auf Arrakis, Sandwürmer würden durch diese Dünen gleiten, auf denen Fremen ritten. Lächelnd dachte er an das erste Mal zurück, als er in sein Bett gekuschelt das legendäre Buch gelesen und sich bis in die Nacht hinein von dieser packenden Geschichte hatte fesseln lassen.

Auf einmal hallte ein Freudenschrei durch die Luft. Gameknight kehrte ruckartig in die Realität zurück und sah zur nächsten Düne hinüber. Dort stand Digger und schwenkte seine Eisenspitzhacke durch die Luft. Gameknight lief los und umrundete dabei einige andere NPCs, um schnellstmöglich auf diese

Düne zu gelangen, musste dabei aber aufpassen, Topper nicht allzu sehr durchzuschütteln. Als er oben ankam, bot sich ihm ein verblüffender Anblick: Vor ihnen lag ein Wüstentempel.

Das Gebäude befand sich in einem großen flachen Becken und war von einem Ring aus Sanddünen umgeben. Schon fast in der Nähe des Horizonts war zudem der Umriss eines weiteren Gebäudes zu erkennen, das aussah wie ein steinerner Turm … ein Wachturm!

Das war ein Dorf – zwar noch weit entfernt, aber immerhin in Sicht.

Jubel brach unter den NPCs aus, sobald sie auf dem Hügel ankamen. Ein Dorf bedeutete Wasser und etwas zu essen … Es bedeutete Leben. Aber kaum sah es so aus, als wäre das Glück endlich wieder auf ihrer Seite, schrie jemand vor Schreck auf. Es war Topper, der klang, als wäre er außer sich vor Angst. Gameknight hob den Jungen von seinen Schultern und setzte ihn am Boden ab.

„Was ist denn los, Topper?“, fragte Gameknight.

Das Kind war vor Angst kreidebleich geworden und starrte ihn entsetzt an. Dann deutete Topper in Richtung Norden, wobei sein kurzer Finger vor Angst zitterte.

„Da kommen Zombies", sagte der Junge verängstigt.

Ohne es überhaupt zu bemerken, zog Gameknight beim Umdrehen sein Schwert. Es lief ihm eiskalt den Rücken herunter, als er den Blick über die Wüste schweifen ließ. Im schwachen Licht des Sonnenuntergangs waren die schwerfälligen grünen Gestalten auf der sandfarbenen Landschaft gut zu erkennen, die mit ausgestreckten verrottenden Armen auf sie zutorkelten. Das orangefarbene Licht der untergehenden Sonne spiegelte sich in ihren rasiermesserscharfen Klauen und ließ ihre spitzen Finger funkeln, als stünden sie in Flammen.

„Wie viele sind es?", fragte einer der NPCs.

„Zu viele", antwortete ein anderer.

Gameknight versuchte, die Zombies zu zählen, was ihm jedoch aufgrund des schwächer werdenden Lichts und der großen Entfernung nicht gelingen wollte. Eines stand jedoch fest: Es waren verdammt viele.

„Ich glaube, sie halten auf das Dorf zu", stellte Gameknight fest.

„Wir müssen etwas unternehmen", sagte seine Schwester.

Als er sich umdrehte, bemerkte er, dass Monet113

mit ihrem Bogen in der Hand neben ihm stand.

„Wir können nicht einfach zulassen, dass sie dieses Dorf erreichen und alles zerstören“, fuhr sie fort. „Wir müssen sie aufhalten.“

Gameknight sah erst zu den Monstern und dann zum Dorf hinüber. Die wütenden Kreaturen hielten eindeutig auf das Wüstendorf zu, und es war schlichtweg unmöglich für die NPCs, vor ihnen dort anzukommen. Aber der Tempel lag direkt auf ihrem Weg. Ihm entgingen die ängstlichen Mienen der NPCs ebenso wenig wie die Müdigkeit und Erschöpfung, die sich darin abzeichneten. Wenn sie einfach nur losstürmten und den Mob in der offenen Wüste angriffen, würden viele seiner Freunde … seiner Familienmitglieder … sterben. Sie waren so müde, dass sie einfach nicht gegen so viele Zombies kämpfen konnten.

„Was sollen wir tun, Gameknight?“, fragte Digger.

Das traurige Jaulen der Zombies wurde von der warmen Wüstenbrise zu ihnen herübergetragen. Es war ein schauriges, wütendes Geräusch, das viele NPCs vor Angst zittern ließ.

„Warum stehen wir hier noch rum?“, brüllte Hunter, die ebenfalls ihren Bogen zog und einen Pfeil anlegte. „Schnappen wir sie uns!“

„Nein, ich halte das für unklug“, gab Crafter zu bedenken, der sein Schwert ebenfalls kampfbereit in der Hand hielt. „Wie lautet dein Plan, Benutzer-der-kein-Benutzer-ist?“

Gameknight konnte die Sorge in den hellblauen Augen seines Freundes erkennen. Aber als er Hunter ansah, spiegelte sich in ihren Augen nur Kampfeslust wider. Sie wollte noch immer den Tod ihrer Eltern und der anderen Bewohner ihres Dorfes durch die Monster rächen.

Was machen wir denn jetzt?

Seine Unentschlossenheit war geradezu lähmend. Da waren NPCs in diesem Dorf, die in Gefahr schwebten ... aber die NPCs bei ihm waren seine Freunde, und er konnte sie nicht schon wieder in den Kampf schicken. Dafür war es noch zu früh.

Wenn ich den einen helfe, opfere ich die anderen, dachte er. *Diese Verantwortung ist zu groß für mich ... Ich würde am liebsten in die Luft gehen!*

Da kam ihm die Erkenntnis.

In die Luft gehen ... Ja, das könnte klappen, aber was ist mit den Zombies? Wie bekämpfen wir so viele, wenn wir ... Der Tempel ... Natürlich.

Während rings um Gameknight immer mehr Fragen gestellt wurden, nahm in seinem Kopf ein Plan

Gestalt an. Es war ein guter Plan, aber er war auch riskant.

Das Leben birgt immer Risiken, sagte eine Stimme in seinem Kopf, die definitiv nicht ihm gehörte.

Gameknight sah sich um und wollte herausfinden, ob noch jemand diese Stimme gehört hatte, aber alle um ihn herum sahen nur verwirrt und verängstigt aus. Sie redeten alle durcheinander und machten lautstark Vorschläge, was sie jetzt tun sollten. Was ihnen in diesem Augenblick fehlte, war ein gemeinsames Ziel, ein Anführer … ein Benutzer-der-kein-Benutzer-ist.

„RUHE!“, rief Gameknight und sah die Umstehenden wütend an, damit sie den Mund hielten. Hunter wollte schon etwas sagen, aber als sie Gameknights Miene sah, klappte sie den Mund wieder zu. „Passt gut auf. Wir werden Folgendes tun.“

Während Gameknight999 seinen Plan erläuterte, kam die Monsterarmee immer näher.

KAPITEL 4
DER WÜSTENTEMPEL

Die NPCs sprinteten zum Tempel, als würde ihr Leben davon abhängen. Gameknight konnte sehen, dass Crafter im Laufen Raketen abschoss. Hoch in der Luft gingen diese in farbenfrohen Explosionen auf und malten nacheinander ein grünes Creepergesicht, eine funkelnde orangefarbene Kugel und einen glitzernden gelben Stern ans Firmament. Im Dämmerlicht musste das alles auch für die Dorfbewohner deutlich zu erkennen sein.

„Hoffentlich sind die Dorfbewohner auf diese Armee vorbereitet", meinte Gameknight zu seiner Schwester, die neben ihm lief.

„Ich könnte vorauslaufen und sie warnen", schlug sie vor. „Ich kann bestimmt schneller rennen als die Zombies und vor ihnen dort ankommen."

„NEIN!", fauchte Gameknight. „Das ist viel zu gefährlich."

„Aber ich …"

„Auf gar keinen Fall. Ich muss auf dich aufpassen … Das ist meine Aufgabe. Daher hört es sich für mich nach keinem sehr guten Plan an, dich vor einer Zombiearmee herrennen zu lassen in der Hoffnung, dass du dich irgendwo verstecken kannst, bis sie wieder weg ist."

„Aber ich kann es schaffen ... Das weiß ich genau!", beharrte sie lauthals.

„Vergiss es." Gameknight blieb unerbittlich. „Wir werden alle in den Wüstentempel gehen, und das ist mein letztes Wort."

Monet113 starrte ihren Bruder an und verzog vor Frustration die Monobraue, während in ihren sonst immer so sanften grau-grünen Augen Zorn loderte. Er wollte schon etwas sagen, doch dann drehte sie sich auf dem Absatz um und lief mit finsterer Miene zu Stitcher.

Als die Gruppe zum Tempel rannte, hielt sich Gameknight an der Seite und zog sein Schwert. Inzwischen war das wütende Stöhnen der verwesenden Kreaturen immer deutlicher zu hören, die ihren Hass auf alles Lebendige nicht zu verhehlen versuchten.

Wir müssen uns beeilen!, schoss es ihm durch den Kopf.

Der Wüstentempel war noch ein ganzes Stück entfernt, und die Geräusche der Zombies wurden immer lauter.

„Beeilt euch!“, brüllte Gameknight, obwohl er sah, dass alle bereits sprinteten.

Sie würden den Tempel nicht rechtzeitig erreichen, was wiederum bedeutete, dass sie gegen die ganzen Zombies im Freien kämpfen mussten. Dieser Kampf würde viele Opfer fordern, aber der Benutzer-der-kein-Benutzer-ist war nicht bereit, das zuzulassen.

„Woodcutter, Stonecutter, Trimmer, Cobbler, schnappt euch etwas TNT und kommt mit!“, rief Gameknight. „Hunter, dich brauche ich auch.“

Die vier NPCs besorgten sich die rot-weißen Blöcke bei ihren Freunden, nahmen so viele mit, wie sie tragen konnten, und liefen zu Gameknight. Der Benutzer-der-kein-Benutzer-ist löste sich von der Hauptgruppe und rannte schräg weiter, sodass er weder auf den Tempel noch auf die Zombies zuhielt, sondern einen Mittelweg einschlug. Auf einmal war er von den NPCs umgeben, und Hunter lief neben ihm, deren verzauberter Bogen die Krieger in ein bläuliches Leuchten tauchte. Gameknight erklomm eine Sanddüne und stellte fest, dass der nahende Mob auch gerade eine Düne überwand. Die Monster sahen sie und knurrten, wobei ihre roten Augen hasserfüllt glühten.

„Sie scheinen nicht besonders glücklich zu sein. Vielleicht können wir sie ja mit einer kleinen Überraschung aufheitern", meinte Hunter. Die anderen Krieger lachten nervös auf.

Gameknight999 blieb jedoch ernst. Er konnte erkennen, dass es über fünfzig Zombies waren, eine beachtliche Zahl, und nun schlurften die Monster nur noch schneller. Ihm war nicht nach Lachen zumute. Er veränderte ein kleines bisschen die Richtung und hielt nun direkt auf den Mob zu. Die NPCs blieben ihm dicht auf den Fersen. Auf dem nächsten Hügel blieben sie stehen. Gameknight sah die Monster nun ganz deutlich. Es waren normale Zombies mit verwesender grüner Haut, zerfetzten blauen Hosen und einem zerrissenen hellblauen Shirt. Er seufzte erleichtert auf, als ihm klar wurde, dass kein Zombiekönig zur Gruppe gehörte. Um seine Schwester zu retten, hatte er gegen Xa-Tul gekämpft, ihn jedoch nicht getötet. Herobrine war eingeschritten und hatte den Zombiekönig in letzter Sekunde wegteleportiert, um der Kreatur das Leben zu retten. Seitdem fürchtete sich Gameknight vor einem Wiedersehen mit dem Zombiekönig.

Du bist garantiert irgendwo da draußen, Xa-Tul, dachte Gameknight.

Die Vorstellung, erneut gegen den riesigen Zombie antreten zu müssen, jagte ihm eine Heidenangst ein. Es war ihm beim letzten Mal nur mit Mühe und Not gelungen, ihn aufzuhalten, aber wenn Herobrine das Monster noch stärker machte, wäre es unbesiegbar.

„Was hast du vor, Gameknight?", wollte Hunter wissen und holte ihn in die Gegenwart zurück.

Am Fuß der Sanddüne standen die Monster und blickten zu ihnen herauf.

„Worauf warten sie?", fragte Stonecutter.

„Vielleicht hatten sie nicht damit gerechnet, hier in der Wüste so viele NPCs zu treffen", meinte Trimmer.

„Wir müssen sie dazu bringen, uns zu folgen, damit die anderen genug Zeit haben, um den Tempel zu erreichen", erklärte Gameknight. „Hast du eine Idee, wie wir sie richtig wütend machen können, Hunter?"

Hunter grinste ihn an und drehte sich dann wieder zu dem Mob um, wobei ihr das flammendrote Haar wie eine Woge über den Rücken fiel. Sie steckte mehrere Pfeile vor sich in den Sand, legte den ersten an und feuerte auf den größten Zombie. In rascher Folge schoss sie zwei weitere Pfeile ab, die mit einer magischen blauen Flamme an der Spitze durch die Luft flogen und das Monster in die Brust trafen. Sofort ging die Kreatur in Flammen auf und verschwand mit einem Ploppen, nachdem der dritte Pfeil sein Ziel gefunden hatte. Daraufhin knurrten und stöhnten die anderen Zombies und setzten sich in Bewegung.

„Mission erfüllt", meldete Hunter strahlend, drehte sich um und rannte los. Die anderen folgten ihr.

„Platziert einen TNT-Block direkt unter der Spitze der Düne", ordnete Gameknight999 an.

Stonecutter blieb stehen, platzierte das TNT hinter einem Sandblock, machte kehrt und lief auf den Wüstentempel zu.

„Nein, hier entlang", rief Gameknight und rannte in eine andere Richtung los. „Wir bringen die Zombies dazu, im Zickzackkurs auf den Tempel zuzulaufen. Dadurch verschaffen wir unseren Leuten mehr Zeit."

Das Knurren der Zombies wurde lauter, als sie oben auf der Düne ankamen. Sobald die Monster die flüchtenden NPCs entdeckt hatten, machten sie sich an die Verfolgung. Aber sie schlurften nicht etwa mit ausgestreckten Armen wie normale Zombies auf sie zu …

„Sie rennen!", rief Stonecutter ebenso erschrocken wie überrascht.

„Was?" Gameknight schaute über die Schulter.

„Ich habe noch nie zuvor Zombies rennen gesehen. Herobrines Schatten-Crafter müssen etwas mit ihnen gemacht haben … Bestimmt haben sie den Monstern diese neue Fähigkeit verschafft."

„Na super, rennende Zombies", schimpfte Hunter. „Das hat uns gerade noch gefehlt."

„Gib's ihnen!", befahl Gameknight.

Hunter blieb stehen, drehte sich um, zog einen Pfeil aus dem Inventar und schoss auf den rot-weißen Block. Der Pfeil bohrte sich in die Mitte des Ns, und der Block fing sofort an zu blinken. Die Kreaturen waren derart in Rage, dass sie die tickende Bombe überhaupt nicht bemerkten.

BUMM!

Der TNT-Block zerfetzte den Mob und schleuderte grüne Körper in die Luft. Einige verschwanden bei der Landung und blinkten nur noch kurz rot auf. Die restlichen verwesenden Monster jaulten vor Zorn und liefen direkt auf die NPCs zu.

„Da kommen sie!", brüllte Trimmer. „LAUFT!"

Sie drehten sich alle um und rannten so schnell, wie sie nur konnten, durch die Wüste.

„Haltet auf die beiden Sanddünen zu", rief Gameknight und deutete mit seinem schimmernden Schwert in die Richtung, in der die Hügel in einiger

Entfernung aufragten.

Die Gruppe sprintete weiter, ohne etwas zu erwidern. Sie hielten auf die Lücke zwischen den beiden Sandhügeln zu. Als sie dort ankamen, blieb Gameknight stehen, um sicherzustellen, dass die Zombies sie auch bemerkten.

„Schick ihnen eine Nachricht, Hunter", bat er seine Freundin.

„Mit Vergnügen", erwiderte sie und schoss einen tödlichen Pfeil auf ihre Verfolger ab.

Das Geschoss traf einen Zombie in die Schulter, der kurz Feuer fing, doch dann ließ sich das Monster zu Boden fallen und löschte die magischen Flammen. Der verwundete Zombie sprang wieder auf, stieß einen markerschütternden Schrei aus und rannte direkt auf Hunter zu.

„Ich glaube, sie haben die Botschaft erhalten", stellte Hunter grinsend fest, drehte sich um und lief den schmalen Pfad zwischen den beiden Dünen entlang.

„Schnell, hier lang." Gameknight lief um die Düne herum und zurück in die Richtung, aus der sie gekommen waren.

„Was machst du denn?", fragte Cobbler. „Du rennst ja direkt auf sie zu."

„Nein, sie sind hinter der Düne und können uns nicht sehen“, erklärte Gameknight. „Wir spielen ein kleines Spiel mit ihnen. Platziert zwei TNT-Blöcke genau zwischen den beiden Hügeln.“

Cobbler blieb stehen und stellte die beiden Blöcke direkt nebeneinander. Dann rannte er wieder los. Hunter klopfte ihrem Freund lachend auf die Schulter und lief ihrem Anführer zusammen mit den anderen NPCs hinterher. Im Laufen hörte Gameknight das Stöhnen der Zombies, die gerade zwischen den beiden Dünen hervorkamen.

„Hunter“, sagte er. „Feuer frei!“

Mit einer geschmeidigen Bewegung zog Hunter einen Pfeil, legte ihn an die Bogensehne, blieb stehen, um zu zielen, und schoss. Das Projektil flog in einem anmutigen Bogen durch die Luft, tauchte dabei den Sand in bläuliches Licht und bohrte sich dann in einen TNT-Block. Der rot-weiße Würfel fing sofort an zu blinken. Die Zombies an vorderster Front sahen die Bomben und wollten umdrehen und zurücklaufen, aber die vielen anderen Zombies hinter ihnen versperrten ihnen den Weg. Sie drängten sich dicht aneinander und kamen weder vor noch zurück.

BUMM … BUMM!

Weitere Körper flogen in die Luft. Gameknight

blieb nicht stehen, um sie zu zählen, sondern rannte weiter.

„Kommt schon. Wir haben genug Zeit geschunden. Laufen wir zum Tempel!", forderte er seine Freunde auf.

Die anderen jubelten und hielten direkt auf den Tempel zu, den sie gerade so hinter der nächsten Sanddüne erkennen konnten. Als sie den Gipfel erklommen, kam der Tempel besser in Sicht. Er erinnerte ein wenig an eine uralte ägyptische Pyramide mit den schrägen, nach oben spitz zulaufenden Seiten. Gameknight musste an die großen Pyramiden von Gizeh denken, die sie in der Schule behandelt hatten. Aber die waren massiv gewesen, während die vor ihm gerade mal zehn Blöcke hoch war und über einen verzierten Eingang sowie Doppeltürme verfügte, die an beiden Seiten der Öffnung emporragten. Orangefarbene Wollblöcke dekorierten die Seiten der Türme und ließen sie sehr alt aussehen, sodass man den Eindruck bekam, in ihnen läge ein großes Geheimnis verborgen.

Als sie sich dem Tempel näherten, stellte Gameknight fest, dass der Großteil der Dorfbewohner inzwischen darin verschwunden war. Im Augenblick veränderten Arbeiter das Gebäude und fügten hier und da Stein- und Erdblöcke hinzu, um Verteidigungsmauern sowie Plattformen für die Bogenschützen zu errichten. In der Nähe des Tempels angekommen, wies Hunter die NPCs an, TNT-Blöcke rings um den Tempel zu platzieren. Danach liefen sie alle hinein.

Gameknight musste husten, da die Luft so staubig war. Im Inneren liefen so viele Leute herum, dass der Staub auf den Sandsteinblöcken aufgewirbelt wurde und allen in die Lunge drang. Es machte den Anschein, als würden die harten Hufe der Kühe den meisten Staub verursachen.

„Herder … Wo steckt Herder?“, rief Gameknight.

„Ich bin hier“, antwortete der Junge von der anderen Seite der Kammer.

„Die Kühe müssen nach draußen“, verlangte Gameknight.

„Aber da sind sie nicht sicher“, beschwerte sich Herder.

„Zombies fressen keine Kühe“, erklärte Gameknight. „Ihnen wird bestimmt nichts passieren. Jetzt bring sie wieder raus, bevor wir hier drin noch alle ersticken.“

Herder nickte, lief zur Tür und pfiff. Dann verließ er den Tempel und führte die Tiere ins Freie.

„Komm schnell wieder rein!“, schrie Crafter ihm zu. „Die Zombies sind gleich hier.“

Herder warf seinen Kühen einen letzten wehmütigen Blick zu und schaute dann zu den näher kommenden Monstern hinüber. Er legte der nächsten Kuh eine Hand auf den Hals und tätschelte sie, bevor er sich umdrehte und wieder zum Tempeleingang lief. Sobald er drin war, platzierte er Erdblöcke in der Öffnung, um sie zu verschließen.

Gameknight stieg die Treppe in einem der Türme hoch, um auf die Spitze der Pyramide zu gelangen. Dort sprang er auf das schräge Dach, postierte sich am höchsten Punkt und blickte auf die Monster hinab. Diese breiteten sich wie eine giftige grüne Woge auf der Wüste aus und warfen Kakteen um, als wären sie gar nicht da, um die vertrockneten braunen Büsche dann mit ihren klobigen Füßen platt zu trampeln. Als die Horde den Tempel erreichte, blieb sie stehen. Die Monster starrten mit ihren kalten, toten Augen zu Gameknight999 hinauf. Er konnte in ihren verrottenden Gesichtern deutlich erkennen, dass sie nichts lieber tun würden, als ihn in Stücke zu reißen.

Der Tempel war eingekesselt, und die Dorfbewohner, die sich darin versteckten, waren von der Hitze und dem Hunger völlig erschöpft. Sie konnten unmöglich da rausgehen und gegen den Mob kämpfen; sie saßen in der Falle. Die Monster mussten nur warten, bis Herobrine mit seiner Hauptstreitmacht hier eintraf, dann hätte das letzte Stündlein der NPCs geschlagen.

„Na super … Was machen wir jetzt?“, fragte Gameknight und blickte auf die Monster hinab, während er gegen seine Unsicherheit ankämpfte.

Wir können nicht einfach hier rumsitzen und warten … Das wäre eine tödliche Falle, erkannte er. *Wir müssen etwas unternehmen – aber was?*

KAPITEL 5
KAMPF

Das traurige Stöhnen der Zombies drang von allen Seiten zu Gameknight999 empor.

„Ich glaube, sie mögen dich“, meinte plötzlich jemand neben ihm.

Er drehte sich um und sah Hunter an, deren rote Locken im Mondlicht schimmerten.

„Dir ist schon klar, dass sie schwerer zu töten sind, wenn man ihnen erst einmal Namen gegeben hat?“, spottete sie.

„Hör auf, rumzualbern“, knurrte er und schaute erneut auf die Angreifer hinab. „Was machen die da überhaupt?“

„Keine Ahnung“, erwiderte Hunter. „Vielleicht hatten sie nicht damit gerechnet, uns zu treffen, und jetzt sind sie verwirrt.“

„Ja, kann sein …“, setzte Gameknight an, aber er wurde vom schmerzerfüllten Muhen einer Kuh unterbrochen, dem sofort weitere folgten.

„Sie bringen die Kühe um!“, rief Herder im Inneren der Pyramide.

Hunter ging an den Rand des Daches, zog einen Pfeil und feuerte.

Das Projektil sauste durch die Luft und traf einen Zombie, der gerade mit seinen rasiermesserscharfen Krallen auf eine Kuh losgehen wollte. Der Pfeil drang in den Rücken des Monsters ein, hielt es jedoch nicht vom Angriff ab. Vielmehr attackierte der Zombie die Kuh weiter und ließ sich von dem Geschoss nicht beirren. Hunter schoss wieder und wieder, bis die Kreatur endlich verschwand.

Gameknight war schockiert von dem Anblick, der sich ihm bot.

Warum greifen sie die Kühe an?, fragte er sich.

Er lief zurück in die Pyramide, nahm immer zwei Stufen auf einmal und rannte zur Tür. Dort zog er seine Spitzhacke und zertrümmerte den obersten Block, damit sie mit den Bögen auf die Zombies schießen konnte.

„Schießt auf die Monster!", befahl Gameknight. „Sie greifen die Kühe an."

„Meine Kühe!", jammerte Herder.

Aber bevor jemand reagieren konnte, schlug Gameknight weitere Löcher in die Tempelmauer und schuf immer mehr Schießscharten.

„Bogenschützen auf das Tempeldach!", ordnete

der Benutzer-der-kein-Benutzer-ist an. „Schießt auf die Zombies. Wir lassen nicht zu, dass sie unser Vieh töten."

Die NPCs rannten jubelnd und mit gezogenen Bögen zur Treppe, die auf das Dach führte.

„Digger, ich brauche mehr Schießscharten für …" Bevor Gameknight den Satz beenden konnte, zerbrach der große NPC schon Blöcke in den Tempelwänden, durch die die Bogenschützen auf die Monster feuern konnten.

Innerhalb weniger Minuten klafften überall Löcher in den Mauern. Alle, die einen Bogen hatten, beschossen die verwesenden Kreaturen mit Pfeilen. Als die Zombies begriffen, wie ihnen geschah, kamen sie zu den Löchern, steckten die Arme hindurch und versuchten, die NPCs mit ihren dunklen Klauen zu attackieren.

„Haltet Abstand zu den Löchern!", rief Gameknight, zog sein Schwert und stellte sich direkt neben das nächste Loch.

Sobald ein Zombie den Arm hindurchsteckte, um den Bogenschützen zu packen, hackte Gameknight auf das Monster ein, das rot aufflackerte. Die Dorfbewohner, die keinen Bogen hatten, sahen das und bauten sich sofort neben den Löchern auf. Nun arbeiteten alle als Team: Die Bogenschützen lockten die Monster mit ihren Pfeilen an, und dann hackten die Schwertkämpfer mit ihren Klingen auf sie ein. Es dauerte nicht lange, bis die Zombies gelernt hatten, dass sie auf Abstand bleiben mussten. Dadurch bekamen allerdings die Bogenschützen auf dem Dach die Gelegenheit, einen Pfeilregen loszulassen.

„HUNTER!“, brüllte Gameknight in der Hoffnung, auch auf dem Dach gehört zu werden. „SCHIESS AUF DAS TNT!“

Er drehte sich um und entdeckte seine Schwester, die durch eines der Löcher schoss, während ihr verzauberter Bogen das Innere der Pyramide erhellte.

„Monet, geh aufs Dach und hilf Hunter und Stitcher … Schnell!“, sagte er.

Sie schenkte ihm ein Lächeln und rannte zur Treppe.

Im nächsten Augenblick bebte der Boden, als der erste TNT-Block explodierte. Gameknight entfernte sich von der Wand und lief ebenfalls nach oben, wo er auf Stitcher und Monet traf, die beide mit ihren Bögen auf die Flut an grünen Monstern schossen, die sich um das Gebäude drängten. Auf der anderen Seite stand Hunter und feuerte auf die rot-weißen TNT-Blöcke.

„Das ist für euch, Zombies!“, schrie Hunter und feuerte auf den nächsten Block.

BUMM!

„Kommt nur her!“, rief sie und schoss immer weiter.

BUMM!

Die Blöcke detonierten, rissen Löcher in den Boden und schleuderten Zombies in die Luft. Schon rannte Hunter auf die andere Seite, um auch dort die Blöcke zu sprengen. Rings um den Wüstentempel kam es zu einer Explosion nach der anderen, und immer mehr verwesende Monster gingen in Flammen auf.

Gameknight sah sich um und versuchte, die Lage einzuschätzen. Es waren bestimmt noch ein Dutzend Zombies am Leben, aber der Großteil attackierte jetzt die letzten Kühe und nicht mehr den Tempel.

Was wollen sie nur von den Kühen?

Die Schreie des verängstigten Viehs vermischten sich mit dem Knurren und Stöhnen der Zombies, die über die zahmen Tiere herfielen. Sie griffen die Kühe von allen Seiten an und verringerten deren Gesundheit schnell. Kurz darauf verstummte das Muhen … Alle Kühe waren tot. Da sie kein Vieh mehr angreifen konnten, stellten die Zombies ihr Jaulen ein, drehten sich um und rannten zurück in die Wüste.

„Wir dürfen sie nicht entkommen lassen!“, brüllte Gameknight. „Wenn sie unsere Position weitergeben, taucht Herobrine hier auf, bevor wir bereit sind!“

Ohne auf eine Reaktion der anderen zu warten, hackte sich Gameknight eine Öffnung in die Tempelmauer und lief mit seinem Diamantschwert in der rechten und dem Eisenschwert in der linken Hand auf den Sand. Als die Dorfbewohner im Tempel das sahen, jubelten sie, und auf einmal nahmen alle die Verfolgung der Zombies auf.

„Wo wollt ihr Zombies denn hin?“, rief Gameknight.

Eines der Monster hörte seine Stimme und schaute über die Schulter. Als es den einsamen Benutzer entdeckte, stieß es ein freudiges Knurren aus und drehte sich zu Gameknight999 um. Die anderen Monster folgten seinem Beispiel. Mit einem Dutzend Zombies vor der Nase wäre jeder andere weggerannt … aber nicht der Benutzer-der-kein-Benutzer-ist. Er verfiel in einen Kampfrausch und bewegte sich rein instinktiv. Gameknight hielt geradewegs auf den Anführer der Zombies zu.

„Ich lasse nicht zu, dass du meinen Freunden wehtust!“, schrie er. „FÜR MINECRAFT!“

Der Zombie streckte die dunklen Krallen aus und

schlug nach Gameknights Kopf, doch der Benutzer-der-kein-Benutzer-ist duckte sich, wirbelte herum und zog seine Eisenklinge über den Bauch des Monsters. Schon blinkte der Zombie rot und jaulte vor Schmerz auf. Gameknight drehte sich auf dem Absatz um, schlug mit beiden Schwertern auf die Kreatur ein und hatte ihre Gesundheit im Nu aufgebraucht.

Er wartete nicht, bis sie verschwunden war, sondern stürzte sich gleich auf den nächsten Zombie. Mit etwas Anlauf sprang er hoch in die Luft und stieß beide Schwerter mit ganzer Kraft in das Monster … Es hatte keine Chance.

Auf einmal war er von Stöhnen umgeben. Gameknight begriff, dass links und rechts neben ihm Zombies standen und eine Dreiergruppe direkt auf ihn zukam.

Wie soll ich gegen so viele gleichzeitig kämpfen?

Er bekam es mit der Angst zu tun und umklammerte die Schwertgriffe. Aber dann hallte ein seltsames Wirbelwindgeräusch durch die Wüste. Gameknight sah aus dem Augenwinkel, wie Diggers Spitzhacke durch die Luft wirbelte, sich in die Schulter eines Zombies bohrte und ihn in die Knie zwang. Gleich im Anschluss folgte ein Pfeilhagel aus der Dunkelheit. Die schimmernden Pfeilspitzen bohrten sich in die Monster, die einen Schritt zurücktreten mussten und wieder und wieder rot blinkten. Schon kamen weitere Pfeile angeflogen, während Gameknight die Dreiergruppe attackierte. Doch bevor sie ihn erreichten, tauchte auf einmal Stonecutter zu seiner Rechten auf, der seine große Eisenspitzhacke bereithielt, während Hunter und Monet links neben ihm standen. Sie vernichteten die restlichen Zombies, während die anderen Dorfbewohner über das Schlachtfeld rannten und alle Fluchtwege versperrten. Nur Sekunden später war der Kampf vorüber … Alle Monster waren tot.

Jubel hallte über die nächtliche Wüste, und die Dorfbewohner waren froh, die Monster ohne Verluste auf ihrer Seite aufgehalten zu haben. Gameknight konnte sich jedoch nicht mitfreuen. Er grübelte weiterhin über das Rätsel nach.

Was hast du vor, Herobrine?, fragte er sich. *Wofür brauchst du Kühe?*

Als sich Gameknight auf dem Schlachtfeld umschaute, sah er überall leuchtende Erfahrungskugeln und Zombiefleischfetzen über dem Boden schweben, die leicht schwankten, als würden sie auf einem unsichtbaren Ozean schwimmen. Aber auf einer fernen Sanddüne und gerade noch am Rand seines Sichtbereichs glaubte er, noch jemand anderen zu entdecken

… oder etwas anderes. Mit der dunkelblauen Hose und dem ausgeblichenen hellblauen T-Shirt sah die Kreatur aus wie ein Zombie, aber irgendetwas war anders. Gameknight hatte beinahe den Eindruck, als wäre da etwas auf der Brust der Kreatur, etwas Gelbes. Er kniff die Augen zusammen und konnte den Umriss von etwas erkennen, das aussah wie … eine Sonnenblume?

Wieso sollte ein Zombie eine Sonnenblume auf dem Shirt haben?

Doch sobald Gameknight das Monster bemerkt hatte, war es auch schon verschwunden.

Ist das gerade wirklich passiert, oder habe ich mir das nur eingebildet? Ich weiß, dass ich hundemüde bin … aber es sah so echt aus. Nein, das ist unmöglich. Eine Blume … auf einem Zombie?

„Geht alle zurück zum Tempel“, ordnete Digger an.

Jemand schlug Gameknight auf den Rücken. Als er sich umdrehte, stand er der lächelnden Hunter und seiner Schwester Monet gegenüber.

„Diese Show mit den beiden Schwertern macht dir richtig Spaß, was?“, fragte Hunter. „Vielleicht lässt du uns anderen beim nächsten Mal auch ein paar Zombies übrig.“

Hunter lachte, aber Gameknight reagierte nicht. Er starrte noch immer verwirrt zu der fernen Sanddüne hinüber.

„Hörst du mir überhaupt zu?“, beschwerte sich Hunter.

„Äh … Was?“, erwiderte Gameknight.

„Ich sprach von dieser Sache mit den zwei Schwertern“, wiederholte sie. „Du scheinst ja …“

„ALLE ZURÜCK ZUM TEMPEL!“, brüllte Digger so laut, dass der Wüstensand beinahe gebebt hätte.

„Ja, wir sollten zurückgehen“, meinte Monet, die noch immer einen Pfeil bereithielt. „Kommt.“

Hunter und Monet drehten sich um und machten sich auf den Rückweg zum Tempel, doch Gameknight rührte sich nicht vom Fleck und starrte zu der mysteriösen Kreatur auf der Sanddüne hinüber. Schließlich drehte er sich kopfschüttelnd um und folgte den NPCs. Als er am Tempel ankam, ging er einmal um das Gebäude herum und nahm die Schäden in Augenschein. Überall schwebten leuchtende Erfahrungskugeln, die von den NPCs eingesammelt wurden. Er sah rohe Fleischstücke über dem Boden schweben, aber kein Leder. Schweigend sammelte er die rohen Steaks ein, ließ jedoch die Finger vom stinkenden Zombiefleisch.

„Warum haben sie das getan?“, fragte Gameknight in die Runde.

„Warum haben sie was getan?“, wollte eine Stimme hinter ihm wissen.

Als er sich umdrehte, sah er Crafter in der Nähe des Tempeleingangs stehen. Der junge NPC hielt noch immer sein Eisenschwert in der Hand.

„Sie haben das Leder mitgenommen, Crafter. Aber wieso?“

Crafter sah sich die Zerstörung rings um den Tempel kopfschüttelnd an.

„Das weiß ich nicht“, antwortete er. „Es ergibt keinen Sinn.“

„Na, immerhin haben wir verhindert, dass sie das Dorf erreichen“, schrie Hunter von der Tempelmauer herunter.

„Ja, aber ich bin mir gar nicht sicher, dass sie wirklich zum Dorf wollten“, erwiderte Crafter. „Vielleicht wurden sie von unserem Vieh und gar nicht vom Dorf angezogen.“

„Das ist doch lächerlich“, meinte Hunter und kam näher. „Zombies wollen nichts als zerstören, sei es nun Vieh oder Dorfbewohner … Das liegt in ihrer Natur. Sie sollten ausgelöscht werden.“

„Hunter!“, schimpfte Stitcher. „Gewalt ist nicht

immer die richtige Lösung."

„Wenn es um Monster geht, schon", stellte die ältere Schwester klar und drehte sich zu Gameknight999 um. „Lass uns zum Dorf rübergehen."

„Nein, nicht bei Nacht", sagte er. „Wir werden uns hier ausruhen und dann morgen früh rübergehen."

„Ein guter Plan", fügte Crafter hinzu.

Alle gingen wieder in den Tempel. Gameknight wartete, bis auch wirklich der Letzte verschwunden war. Als er auf die Tür zuging, sah er Herder, der an der Stelle, an der seine Kühe gestanden hatten, auf den Knien lag. Winzige eckige Tränen liefen ihm über die Wangen, und Gameknight legte ihm tröstend eine Hand auf die Schulter und kniete sich neben den schlaksigen Jungen.

„Warum haben sie das gemacht?", fragte Herder und sah Gameknight999 in die Augen. „Das waren doch nur unschuldige Tiere. Sie hatten nichts mit diesem ganzen verrückten Krieg zu tun."

„Ich habe keine Ahnung, Herder", antwortete Gameknight. „Aber wir werden es herausfinden, das verspreche ich dir. Und jetzt komm, wir gehen in den Tempel und legen uns schlafen."

Als sie aufstanden, sah Herder sein Idol an und wischte sich mit einem schmutzigen Ärmel die Wangen ab. Er trottete mit gesenktem Blick in den Tempel, und Gameknight999 folgte ihm. Nachdem er die Tür erneut mit Erdblöcken verschlossen hatte, ging der Benutzer-der-kein-Benutzer-ist zu einer der Schießscharten und sah ein letztes Mal zur Sanddüne hinüber, auf der er den einsamen Zombie gesehen hatte.

Ich bin mir sicher, dass da etwas Gelbes auf seinem Shirt war, aber warum sollte es gelb sein? Es sei denn …

Unzählige Möglichkeiten gingen ihm durch den Kopf, während er über das nachdachte, was er gesehen hatte. Am liebsten hätte er jede einzelne davon genauer unter die Lupe genommen, doch er war einfach zu müde. Gähnend ließ er sich auf ein Bett sinken, das jemand aufgestellt hatte. Als er Digger auf der anderen Seite des Raumes entdeckte, winkte er ihn heran.

„Was kann ich für den Benutzer-der-kein-Benutzer-ist tun?“, fragte der große NPC.

„Unter dem Fußboden liegt eine Kammer“, erklärte Gameknight. „Wenn du eine deiner Wendeltreppen baust, kannst du nach unten gelangen. Da unten befindet sich eine Druckplatte, die mit TNT-Blöcken verbunden ist. Sobald du den Redstone-Schaltkreis durchbrochen hast, kannst du die Platte und das ganze TNT an dich nehmen.“

„Wird erledigt“, versicherte Digger ihm und zückte seine mächtige Spitzhacke.

„Da ist noch mehr.“ Gameknight legte Digger eine Hand auf den muskulösen Arm. „Da unten stehen vier Schatztruhen. Seid vorsichtig und haltet Ausschau nach Fallen, aber in den Truhen sollten sich einige Diamanten finden lassen. Dann bekommst du eine Diamantspitzhacke … und kannst die Verzauberungen für Crafters Schwert benutzen.“

„Geht klar“, sagte Digger und eilte los, um Befehle zu erteilen.

Gameknight legte den Kopf auf das Kissen und lauschte den Geräuschen um sich herum. Seine Augenlider wurden schwer.

Ich wünschte, ich wäre zu Hause und würde nicht hier festsitzen, dachte er. *Wenn doch nur Dad zu Hause wäre. Er könnte uns bestimmt hier rausholen und uns helfen, ohne dass Herobrine entkommen kann. Wenn er doch nur zu Hause wäre … Wenn er doch nur zu Hause wäre.*

Dann verlor Gameknight999 endlich den Kampf gegen die Müdigkeit und schlief ein.

KAPITEL 6

GEFLÜGELTE SPIONE

Herobrine materialisierte sich in einer großen unterirdischen Kammer. Seine glühenden Augen erhellten die Umgebung auf schaurige Weise und malten seltsame Schatten an die Wände. Er merkte sofort, dass dies nicht die gesuchte Höhle war, transportierte sich in die nächste und wusste, dass er sich jetzt am richtigen Ort befand.

Um Herobrine herum war das Kreischen und Flattern von Fledermäusen zu hören. Er ließ seine Augen noch heller leuchten und erhellte die Höhle mit seinem bösen Blick. Sie war nicht so groß wie eine Zombiestadt, aber dennoch von beachtlichem Ausmaß. Obwohl sie an die fünfzig Blöcke breit war, wirkte sie recht einengend. Die Decke befand sich gerade mal in zwölf Blöcken Höhe, was im Vergleich zur gewaltigen Breite sehr niedrig erschien. Am liebsten hätte Herobrine den Kopf eingezogen.

Aus einem Loch in einer Wand strömte Wasser herein und bildete einen Teich auf dem Höhlenboden, der beinahe die halbe Höhle ausfüllte. Um den Teich herum flogen ungefähr einhundert Fledermäuse durch die Luft. Sie flatterten durch die Höhle, tauchten aber auch immer wieder ins Wasser, um nach ihrem kostbaren Schatz auf dem Grund des flachen Sees zu sehen.

Herobrine teleportierte sich an den Teichrand und schaute ins kühle Wasser. Der Boden war übersät mit braunen, schwarz gepunkteten Eiern. Es mussten an die eintausend sein, und einige waren größer als andere, wobei aus den größten bald Fledermäuse schlüpfen würden. Diese Höhle war eine der Hauptbrutstätten der Fledermäuse auf diesem Server. Wenn die winzigen Kreaturen aus ihren ovalen Kokons geschlüpft waren, flogen sie durch die Tunnel und unterirdischen Gänge, bis sie sich in der ganzen digitalen Landschaft ausgebreitet hatten. Da sie nur über eine kurze Lebensspanne verfügten, war es für die Spezies überaus wichtig, über so viele Eier zu verfügen. Die gefleckten Behältnisse würden dafür sorgen, dass immer wieder neue Fledermäuse auf dem Server erschienen und das Gleichgewicht der Kreaturen gewahrt blieb.

Aber Herobrine brauchte kein Gleichgewicht … Er brauchte zahlenmäßige Überlegenheit.

Daher tauchte er seine Hände ins Wasser und

sammelte seine Crafting-Kräfte. Während seine Hände in einem blassen, kränklichen Gelbton zu glühen anfingen, entstanden unzählige magische gelbe Blasen im Wasser. Er konnte erkennen, dass in den Tiefen die ersten Schlüpflinge aus den Eiern kamen. Die Fledermäuse in der Höhle kreischten aufgeregt, als die winzigen Neugeborenen versuchten, aus dem Wasser zu gelangen und sich in die Luft zu erheben. Jene, die zu schwach waren, weil man sie zu früh aus dem Ei geholt hatte, versanken einfach und blinkten rot auf. Zahlreiche erwachsene Fledermäuse stürzten sich ins Wasser, um die Schwächeren an die Oberfläche zu holen, aber nur die, die stark genug waren und atmen konnten, überlebten.

Sehr viele Fledermäuse starben, doch das kümmerte Herobrine nicht. Er brauchte diese Kreaturen jetzt und wollte nicht warten. Als die letzte Fledermaus aus dem Ei geschlüpft war, stand Herobrine auf und sah sich die gewaltige Ansammlung von Fledermäusen an. Es war, als hätte sich die Höhle auf einmal mit einem wabernden schwarzen Nebel voller kleiner Augen und flatternder Flügel gefüllt. Es war kaum genug Platz für alle, um gleichzeitig herumzufliegen. Einige setzten sich an die Wände oder die Decke, was beinahe den Eindruck erweckte, als hätte man die Höhle mit lebendigen, atmenden Kreaturen ausgekleidet. Obwohl es derart beengt war, näherte sich keine der Kreaturen Herobrine. Ihre lähmende Furcht zauberte ein Grinsen auf das Gesicht des Schatten-Crafters.

„Kommt, meine Kinder … an die Oberfläche“, sagte Herobrine, dessen Stimme von den Höhlenwänden widerhallte, mit leuchtenden Augen.

Er teleportierte sich zum Tunneleingang und blieb in der Nähe der Öffnung stehen. Während er wartete, leuchteten seine Augen immer heller, da er an seinen Feind Gameknight999 denken musste.

Schon bald kamen die ersten Fledermäuse aus dem Tunnel. Sie betrachteten Herobrine mit ihren winzigen roten Augen skeptisch, während sie ins Freie flogen und dort dicht nebeneinander in der Luft verharrten. Sie bildeten einen riesigen wabernden Ball aus Augen und Flügeln, der immer größer wurde, je mehr Fledermäuse sich am Nachthimmel versammelten.

„Ihr werdet auf diesem Server meine Augen und Ohren sein“, rief Herobrine den Fledermäusen zu. „Ich befehle euch, meinen Feind und seine Freunde aufzuspüren. Ihr werdet sie suchen und nicht ruhen, solange ihr noch zu einem Atemzug fähig seid.“ Seine

Augen leuchteten noch heller. „Wenn ihr mich enttäuscht, sind alle Kreaturen der Dunkelheit in Gefahr."

Die Fledermäuse kreischten aufgeregt und flatterten noch schneller mit ihren Flügeln, während ihre Augen vor Zorn rot leuchteten.

„Gameknight999 hat euch das angetan ... Er ist ebenso euer Feind wie der meine", log Herobrine. „Er will alle Kreaturen der Schatten vernichten, damit die NPCs Minecraft für sich allein haben können. Ihr könnt mir helfen, diese Gefahr zu beseitigen. Solltet ihr versagen, wird der Benutzer-der-kein-Benutzer-ist euch alle vernichten. Eure Kinder und eure Kindeskinder sind dem Tode geweiht, wenn ihr eure Aufgabe nicht erfüllt. Gebt bei dieser Mission alles, notfalls sogar euer Leben. UND JETZT FLIEGT LOS!"

Die Fledermäuse kreischten laut und stoben in alle Richtungen davon. Für Herobrine sah es so aus, als würde sich eine gewaltige schwarze Wolke über der Landschaft ausbreiten, die jedoch zunehmend ausgedünnt wurde, je mehr Kreaturen auseinanderflogen ... Herobrine beobachtete, wie sie mit ihren hellen, hasserfüllten roten Augen in jede Ritze und jede finstere Spalte spähten, um seinen Feind ausfindig zu machen. Gut!

Er hob die Hände und stieß ein manisches, böses Lachen aus, während die Fledermäuse in der Ferne verschwanden.

„Und das war nur eine Brutstätte", sagte er laut, obwohl er allein war. „Wenn ich sie erst alle aufgesucht habe, finden dich die Fledermäuse überall, mein Freund. Du kannst dich nicht mehr lange vor mir verstecken, Benutzer-der-kein-Benutzer-ist."

Mit einem weiteren Lachen teleportierte er sich zur nächsten Brutstätte, und seine leuchtenden Augen waren das Letzte, was in der Dunkelheit verschwand.

KAPITEL 7
TRÄUME

Gameknight setzte sich ruckartig im Bett auf. Er glaubte, etwas gehört zu haben, sah jedoch sofort, dass er allein war. Um ihn herum wirbelte ein silbriger Nebel, der sich kühl und feucht anfühlte. Sofort wusste er, wo er sich befand … im Land der Träume. Er starrte konzentriert in den Nebel hinein und entdeckte seine Freunde, die rings um ihn herum schlafend in ihren Betten lagen. Sie hatten sich alle unter die roten Decken gekuschelt und die eckigen Köpfe auf weiße Kissen gebettet.

Er stand auf und stellte sich vor die Wand des Wüstentempels. Diese war beinahe durchsichtig, und als er vor die Sandsteinblöcke trat, streckte der Benutzer-der-kein-Benutzer-ist eine Hand aus. Sie fuhr durch den Block hindurch, als wäre er überhaupt nicht da. Er ging weiter und lief in die offene Wüste … aber etwas an diesem silbrigen Nebel war anders. Er konnte winzige blaue Blasen erkennen, die durch den grauen Dunst flogen.

Was ist das?, *fragte er sich.* Blasen … Irgendetwas stimmt hier nicht!

Bevor er sich die Blasen jedoch genauer ansehen konn-

te, hallte eine Stimme durch den silbrigen Nebel, als würde sie von den Blasen zu ihm herübergetragen.

„Du kannst nur vollbringen, was du dir auch vorstellen kannst", sagte eine alte, heisere Stimme.

„Orakel … Du bist hier!", erkannte Gameknight.

„Ja, Benutzer-der-kein-Benutzer-ist, ich bin hier … Ich bin schon immer hier gewesen."

Dann erklang die Musik von Minecraft im Land der Träume und erfüllte die neblige Landschaft mit wunderschönen Klängen, die Gameknights Ängste besänftigten. In diesem Augenblick begriff Gameknight999, dass das Orakel in seinem Unterbewusstsein schon immer da gewesen war. Sie war *die Musik von Minecraft. Dank all seiner Erfahrungen, die er mit dem Spiel gemacht hatte, wusste er, dass man die Musik nicht immer hören konnte – sie kam und ging. Aber jetzt ging ihm auf, dass das Orakel schon immer im Hintergrund gewesen war … und alles beobachtet hatte.*

„Ganz genau, Benutzer-der-kein-Benutzer-ist", sagte das Orakel, dessen Stimme aus allen Richtungen zu kommen schien. „Ich sehe nach allen Benutzern, die das Spiel spielen, und sorge dafür, dass Herobrine keinen von ihnen infiziert. Wenn du in der Vergangenheit meine Musik gehört hast, bedeutete das immer, dass Herobrine in der Nähe war. Ich wurde geschaffen, um dafür zu sorgen, dass

er im Spiel bleibt und nicht entkommen kann, aber ich soll auch jene beschützen, denen er schaden kann."

Gameknight ging langsam durch die Wüste und stellte fest, dass sie leer war. Er sah nur die einsamen grünen Kakteen, als würden die stacheligen Pflanzen Wache über das karge Ödland halten. In dem Versuch, das Orakel zu finden, sauste Gameknight999 mit Gedankenschnelle durch das Land der Träume. In einer Sekunde war er in einem Grasland, in der nächsten in einem Birkenwald, kurz darauf auf einer Eisebene, um dann durch einen Sumpf zu waten und in der Ferne gerade noch eine Hexenhütte auszumachen. Überall, wo er sich aufhielt, war er von der Musik von Minecraft umgeben … Sie war an jedem Ort deutlich zu hören, doch das Orakel konnte er einfach nicht finden.

„Wo bist du jetzt?", fragte Gameknight, während er durch orangefarbene und braune Tafelberge wanderte.

Der Benutzer-der-kein-Benutzer-ist sah sich um und bestaunte die Säulen aus gestreifter Erde, die in diesem wunderschönen Biom gen Himmel ragten. Die Streifen aus sonnenverbrannten Braun- und Orangetönen verliehen der Landschaft ein seltsam beruhigendes Erscheinungsbild, als wären diese gedämpften Töne irgendwie dazu gedacht, die Gewalt aufzuhalten, die sich in Minecraft ausbreitete.

„Geht es dir gut?", erkundigte sich Gameknight. „Was ist bei Herobrines Rückkehr passiert?"

„Das verdorbene Kind hatte endlich herausgefunden, wie es in meinem Tempel eindringen kann. Herobrine hat mein geliebtes Heim zerstört … es dem Erdboden gleichgemacht und nichts als einen rauchenden Krater hinterlassen."

„Das ist mir auch mal passiert. Ich weiß, wie niederschmetternd das ist … Das tut mir sehr leid, aber wenigstens bist du entkommen."

„Ich bin nicht entkommen", korrigierte das Orakel ihn ruhig. „Ich habe mich Herobrine erneut gestellt, und er hat mich mit seinem Diamantschwert angegriffen."

„Soll das heißen, dass er dich getötet hat?"

„Nein, Kind. Er begreift nicht, was ich bin. Er glaubt, dass der Körper, den er gesehen hat, das Orakel wäre, dabei war das nur eine Erweiterung meines Wesens. Ich bin das Antivirenprogramm, das entwickelt wurde, um ihn im Spiel zu halten und langsam zu vernichten. Ich bin weitaus größer, als ihm bewusst ist."

„Warum hast du ihn nicht ein für alle Mal zerstört?", wollte Gameknight wissen.

„Er ist zu tief ins Spiel eingebettet, als dass man ihn direkt angreifen könnte", erklärte das Orakel. „Damit hätte ich riskiert, ganz Minecraft zu vernichten. Nein, mein

Zweck besteht allein darin, seine Ausbreitung einzudämmen und auf die Benutzer und die NPCs aufzupassen. Das Orakel war nur ein kleiner Teil meines Wesens. Ich bin die Musik, die du beim Spielen hörst. Das ist mein wahres Ich … der Computercode, der über die Funktionsweise von Minecraft wacht. Herobrine, dieses verwöhnte Gör, glaubt, er hätte mich vernichtet, aber er versteht so wenig … Er kennt kaum mehr als Gewalt und Zerstörung."

„Aber wie soll ich ihn dann aufhalten?", fragte Gameknight und wanderte aus den traumartigen Tafelbergen in einen geheimnisvollen dichten Wald.

Er blickte zum Blätterdach über sich hinauf und teleportierte sich auf die Baumwipfel. Rings um ihn herum waren in alle Richtungen Bäume zu sehen; nur hier und dort reckte mal ein Riesenpilz seinen scharlachroten Hut aus dem dichten grünen Teppich. Gameknight holte das rosafarbene Ei aus seinem Inventar und hielt es in den Händen.

„Ich weiß noch immer nicht, wie ich diese Waffe einsetzen kann … Bitte sag mir, was ich tun muss", flehte er. „Das Leben aller hängt davon ab, dass ich das Richtige tue. Du musst mir helfen!"

„Das musst du schon allein herausfinden, Gameknight, damit du zur richtigen Zeit die richtige Entscheidung tref-

fen kannst. Wenn ich dir zu viel verrate, verändere ich das, was sein könnte. Es hat einhundert Jahre gedauert, um die Ereignisse in der richtigen Reihenfolge ablaufen zu lassen, damit Herobrine endlich aufgehalten werden kann. Wenn ich zu viel verrate, verändere ich alles, und dafür steht einfach zu viel auf dem Spiel. Ich kann nichts weiter tun, als dir dabei zu helfen, den Mut und die Weisheit zu finden, die du brauchen wirst, um das zu tun, was erforderlich ist."

„Mut." Gameknight schnaufte und betrat einen Dschungel. Er konnte Ozelots um sich herum sehen und fühlte sich sofort etwas ruhiger, da er jetzt wusste, dass sich keine Creeper in der Nähe aufhielten. „Ich erinnere mich nicht daran, wann ich das letzte Mal mutig gewesen bin. Ich kämpfe, weil ich keine andere Wahl habe, und nicht, weil ich mutig bin. Tatsächlich habe ich die ganze Zeit über Angst."

„Verwechsle Angst nicht mit Schwäche", erwiderte das Orakel. „Nur ein Narr empfindet im Kampf keine Furcht. Es zählt nur, wie wir mit dieser Angst umgehen. Ein Feigling lässt sich von seiner Angst verzehren, sodass andere darunter zu leiden haben. Ein Held stellt sich jedoch seiner Furcht, erkennt sie an und tut, was er tun muss, um jene um sich herum zu beschützen."

„Das ist ja gut und schön, aber verrat mir doch lieber,

wie ich die Kraft und die Weisheit finde, die ich brauchen werde, wenn ich mich Herobrine erneut stellen soll."

„Finde das alte Buch der Weisheit", antwortete das Orakel. „Früher einmal habe ich es in meinem Tempel aufbewahrt, doch es ist Herobrine vor vielen Jahren gelungen, es mir zu stehlen. Ich kann es noch immer spüren, aber es liegt an dir, es zu finden … und zu überleben. Wahrscheinlich wird es von den grausamsten und gefährlichsten Kreaturen bewacht."

„Wo befindet sich dieses Buch?", fragte Gameknight.

„Es wird in einem der ältesten Gebäude versteckt, einem, das sogar noch älter ist als der Tempel, in dem wir uns begegnet sind."

„Wo finde ich diesen Ort?"

„Das kann ich dir nicht so genau sagen. Aber es gibt nur ein Biom, in dem ich nicht danach gesucht habe, also muss es dort sein", erklärte das Orakel.

„Wo … Was ist das für ein Biom?"

„Die Tiefsee."

„Die Tiefsee … Wie kann sich der Tempel in der Tiefsee befinden? Ich dachte, wie reden hier über einen Dschungel- oder einen Wüstentempel."

„Nein, dieser Tempel war seit der Erschaffung von Minecraft verborgen und wurde erst vor Kurzem für die Benutzer sichtbar gemacht. Bei dem Tempel, den du

suchst, handelt es sich um ein Ozeanmonument, das sich weit unter Wasser befindet. Aber du musst dich sehr vorsehen, denn das Monument wird von schrecklichen Bestien bewacht, und die schlimmste davon, der Große Wächter, wird das Buch der Weisheit beschützen."

Gameknight hatte schon von den Ozeanmonumenten gehört. Sie waren im Snapshot der Entwicklerversion 14w25a zu sehen gewesen, doch er hatte sich nicht näher damit beschäftigt und nur in groben Zügen online etwas darüber gelesen.

„Bisher ist es weder einem Benutzer noch einem NPC gelungen, eine Begegnung mit diesem Großen Wächter zu überleben. Du musst clever und tapfer sein, denn wenn du auch nur den leisesten Zweifel verspürst, könnte das dein Untergang sein. Falls das geschieht, sind wir alle verloren."

„Kannst du mir denn nicht noch mehr verraten?", bat Gameknight. „Wie vernichte ich den Großen Wächter?"

„Dazu musst du kreativ werden und etwas tun, das Herobrine nicht von dir erwartet", erwiderte das Orakel. „Denn der Große Wächter wartet. Und wenn du sein Monument betrittst, befindest du dich in seinem Reich und er ist im Vorteil. Aber du musst dich beeilen. Herobrine holt Monster von anderen Servern hierher. Er destabilisiert die Serverpyramide und gefährdet die Existenz von allem.

Nur der Benutzer-der-kein-Benutzer-ist kann dieses Rätsel lösen und überleben, und wenn dir das nicht gelingt … sind alle verloren … verloren … verloren …“

Ihr letztes Wort hallte durch das Land der Träume wie der kalte Klang einer Totenglocke. Als Gameknight dem Orakel noch eine letzte Frage stellen wollte, packte plötzlich jemand seine Schulter und rüttelte ihn, sodass er langsam aus dem Land der Träume in die wirkliche Welt zurückgeholt wurde. Während der silbrige Nebel immer dünner wurde, glaubte Gameknight, etwas darin zu erkennen. Es war ein großes braunes Rechteck mit zehn einzelnen Abschnitten darin, wobei die obersten vier leer waren.

Nach einiger Zeit hatte er das Objekt erkannt … Aber er begriff nicht, was das zu bedeuten hatte. War das ein Hinweis des Orakels oder beruhte es auf etwas, das er bereits in Minecraft erlebt hatte? Er war sich nicht sicher, aber während das Land der Träume verblasste und die Welt um ihn herum wieder fest wurde, wusste er auf einmal, was er tun musste, auch wenn er den Grund dafür nicht kannte … noch nicht jedenfalls.

* * *

„Bist du wach, Gameknight?“, fragte eine Stimme.

Er schlug die Augen auf und sah seine Schwester Monet113 vor sich, deren fluoreszierendes blaues Haar ihr eckiges Gesicht einrahmte und ihre bunte Rüstung nur noch weiter betonte.

„Gameknight, bist du …“

„Ja, ich bin wach“, unterbrach er sie.

„Es ist Morgen, wir wollen ins Dorf“, teilte sie ihm mit.

Gameknight stand auf und streckte sich. Das orangefarbene Licht des Sonnenaufgangs drang bereits durch die Löcher in den Tempelmauern herein.

„Komm schon, Gameknight“, drängelte Hunter und kam auf ihn zu. „Gehen wir jetzt oder hast du vor, in diesem sandigen Tempel Wurzeln zu schlagen?“

„Ich komm ja schon“, murmelte er und ging zur Tür.

Dabei begriff er mit einem Mal, dass die Form, die er im Nebel gesehen hatte, eine Tür gewesen sein musste. Aber er wusste noch immer nicht, was das zu bedeuten hatte.

Türen … warum brauchen wir Türen?, fragte er sich.

Dann ertönte auf einmal die Musik von Minecraft in seinem Kopf, und er musste lachen. Als er die anderen NPCs anschaute, wusste er, dass sie sie ebenfalls gehört hatten, da sie zufrieden lächelten.

Okay, dachte er und hoffte, dass das Orakel es hören konnte. *Ich besorge Türen, auch wenn mir noch immer nicht klar ist, wie sie uns helfen sollen.*

Doch da tauchte ein anderes Bild vor seinem inneren Auge auf. Es war ein großer blassgelber Würfel, der mit rasiermesserscharfen lilafarbenen Stacheln bedeckt war. Am hinteren Ende befand sich ein langer, segmentierter Schwanz mit breiter Finne. Gameknight fand diese Meereskreatur mit ihrem einzelnen böse dreinblickenden und rot funkelnden Auge ganz schön beängstigend. Das Wesen erinnerte ihn an den mystischen Zyklopen, gegen den Odysseus gekämpft hatte.

Er erschauderte.

Die Kreatur war gewaltig und viel größer als Gameknight999, und sie sah gefährlicher aus als jede der monströsen Bestien, die Herobrine ihm bisher entgegengeworfen hatte. Wollte ihm das Orakel etwa sagen, dass er gegen diese Monstrosität kämpfen musste? Oder sollte das sein Verbündeter sein, der ihm bei seiner Aufgabe half?

Was davon erwartet mich?, fragte Gameknight das Orakel in seinem Kopf, bekam jedoch keine Antwort.

Seufzend verdrängte er seine Unsicherheit und folgte seinen Freunden ins Dorf.

KAPITEL 8
XA-TUL

Herobrine erschien in einer Höhle tief unter der Erde. Augenblicklich wurden seine Sinne von Hitze, Rauch und der Asche der Lava bestürmt. Er holte tief Luft und lächelte. Vor ihm hing der gewaltige, massige Körper eines Zombies in einer Kettenrüstung von der Decke. Die Füße des Zombies steckten in einem Spinnennetz, das an der Steindecke befestigt war. Das riesige Monster baumelte über einer kleinen Lavagrube, deren Hitze der Kreatur langsam die Gesundheit raubte. Ein schimmernder grüner Gesundheitsbrunnen stand in der Nähe an einer Wand und sprühte seine smaragdgrüne lebensspendende Flüssigkeit gerade so weit, dass das gepeinigte Monster nicht herankommen konnte.

Gemächlich ging Herobrine um den kopfüber hängenden Körper herum und inspizierte ihn. Als er vor der Kreatur stehen blieb, erkannte Xa-Tul seinen Schöpfer und sorgte umgehend dafür, dass seine hilflose Miene grimmiger Entschlossenheit wich.

„Kehrt der Schöpfer zurück, um Xa-Tul freizulassen?“, fragte der Zombiekönig.

Herobrine ging langsam auf die Lavagrube zu. Die Hitze und der Rauch, die von dem geschmolzenen Stein aufstiegen, waren wundervoll. Xa-Tuls goldener Helm, seine Klauenkrone, hing schief über der Ecke eines Blocks. Nur ein kleiner Stoß oder eine leichte Vibration und die goldene Krone wäre in die brodelnde Masse gefallen.

„Du hast mich enttäuscht, als du gegen den Benutzer-der-kein-Benutzer-ist gekämpft hast“, sagte Herobrine. „Du hast zugelassen, dass du besiegt wurdest, und Versagen kann ich nicht tolerieren. Ich muss mich vergewissern, dass du deine Lektion gelernt hast.“

Herobrine ging um den Zombiekönig herum und stellte fest, dass das Monster dem Tode nahe war. Xa-Tul stand kurz davor, für immer zu verschwinden, und das Einzige, was ihn noch am Leben hielt, war ein gelegentlicher Spritzer vom nahen Gesundheitsbrunnen. Es gab doch nichts Quälenderes, als wenn die Rettung gerade so außer Reichweite war … Auf Herobrines Lippen zeichnete sich ein gemeines Grinsen ab.

„Hast du deine Lektion gelernt, Zombie?“, fragte er mit gefährlich hell leuchtenden Augen.

Xa-Tul nickte eifrig, auch wenn ihn das Spinnennetz stark in seiner Bewegungsfreiheit einschränkte.

„Wenn ich nicht vor dem Ende des Kampfes gekommen wäre, hätte dich der Benutzer-der-kein-Benutzer-ist vernichtet. Eine solche Peinlichkeit werde ich kein zweites Mal dulden … Hast du das verstanden?"

Daraufhin nickte Xa-Tul erneut und sah ihn mit seinen roten Augen ernst an. „Xa-Tul wird tun, was der Meister befiehlt, und nicht versagen."

„Sehr schön", meinte Herobrine.

Er nahm einen Eimer Wasser aus seinem Inventar und entleerte ihn über der brodelnden Lava. Die leuchtende orangefarbene Flüssigkeit wurde augenblicklich fest und verwandelte sich in dunklen Obsidian. Herobrine zückte sein Diamantschwert und durchtrennte die Spinnweben, die den Zombiekönig an der Decke festhielten. Kaum war der letzte Faden gelöst, fiel Xa-Tul zu Boden und leuchtete rot auf. Seine Gesundheit war nahezu aufgebraucht. Der Zombie kroch zum Gesundheitsbrunnen und legte sich so davor, dass die grünen Funken auf seinen Körper fielen, ihn genesen ließen und vor dem Tod retteten. Als seine Gesundheit wieder komplett gefüllt war, stand er auf und trat vor die Obsidianblöcke. Seine Kettenrüstung klimperte bei jedem Schritt, und seine Schritte donnerten auf den lilafarbenen und schwarzen Blöcken. Der Zombiekönig beugte sich vor und hob seine Klauenkrone auf. Nachdem er sich das heiße Metall wieder auf den Kopf gesetzt hatte, drehte er sich zu seinem Meister um.

„Xa-Tul ist bereit für die Befehle des Schöpfers", erklärte der Zombiekönig mit seiner gutturalen, animalischen Stimme.

Herobrine ging vor dem großen Monster auf und ab. Er musterte seine Schöpfung und wusste, dass Gameknight999 Xa-Tul besiegen würde, wenn sie ein weiteres Mal im Kampf aufeinandertrafen, vor allem, da sein Feind jetzt gelernt hatte, mit zwei Schwertern gleichzeitig zu kämpfen, so wie es jener Schmied vor all diesen Jahren auch getan hatte. Herobrine musste dem Zombie irgendwie helfen, aber er konnte ihn nur stärker machen … nicht klüger. Da hatte er eine Idee.

„Ich werde dir Verbündete an die Seite stellen, die dir helfen, unsere Feinde zu besiegen", verkündete Herobrine. „Ich werde drei weitere Könige erschaffen, die deinem Befehl unterstehen. Ihr werdet meine vier Könige sein … die vier Reiter der Apokalypse, die Zerstörung über die NPC-Armee hereinbrechen lassen."

„Xa-Tul braucht kein Pferd“, knurrte der Zombiekönig.

Herobrines Augen loderten bedrohlich auf, und Xa-Tul senkte demütig den Kopf.

„Der Krieg ist eine Kunst, Dummkopf, die stilvoll ausgeführt werden muss“, sagte Herobrine. „Das wird die Angst des Benutzers-der-kein-Benutzer-ist nur noch vergrößern, und dann werden wir in der letzten Schlacht leichter mit ihm fertig.“

„Vergib Xa-Tul“, sagte der Zombie.

„Halt einfach den Mund.“

Herobrine verschwand aus der Höhle und kam im nächsten Augenblick mit einem grauen Pferd, dessen Zügel er in der Hand hielt, wieder zurück. Er platzierte einen Zaunpfahl weit entfernt vom Gesundheitsbrunnen am Boden, band das Pferd daran und teleportierte sich durch die Kammer. Dort schnappte er sich einen Zombie, mit dem er neben dem Pferd wieder auftauchte.

„Danke, dass du dich freiwillig meldest“, sagte Herobrine zum Zombie und schlug ihn mit seinem Diamantschwert.

Der Zombie fiel zu Boden, und seine Gesundheit war fast aufgebraucht. Herobrine machte dasselbe mit dem Pferd, bis es ebenfalls dem Tode nahe war.

Dann legte er die beiden Kreaturen nebeneinander und nutzte seine Crafting-Kräfte, um sie zu kombinieren. Dabei leuchteten seine Hände in einem blassen, kränklichen Gelbton, der in die Körper, die er bearbeitete, einzusickern schien. Ganz langsam bildete sich eine neue Gestalt, die größer und von satterem Grün war als zuvor.

Als er fertig war, schleifte Herobrine seine Schöpfung zum Gesundheitsbrunnen. Die leuchtenden Funken tanzten über den Körper und erneuerten die Lebenskraft der neuen Kreatur, die sich langsam auf vier kräftigen Beinen aufrichtete. Es war ein riesiges Zombiepferd mit pechschwarzen Augen und roten Pupillen. Seine Haut hatte dieselbe krankhaft grüne Farbe wie die aller Zombies, und hier und da hingen Fleischfetzen herunter. Herobrine nahm die Zügel und führte die Bestie zu Xa-Tul.

„Das ist dein Reittier“, erklärte Herobrine. „Du wirst dafür sorgen, dass dich die NPCs der Oberwelt darauf sehen, damit sie es mit der Angst zu tun bekommen.“

„Wie der Schöpfer befiehlt“, erwiderte Xa-Tul und stieg auf.

Herobrine drehte sich um und sah mehrere Zombies aus der nahen Zombiestadt näher kommen, deren trauriges Stöhnen von den Steinwänden widerhallte. Sie spürten Herobrines Gegenwart und kamen, um seine Befehle entgegenzunehmen. Er wartete, bis die Gruppe aus verwesenden Kreaturen nahe genug war, platzierte dann erst einen und danach einen zweiten Steinblock auf dem Boden und stellte sich darauf, sodass er alle überragte. Mit leuchtenden Augen wandte er sich dem Mob zu.

„Vernimm deine Aufgabe, Zombiekönig“, erklärte Herobrine. „Versammle alle Zombies hier in dieser Zombiestadt. Erweitere die Höhle mithilfe von Creepern um das Zehnfache. Nutze so viele Creeper, wie du brauchst, denn wir werden sie in der letzten Schlacht um Minecraft nicht benötigen. Gehe auf die anderen Server und hole alle Zombies hierher. Du wirst an diesem Ort die größte Zombiearmee aller Zeiten aufstellen. Sobald alle hier sind und meine kleinen Freunde den Benutzer-der-kein-Benutzer-ist gefunden haben, bringe ich euch alle zu unserem Feind. Wir werden all seine NPC-Freunde vernichten, und dann werde ich ihn persönlich ausschalten.“ Er beugte sich näher an den Zombiekönig heran. „Meine geflügelten Boten sind auf der Suche nach dem Benutzer-der-kein-Benutzer-ist und seiner Bagage. Sobald die Fledermäuse sie gefunden haben, wenden sie sich an dich. Ich möchte, dass du ihm ein wenig zusetzt, indem du einige seiner Freunde vernichtest." Herobrine sah Xa-Tul mit leuchtenden Augen an. „Dieses Mal wird es keine Fehler geben, hast du verstanden?"

Der Zombiekönig nickte.

„Es gibt noch eine zweite Aufgabe für euch. Zombies, ich befehle euch, loszuziehen und so viel Leder wie möglich einzusammeln. Ich habe das schon in vielen Zombiestädten auf diesem Server gesagt, aber auch ihr müsst das Land nach Kühen durchsuchen und ihr Leder einsammeln, da wir so viel brauchen, wie ihr nur finden könnt. Nutzt die Zombieportale und befehlt den Zombies in anderen Städten, dasselbe zu tun, denn wir müssen jedes Stück Leder einsammeln, das wir nur finden." Er hielt kurz inne und ließ seine Augen aufleuchten, damit alle wussten, dass jedem, der seinen Befehl missachtete, der Tod erwartete. „Und jetzt geht … Ich habe noch mehr zu tun. Aber schon bald wird die Welt der NPCs aus Angst vor der Armee, die ich aufstelle, erzittern. Und da die alte Vettel nicht mehr da ist, kann ich mich endlich ungehindert bewegen. Nun kann mich nichts mehr aufhalten. Die vier Reiter und ihre Armeen werden die NPCs in der letzten Schlacht um Minecraft vernichten, und ich werde meine Rache am Benutzer-der-kein-Benutzer-ist und allen in der physischen Welt bekommen!“

Wieder stieß er sein böses, manisches Lachen aus, das alle Zombies in Angst und Schrecken versetzte, und teleportierte sich fort.

KAPITEL 9
STONECUTTER

Die NPCs marschierten den Großteil des Morgens schweigend, und die Hitze machte ihnen sehr zu schaffen. Aber als die Sonne höher stieg, wurde auch die Stimmung besser. Gameknight ging mit Filler auf den Schultern voran, wobei ihm die Kleine eher eine Freude als eine Last war. Neben ihm marschierte Stonecutter, auf dessen breiten Schultern Topper saß und vergnügt in die Gegend schaute. Die Geschwister hielten Ausschau und nahmen diese Pflicht sehr ernst. Sie ließen den Blick stetig über die von der Sonne verbrannte Landschaft wandern und achteten auf Gefahren, während die Gruppe durch die öde Wüste lief.

Der Weg vom Tempel zum Dorf, dessen Wachturm nur gerade so eben durch den Dunst zu sehen war, dauerte seine Zeit.

„Ich bin noch nie in einem Wüstendorf gewesen", sagte Gameknight. „Nur in Dörfern auf Ebenen und in der Savanne. Ich bin ziemlich gespannt auf das Wüstendorf."

„So aufregend wird das nicht", erwiderte Stonecutter. „Es ist eigentlich wie jedes andere Dorf auch. Ich sollte es wissen, schließlich habe ich in einem Wüstendorf gelebt, bis es zerstört wurde."

„Was?", rief Monet aus, die hinter ihnen ging.

„Dein Dorf wurde zerstört?", fragte Crafter und trat neben den kräftigen NPC.

Stonecutter nickte ernst und hob eine Hand mit ausgestreckten Fingern, um den Toten Respekt zu zollen. Ganz langsam ballte er die Hand zur Faust, die er fest zudrückte, bevor er die Hand wieder sinken ließ und erneut auf Toppers Bein legte.

„Bitte erzähl uns, was passiert ist", bat Crafter.

Stonecutter seufzte.

„Das fällt mir nicht leicht", gab er mit zittriger Stimme zu und wurde beinahe von seinen Gefühlen übermannt. „Es war nämlich meine Schuld ... Es war alles meine Schuld."

„Das kann nicht stimmen", sagte Monet. „Eine Person kann nicht für die Zerstörung eines ganzen Dorfes verantwortlich sein. Sag uns, was passiert ist."

Er seufzte erneut und nickte dann.

„Ich habe in einem Dschungeltempel in der Nähe gearbeitet, als sie kamen. Wir hörten ein Poltern in der Ferne und hielten es für Donner, doch dann fiel uns auf, dass der Himmel wolkenlos war … Und ich habe weitergearbeitet. Dann wurde das Geräusch lauter und kam immer öfter … Es war wirklich merkwürdig. Die Krieger, die bei mir am Dschungeltempel waren, zogen los, um der Sache auf den Grund zu gehen. Woodcutter, der auch dazugehörte, wollte, dass ich sie begleite.

‚Komm mit', sagte Woodcutter. ‚Irgendetwas stimmt da nicht, und wir müssen uns vergewissern, dass mit dem Dorf alles in Ordnung ist.'

Aber ich weigerte mich, weil ich wusste, dass keiner meinem Dorf schaden kann."

„Woher hast du das gewusst, wenn du das Dorf gar nicht sehen konntest?", fragte Monet.

„Weil ich die Mauer gebaut habe, von der es umgeben war", antwortete Stonecutter. „Ich habe jeden Stein eigenhändig zugeschnitten und so geformt, dass sie alle perfekt zueinanderpassen. Die Seiten waren ganz gerade, die Oberflächen sehr flach. Alle Stücke passten so gut nebeneinander, dass nicht einmal mehr eine Fledermaus hindurchgepasst hätte. Um ganz sicherzugehen, habe ich sie in zwei Schichten erbaut, damit sich nicht einmal ein Creeper hindurchsprengen konnte."

Auf Stonecutters Gesicht zeichnete sich Stolz ab,

als er an seine Mauer dachte – sein Kunstwerk –, doch dann wurde seine Miene wieder traurig.

„Daher blieb ich am Tempel, um mein Meisterwerk zu vollenden, anstatt dafür zu sorgen, dass mein Dorf in Sicherheit ist." Er spie die Worte aus, als wären sie Gift. „Ihr müsst wissen, dass ich den größten Dschungeltempel in ganz Minecraft bauen wollte. Er sollte so beeindruckend sein, dass niemand, weder Benutzer noch NPC, es je wagen würde, ihn zu betreten, weil er schlichtweg zu erhaben für das Auge eines Sterblichen gewesen wäre. Und nach seiner Vollendendung", er hielt kurz inne und wischte sich eine Träne aus dem Augenwinkel, „würde jeder wissen, dass Stonecutter dieses großartige Bauwerk geschaffen hatte und dass ich der beste Baumeister in ganz Minecraft bin." Er schniefte, und ihm liefen weitere Tränen über die eckigen Wangen. „Wie erbärmlich ich doch war."

„Es ist nichts falsch daran, der Beste sein zu wollen, Stonecutter", erklärte Topper, der noch immer auf den Schultern des großen NPCs saß.

„Doch, wenn einem das eigene Ego wichtiger ist als seine Verantwortung!", fauchte Stonecutter.

„Wie meinst du das?", hakte Gameknight nach.

Stonecutter drehte sich zu ihm um. Inzwischen

tropften ihm die Tränen vom Kinn und landeten auf seiner grauen Robe, auf der sich feuchte Flecken bildeten, in denen sich der Wüstenstaub sammelte. Er sah Gameknight derart intensiv mit seinen steingrauen Augen an, dass der Benutzer-der-kein-Benutzer-ist den Blick abwenden musste.

„In diesem Moment wollte ich nur weiter an meinem Tempel arbeiten. Aber das tat ich nicht für Minecraft, sondern für mich … allein für mich!“ Stonecutter drehte sich um und schaute zu dem Dorf in der Ferne hinüber. Sie kamen ihm immer näher und würden es bald erreicht haben. „Ich habe mich durch meinen Wunsch, berühmt zu werden, von meinen Pflichten ablenken lassen.“

„Was war denn deine Pflicht?“, wollte Gameknight wissen.

„Ich musste für die Sicherheit meines Dorfes sorgen“, erwiderte Stonecutter, als wäre das eine unumstößliche Wahrheit. „Ich hätte auf meine Frau und meinen Sohn aufpassen müssen … dafür sorgen, dass niemandem etwas passiert! Ich habe eine Mauer gebaut, die alle in meinem Dorf schützen sollte, aber anstatt vor Ort zu sein und sicherzugehen, dass sie das auch wirklich tat, wollte ich einen dummen Tempel bauen … aus rein egoistischen Gründen.“

„Stonecutter … Was ist passiert?“, fragte Crafter.

„Meine Mauer hat versagt“, gestand der NPC leise und geknickt. „Die Monster konnten sie durchbrechen und ins Dorf gelangen. Es war gar kein Donner, was wir gehört haben … Das waren Creeper, und zwar sehr viele.“

„Aber das war doch nicht deine Schuld!“, erklärte Monet und legte Stonecutter besänftigend eine Hand auf die Schulter. „Eine Mauer ist nun mal nicht unzerstörbar. Es gab doch bestimmt noch andere Abwehrmaßnahmen, um die Monster aufzuhalten.“

„Ihr versteht es nicht!“, jammerte er. „Ich war so arrogant und von meiner Mauer überzeugt, dass ich unseren Crafter überzeugt habe, keine anderen Verteidigungsmaßnahmen zu errichten. Ich habe ihm versichert, dass nichts durch meine Mauer gelangen würde, nicht einmal ein Creeper.“

„Du hattest eben nicht mit zwanzig Creepern gerechnet“, murmelte Hunter.

Stonecutter drehte sich zu ihr um und wollte sie schon wegen dieser Anschuldigung anfahren … doch dann sah er, dass ihre Miene nicht etwa entrüstet, sondern mitfühlend aussah.

„Ich habe mein Dorf auch an die Monster verloren“, sagte Hunter. „Und ich war ebenfalls nicht da, um sie mit meinem Bogen zu beschützen. Ich war auf der Jagd und nicht zu Hause, dabei hatten wir noch genug zu essen. Trotzdem lief ich draußen im Wald herum und wollte meine Fähigkeiten auf die Probe stellen." Sie stockte kurz, und ihr lief eine Träne über die rechte Wange, die in ihren roten Locken hängen blieb. „Auch ich habe meine Familie und meine Freunde enttäuscht."

Sie trat vor und ging so dicht neben Stonecutter her, dass sie den großen NPC mit einem Arm berührte und ihn auf diese Weise tröstete. Stonecutter blickte auf sie herab und nickte.

„Hunter hat recht. Ich hatte nicht mit zwanzig Creepern gerechnet", gab er zu. „Als ich an diesem Tag Feierabend machte, ging ich zurück zum Dorf. Doch am Waldrand, wo mich eigentlich der Anblick meiner wundervollen Mauer erwarten sollte … sah ich nichts als Rauch und einen riesigen Krater an der Stelle, an der mein Dorf gestanden hatte. Die Monster hatten alles zerstört, nur nicht meine großartige Mauer! Ich konnte die Stelle sehen, an der sie durchgebrochen waren, und sobald ihnen das gelungen war, gab es nichts mehr, das sie aufhalten konnte.

Ich sprintete los, so schnell ich konnte, um herauszufinden, ob es noch Überlebende gab … doch ich konnte nur einen entdecken. Es war Woodcutter, der Krieger, der mit mir am Tempel gewesen war. Er saß mit dem Rücken an meine Mauer gelehnt und mit schmerzverzerrtem Gesicht da. Seine Verletzungen waren sehr schwer, und ich konnte erkennen, dass er die Nacht nicht überleben würde.

Er sagte, er hätte alles vom Rand des Dschungels aus mit angesehen. Eine riesige Monsterarmee ist in unser Dorf gekommen – Creeper, Zombies, Spinnen, aber auch Monster aus dem Nether. Da wir jedoch keine Türme für Bogenschützen gebaut hatten … weil ich behauptet hatte, wir würden sie nicht brauchen … konnten die Monster einfach bis an die Mauer marschieren und Löcher hineinsprengen. Einige Krieger haben von der Mauer heruntergeschossen, waren wegen der Lohen jedoch nicht besonders effektiv. Zuerst drangen zwei der grünen Bestien bis an die Mauer vor, dann zwei weitere, und so rückten sie in Zweiergruppen an. Nach und nach vergrößerten sie das Loch in der Mauer, bis die Stelle einstürzte. Dann stürmten die restlichen Monster ins Dorf und vernichteten alles. Die Lohen brannten die Häuser nieder. Glücklicherweise standen die meisten leer, da der Großteil der NPCs, darunter auch meine Familie, in die Fertigungskammer evakuiert worden war.

Aber als sie alle Häuser zerstört hatten, griffen die Creeper den Wachturm an. Sie sprengten ihn in Stücke, bis nur noch ein gewaltiger Krater im Boden übrig war, der den Geheimtunnel freilegte. Laut Woodcutters Worten tauchte dann der Ghast auf. Angeblich war es das größte Wesen, das er je gesehen hatte, eine riesige knochenweiße Kreatur mit langen Tentakeln und lodernden roten Augen. Woodcutter ist mit der Axt in der Hand ins Dorf gerannt, um wenigstens einige aufzuhalten, aber sobald er dort ankam, stürzten sich die Lohen auf ihn. Sie haben ihn mit Feuerbällen beschossen und zum Sterben liegen gelassen … aber noch war er nicht tot. Ihm war gerade genug Gesundheit geblieben, um am Leben zu sein, aber nicht ausreichend, um aufzustehen, und so konnte er nur dasitzen und sich den Albtraum weiter mit ansehen."

Stonecutter schniefte und wischte sich die Tränen von den Wangen.

„Woodcutter erzählte mir, dass der Ghast in die Fertigungskammer schwebte und nach einigen Minuten mit jemandem zwischen seinen Tentakeln wieder herauskam."

„Malacoda", zischte Gameknight zornig.

Crafter legte dem Benutzer-der-kein-Benutzer-ist eine Hand auf die Schulter, um ihn zu beruhigen.

„Er kann keinem NPC mehr etwas tun“, sagte Crafter und versuchte, Gameknights Wut zu besänftigen.

Der Benutzer-der-kein-Benutzer-ist nickte und rückte Filler auf seinen Schultern zurecht.

„War das der Name des Ghasts ... Malacoda?“, fragte Stonecutter.

Gameknight nickte und ging weiter.

„Er ist nicht mehr da“, erklärte er.

„Hast du dich um ihn gekümmert?“, erkundigte sich Stonecutter.

„Jemand anderes hat sein erbärmliches Leben beendet“, antwortete Gameknight.

„Gut.“ Stonecutter seufzte tief und fuhr dann fort. „Woodcutter sagte, er hätte versucht, aufzustehen und den Ghast aufzuhalten, aber ihm fehlte die Kraft dazu. Daher hat er einfach nur an der Mauer gesessen und zugesehen, wie sie die Creeper in die Fertigungskammer geschickt haben. Meine Familie war da unten. Meine Frau Baker war bestimmt mit unserem Sohn Weaver in die Fertigungskammer geflüchtet, kaum dass sie den ersten Creeper gehört hatte. Wahrscheinlich hat sie so viele Kinder mitgenommen, wie sie nur konnte. Das war für Gefahrensituationen jedenfalls immer ihr Plan gewesen.

Weaver … war ungefähr in deinem Alter, Topper. Er war der beste Sohn, den sich ein Vater nur wünschen konnte. Mit seinen kleinen Händen schuf er Teppiche mit unglaublichen Mustern … besser als jeder andere im Dorf. Wann immer er einen fertig hatte, brachte er ihn mir, damit ich sein Werk als Erster bewundern konnte. Jeder war schöner als der letzte, und es war mir stets die größte Freude, mit anzusehen, wie er strahlte, wenn er mir seine Arbeit präsentierte. An jenem Morgen hatte er mir seinen neuesten Teppich gezeigt, bevor ich zum Tempel aufgebrochen war. Darauf war in einer Ecke meine Mauer zu sehen, und er hatte es irgendwie geschafft, Bilder von sich, seiner Mutter und mir in den Stoff einzuweben. Der Teppich stellte dar, wie die Mauer uns alle beschützte … Was für ein schlechter Witz!"

Er musste sich eine weitere Träne abwischen.

„Ich werde nie wieder die Gelegenheit haben, Weaver so strahlen zu sehen."

Er schwieg kurz, und Gameknight konnte ihm ansehen, dass Stonecutter in schönen Erinnerungen an seine Familie schwelgte. Doch dann verblasste das Licht in seinen Augen und seine Miene wurde wieder traurig.

„Woodcutter sagte, er hätte die Explosionen unter

der Erde gehört und wusste, dass alle Überlebenden dort getötet worden waren. Meine Frau, mein Sohn, Woodcutters Familie ... Alle sind da unten gestorben. Und es war allein meine Schuld!

Ich verließ Woodcutter kurz, um unser Haus zu durchsuchen ... in der Hoffnung, dass Weaver oder Baker noch dort wären und sich versteckt hätten. Aber das Einzige, was ich noch fand ..."

Erneut musste er eine kurze Pause machen, um seine Fassung wiederzuerlangen.

„Was war es?", fragte Topper. „Was hast du gefunden?"

„Das war das Erstaunlichste überhaupt", antwortete Stonecutter. „Ich habe Weavers letzten Teppich gefunden. Er war unversehrt, als wäre überhaupt nichts passiert. Darauf sah meine Mauer noch undurchdringlich aus und umgab unsere lächelnden Gesichter. Ich saß da mit dem Teppich in den Händen und habe sehr lange Zeit geweint. Als keine Tränen mehr kamen und ich mich völlig leer fühlte, wusste ich, dass ich diesen Teppich nie wieder ansehen kann, und habe ihn in der Asche unseres Hauses vergraben."

Wieder schwieg er.

„Das war nicht deine Schuld, Stonecutter", sagte

Crafter. „Wir können nur für das zur Verantwortung gezogen werden, was wir heute tun. Aber unsere Entscheidungen und Taten haben auch morgen noch Konsequenzen, auch wenn niemand wissen kann, wie diese aussehen. Du hast die beste Mauer gebaut, die du bauen konntest ... Das war deine Aufgabe. Möglicherweise liegt der Fehler eher bei deinem Crafter."

„Unser Crafter war der beste!", protestierte der NPC.

„Davon bin ich überzeugt", gab Crafter zurück, „aber er war ebenfalls für eure Gemeinde verantwortlich. Ebenso euer Schmied, dessen Aufgabe es war, Waffen zum Schutz eures Dorfes anzufertigen ... Tragen sie nicht ebenfalls einen Teil der Schuld?"

„Tja ... Ich denke schon ..."

„In einer Gemeinschaft ist jeder für die Gesundheit und Sicherheit der anderen verantwortlich", erklärte Crafter. „Kein Einzelner muss die Last für alle schultern, vielmehr übernehmen alle einen Teil ... Das bedeutet es doch, Teil einer Gemeinschaft zu sein."

Crafter warf Gameknight999 einen Blick zu. Sie sahen einander kurz an, dann sah der Benutzer-der-kein-Benutzer-ist weg.

„Wie bist du dann in unserem Dorf gelandet?", wollte Topper wissen.

„Ich habe Crafters Ruf gehört, der uns zur Verteidigung von Minecraft aufforderte, bin zu euch gekommen … und habe gekämpft." Stonecutter drehte sich zu Gameknight999 um, und seine grauen Augen waren jetzt vom Weinen rot unterlaufen. „Ich bin dir in den Nether und danach zur Quelle gefolgt. Ich habe bei diesem schrecklichen Kampf an deiner Seite gekämpft. Während du dich Erebus im Land der Träume gestellt hast, habe ich die Zombies und Skelette davon abgehalten, zu deinem schlafenden Körper zu gelangen."

Er deutete auf eine lange zackige Narbe an seinem Arm.

„Die stammt von einem Witherskelett, das zu dir und deinen Freunden gelangen wollte", sagte er. „Aber ich habe es mit meiner Spitzhacke aufgehalten."

Gameknight streckte einen Arm aus und berührte die lange Narbe mit seinen eckigen Fingern, während ihm bewusst wurde, wie schmerzhaft die Verletzung gewesen sein musste. Er blickte in Stonecutters graue Augen und wollte schon etwas sagen, aber der muskulöse NPC kam ihm zuvor.

„Ich habe an jenem Tag, nachdem Woodcutter schließlich gestorben war, geschworen, dass ich meine

Pflichten nie wieder vernachlässigen und Minecraft und jeden auf den Servern beschützen werde. Das kann ich nun mal am besten tun, indem ich den Benutzer-der-kein-Benutzer-ist schütze, selbst wenn das bedeutet, dass ich mich für ihn opfern muss."

„Das werde ich nicht zulassen, Stonecutter", erklärte Gameknight ernst.

„Du hast in der Angelegenheit kein Mitspracherecht", fauchte sein Gegenüber. „Ich will auf diese Weise wiedergutmachen, dass ich für den Tod aller in meinem Dorf verantwortlich bin … und für den von Baker und Weaver." Stonecutter machte eine kurze Pause, um den aufsteigenden Tränen Einhalt zu gebieten, bevor er weitersprach. „Ich werde nie aufhören, über dich zu wachen oder an deiner Seite zu stehen, um dich mit meiner Spitzhacke zu verteidigen, selbst wenn es das Letzte ist, was ich tue."

Gameknight wollte schon widersprechen, aber Crafter hielt ihn davon ab.

„Das ist Stonecutters Bürde, und das müssen wir akzeptieren", sagte der weise NPC.

Gameknight sah in Crafters hellblaue Augen und hätte sich am liebsten beschwert, aber er wusste auch, dass es nichts bringen würde. Als er zu Stonecutter aufblickte, konnte er die Entschlossenheit in seinen

Augen erkennen und wusste, dass er den NPC nicht von seinem Entschluss abbringen konnte. Daher legte Gameknight Stonecutter eine Hand auf die breite Schulter und tätschelte sie zuneigungsvoll, um sich dann zu dem Dorf umzudrehen, das gleich hinter der nächsten Düne sein musste. Er wunderte sich, dass er die Gewissheit, Stonecutter stets in seinem Rücken zu wissen, nicht etwa als beruhigend, sondern als weitere Belastung ansah.

Ich kann all diese Verantwortung nicht tragen, dachte er. *Ich will kein Held sein … sondern nur ein Kind.*

Dann ertönte eine uralte Stimme in seinem Kopf und durchdrang die Musik von Minecraft, als würde sie aus sehr weiter Ferne kommen.

Jene, die anderen helfen können, sind dazu verpflichtet, dies auch zu tun, selbst wenn es noch so schwer sein mag, sagte das Orakel.

Aber ich habe nicht um all das gebeten, beschwerte er sich, *und das weißt du auch, Orakel. Ich bin mir nicht sicher, ob ich das schaffen kann.*

Du kannst nur das erreichen, was du dir auch vorstellen kannst, erwiderte das Orakel.

Aber wie soll ich mir vorstellen, tapfer zu sein oder keine Angst vor dem Versagen zu haben … Wie stelle ich das an?

Doch das Orakel war fort, und die Musik von Minecraft schwieg für den Augenblick. Als sich Gameknight umsah, bemerkte er, dass alle Augen auf ihn gerichtet waren.

„Ist alles in Ordnung?“, erkundigte sich Crafter.

Der Benutzer-der-kein-Benutzer-ist nickte.

„Du hast auf einmal so ernst ausgesehen“, meinte Crafter. „Was ist denn los?“

„Ich habe mit dem Orakel gesprochen“, antwortete Gameknight, als wäre das etwas, das er jeden Tag tun würde.

„Was?“ Hunter starrte ihn erstaunt an.

„Ich kann ihre Stimme in meinem Kopf hören“, erklärte er. „Wir haben uns auch letzte Nacht im Land der Träume unterhalten.“

„Hat sie dir gesagt, was aus Herobrine geworden ist?“, wollte Crafter wissen.

Gameknight nickte.

„Er hat den Dschungeltempel und alle Wölfe vernichtet … Aber erzählt das bloß nicht Herder.“ Gameknight sah seine Freunde an, um sich zu vergewissern, dass sie sich daran halten würden, bevor er fortfuhr. „Und er hat sie irgendwie getötet … Womit ich sagen will, dass er ihren Körper zerstört hat, aber sie ist nicht tot. Das Orakel ist Teil der Musik von

Minecraft und wacht über uns."

„Dann geht es ihr gut?", hakte Crafter nach.

Gameknight nickte. „Aber sie sagte mir, wo wir hingehen müssen, damit ich herausfinden kann, wie diese Waffe funktioniert."

„Und wirst du es uns auch verraten ... oder willst du es für dich behalten?", verlangte Hunter zu erfahren.

Gameknight sah sie grinsend an, woraufhin sie noch ungeduldiger wurde, doch dann hatte er Mitleid mit ihr.

„Wir müssen zu einem Ozeanmonument. Darin wird das Buch der Weisheit aufbewahrt, und in diesem Buch steht, wie ich die Waffe benutzen kann. Aber das Monument wird von einer von Herobrines Schöpfungen bewacht."

„Wieso wundert mich das nicht?", fragte Hunter mit sarkastischem Unterton.

„Na, dann wissen wir jetzt wenigstens, wo wir hinmüssen", stellte Crafter fest. „Lasst uns schnell zum Dorf gehen, damit wir mit der Suche anfangen können."

Der Benutzer-der-kein-Benutzer-ist nickte, ging vom Gehen zum Rennen über und hielt Fillers Füße dabei gut fest. Im Laufen dachte er an den Großen

Wächter aus seinem Traum und die langen, rasiermesserscharfen Dornen, die auf ihn warteten. Irgendwie spürte Gameknight999, dass diese Dornen ihm immer näher kamen … und er war sich sicher, dass sie zuschlagen würden, sobald sie die Möglichkeit dazu hatten.

KAPITEL 10
DAS WÜSTENDORF

Die NPCs liefen auf das Wüstendorf zu und stießen dabei laute Freudenschreie aus. Die Dorfbewohner kamen heraus, um die Neuankömmlinge zu begrüßen, und viele hielten Wassereimer und Brotlaibe für die Besucher in den Händen.

Als Gameknight oben auf der Düne ankam, stellte er fest, dass das Dorf aussah wie alle anderen; mit der Ausnahme, dass alles aus Sandstein gebaut worden war. Die blassgelben Mauern der Häuser und Gebäude verschmolzen mit der Landschaft … nur nicht mit der Bepflanzung. Die Pflanzen wuchsen in dunkelbrauner Erde, und ein kühler blauer Bach floss zwischen den üppig grünen Weizenfeldern dahin. Grüne Kakteen standen wie schweigende Wächter rings um die Siedlung herum und hoben sich vom blassen Hintergrund ab. Wie die Felder wirkten auch die Kakteen, die ihre stachligen Dornen nach allem ausstreckten, was sich in ihre Nähe wagte, grüner als sonst, was daran lag, dass ansonsten alles sandfarben war.

Der Duft guter, fruchtbarer Erde drang Gameknight in die Nase, als er auf das Dorf zuging, und vertrieb den trockenen, staubigen Geruch der Wüste. Lächelnd atmete er tief ein … Das tat so gut!

Hoch über seinem Kopf sah Gameknight den Wachturm, der das Dorf überragte. Er bestand aus demselben Sandstein wie die Gebäude; Stein war in der Wüste ein selten zu findender Baustoff. Mehrere Watcher, NPCs mit den besten Augen, standen oben auf dem Wachturm und hielten fortwährend Ausschau nach Monstern. Das war gut. In Minecraft konnte man nie vorsichtig genug sein.

Als er sich dem Feld näherte, merkte Gameknight erst, wie trocken sein Mund geworden war. Seitdem er Stonecutters Geschichte gehört hatte, war er nachdenklich weitergelaufen und hatte das Trinken ganz vergessen. Als er in sein Inventar griff, stellte er fest, dass er kein Wasser mehr hatte. Vorsichtig setzte er Filler auf den Boden, bevor er sich hinkniete. Dann wischte sich Gameknight die Hände an der Hose ab und tauchte sie ins Wasser, das zwischen den beiden Feldern hindurchfloss. Er schöpfte etwas heraus und benetzte sein Gesicht; ein wenig drang auch über seine Lippen, aber der Großteil landete auf seinem Oberkörper und kühlte ihn kurz ab. Das fühlte sich gut an. Er tauchte die Hände erneut ins Wasser und hob sie vor das Gesicht, entschied sich aber im letzten Moment um und bespritzte Filler damit. Sie lachte, während ihr sandblondes Haar das meiste Wasser abbekam und ihr einige kühle Rinnsale über das Gesicht strömten.

Belebt durch das frische Getränk erhob sich der Benutzer-der-kein-Benutzer-ist und ließ den Blick über die Umgebung schweifen. Das Dorf breitete sich in einem größeren Gebiet aus und war von Sanddünen umgeben, die jedoch nicht hoch genug aufragten, um Schutz bieten zu können. Aus diesem Grund war das Dorf nach allen Seiten hin offen, und Gameknight fragte sich, wie sich die Dorfbewohner gegen Monster verteidigen wollten.

Auf einmal bemerkte er rechts neben sich eine Bewegung im Augenwinkel. Er drehte sich um und glaubte, etwas auf einer großen Sanddüne zu sehen, die sehr weit vom Dorf entfernt lag. Es schien eine Art Kreatur zu sein, möglicherweise ein NPC oder ein Benutzer, der jedoch irgendwie komisch aussah. Das bunte Wesen bildete einen starken Kontrast zur blassen sandfarbenen Umgebung, verschwand allerdings ebenso schnell hinter der Düne, wie es aufgetaucht war.

Habe ich das eben wirklich gesehen oder mir nur ein-

gebildet? Könnte es ein weiterer … Nein, das ist verrückt. Wieso sollten sie uns folgen?

Gameknight schaute zur Sonne hinauf und stellte fest, dass ihnen noch einige Stunden bis zum Einbruch der Nacht blieben … Sie mussten sich beeilen.

„Digger, lass uns Verteidigungsmaßnahmen ergreifen“, ordnete Gameknight an, trat vor und hob Topper von Stonecutters Schultern. „Filler, Topper, ihr beide müsst zum Wachturm gehen und dort oben mithelfen. Bleibt dort, bis ich euch sage, dass ihr wieder runterkommen dürft, habt ihr verstanden?“

Die Zwillinge nickten aufgeregt und rannten los. Gameknight lächelte Stonecutter zu und schaute sich dann suchend nach Hunter um.

„Suchst du nach mir?“, fragte eine Stimme hinter ihm.

Er wirbelte herum und stand Hunter gegenüber, die ihren Bogen in der Hand hielt. Die Sonne befand sich direkt in ihrem Rücken, daher leuchtete ihr Haar wie ein scharlachroter Heiligenschein.

„Ja“, antwortete Gameknight. „Ich möchte, dass du dich um die Verteidigung kümmerst. Wir sind hier von allen Seiten angreifbar, daher müssen wir in der Lage sein, uns von jeder Position verteidigen zu können, da wir nicht wissen, aus welcher Richtung der Angriff erfolgen wird. Sorge dafür, dass die Leute Türme für Bogenschützen bauen, und dann errichtet einige Fallen da draußen im Sand."

„Wird erledigt", erwiderte Hunter, drehte sich um und suchte sich NPCs zur Unterstützung zusammen.

Als sich Gameknight999 umsah, bemerkte er, dass die Bewohner des Wüstendorfes verwirrt wirkten.

Wahrscheinlich haben sie das Gefühl, wir würden hier das Kommando übernehmen, dachte er. *Wir werden ihnen einiges erklären müssen.*

„Wo ist Crafter?", rief er.

„Ich bin hier", kam eine Stimme von der anderen Seite des Dorfes.

Gameknight lief in die Richtung, aus der die Stimme gekommen war, und fand Crafter, der sich gerade mit einigen Dorfältesten unterhielt. Der Schmied schien wütend zu sein, keifte einen der anderen NPCs an und gestikulierte wild. Aber als Gameknight näher kam, hörte der Streit abrupt auf.

„Was ist los?", erkundigte sich Gameknight.

„Ich habe den Dorfbewohnern eben erklärt, dass der Benutzer-der-kein-Benutzer-ist hier ist und dass du für eine Weile das Kommando übernehmen wirst", erklärte Crafter. „Sie haben mir nicht so recht geglaubt, bis …"

Gameknight musterte die Dorfältesten. Sie starrten alle über seinen Kopf und rissen vor Schreck den Mund auf. Er wusste, dass die NPCs die weißen Buchstaben seines Namens in der Luft über seinem Kopf sahen, aber einige schienen etwas weiter oben nach etwas zu suchen. Sie rissen erstaunt die Augen auf, als sie den Serverfaden, den ein normaler Benutzer haben würde, nicht entdecken konnten.

„Hey … Seht mich an", verlangte Gameknight. „Ihr müsst darüber hinwegkommen. Ja, ich bin der Benutzer-der-kein-Benutzer-ist, also gewöhnt euch lieber daran, damit wir uns an die Arbeit machen können."

In dem Augenblick tauchte Monet113 auf und trat neben ihren Bruder. Die NPCs starrten noch verblüffter über ihren Kopf, da auch sie keinen Serverfaden aufwies.

„Ja, ja … Wir sind zu zweit. Beruhigt euch wieder. Wir haben keine Zeit für so was", meinte Gameknight.

„Sei nett zu ihnen", schalt Monet ihn.

Er sah sie achselzuckend an und wandte sich dann wieder den Dorfbewohnern zu.

„Wir müssen dieses Dorf für den Fall eines Angriffs befestigen", stellte der Benutzer-der-kein-Benutzer-ist fest, „und es sieht ganz so aus, als würden bald Monster angreifen, daher sollten wir uns darauf vorbereiten."

Das holte die Dorfbewohner in die Wirklichkeit zurück.

„Was sollen wir tun?", wollte der Schmied wissen.

„Seht ihr den großen NPC da vorne?", meinte Gameknight. „Das ist Digger. Er kümmert sich um die Verteidigungsmaßnahmen und weiß, was er tut. Geht ihm zur Hand. Wir brauchen jeden NPC, der ihm hilft und tut, was er verlangt."

„Okay", erwiderten die Ältesten und liefen zu Digger.

„Crafter, wir beide müssen uns mit dem Crafter dieses Dorfes unterhalten."

„Und was ist mit mir?", wollte Monet wissen.

„Komm mit uns zur Fertigungskammer", schlug Gameknight vor.

„Yippie!", kreischte sie und klatschte in die Hände.

Gameknight starrte sie stirnrunzelnd an und marschierte auf den Wachturm zu, dicht gefolgt von Crafter und Monet. Sie gingen durch den Geheimtunnel und die unterirdischen Gänge, bis sie die Fertigungskammer erreicht hatten.

Als sie die Höhle betraten, hielten sofort alle inne und drehten sich zu den Besuchern um. Ohne auf eine Einladung zu warten, marschierte Gameknight die Steinstufen hinunter und ging direkt auf den Dorf-Crafter zu. Der NPC war in der Menge gut zu erkennen, da er dieselbe schwarze Robe mit dem grauen Streifen trug wie sein Freund Crafter.

Gameknight gab dem NPC gar nicht erst die Gelegenheit, Fragen zu stellen, sondern erklärte gleich die Situation, beschrieb die Kämpfe gegen Herobrine und Herobrines Wunsch, Minecraft zu zerstören. Zwar hatten alle Dorfbewohner schon von dieser legendären Kreatur gehört, aber nur wenige glaubten tatsächlich an ihre Existenz. Doch da der Benutzer-der-kein-Benutzer-ist leibhaftig vor ihnen stand, noch dazu mit seiner Schwester an seiner Seite, waren sie augenblicklich überzeugt.

„Momentan bauen oben alle Verteidigungsanlagen für den Fall, dass uns Herobrine heute Nacht entdeckt", berichtete Gameknight. „Was wir von euch brauchen, sind Loren ... Baut so viele, wie ihr nur könnt."

„Und Waffen", fügte Crafter hinzu. „Wir brauchen Waffen für eure Dorfbewohner."

„Meine Leute sind keine Krieger. Dies ist eine friedliche Gemeinde", erklärte der Dorf-Crafter mit angewiderter Miene.

„Das war meins auch, bis wir von einer Monsterarmee angegriffen wurden", entgegnete Crafter. „Gameknight999 hat uns gelehrt, wie wir uns wehren können, und dieser Krieg geht auch euch etwas an, ob es euch nun gefällt oder nicht."

„Aber Gewalt ist keine Lösung", beharrte der grauhaarige Crafter. „Sie führt nur zu noch mehr Gewalt. Wir wollen mit eurem Kampf nichts zu tun haben … Haltet uns einfach da raus."

„Hört mich an!", rief Gameknight. „Herobrine und seiner Horde ist es egal, ob ihr kämpfen wollt oder nicht. Er wird jeden hier vernichten, wenn es seinen Zwecken dient, so wie er es schon mit Hunderten anderer Dörfer getan hat, und die Namen all jener, die seinen schrecklichen Plänen zum Opfer gefallen sind, lassen sich gar nicht alle aufzählen." Der Benutzer-der-kein-Benutzer-ist machte eine kurze Pause, hob eine Hand mit gespreizten Fingern und ballte sie zur Faust … Die Ehrenbezeugung für die Toten. Er drückte die Hand fest zusammen und versuchte, die Erinnerung an die vielen NPCs, die seinetwegen gestorben waren, zu zerquetschen. Alle in der Kammer hörten, wie seine Fingerknöchel knackten, und sahen den Zorn in seinen Augen. „Jeder ist Teil dieses Krieges. Die letzte Schlacht kommt unausweichlich auf uns zu – wie ein Güterzug ohne Bremsen."

„Was ist ein Güterzug?", fragte Crafter.

„Ja, und was sind Bremsen?", wollte der Dorf-Crafter wissen.

„Das ist jetzt unwichtig; es zählt nur, dass wir vorbereitet sind", erwiderte Gameknight. „Wir werden nicht hier in der Wüste bleiben, und die letzte Schlacht wird auch nicht hier stattfinden, aber ihr müsst alle mit uns kommen."

„Wir werden unser Dorf nicht verlassen", protestierte der Crafter. „Das hier ist unser Zuhause. Du kannst nicht erwarten, dass wir einfach unsere Sachen packen und gehen."

„Mir ist klar, dass ich noch neu in Minecraft bin", schaltete sich Monet ein, „aber ich habe inzwischen gelernt, dass ein Zuhause nicht etwa die Mauern ausmachen, die einen umgeben, sondern die Leute, mit denen man sich umgibt." Sie trat einen Schritt vor und legte dem Crafter sanft eine Hand auf den Arm. „Wenn ihr nicht tut, was mein Bruder sagt, werden alle um euch herum vernichtet, und zwar gnadenlos." Sie sah dem Crafter in die braunen Augen und senkte die Stimme. „Niemandem gefällt dieser Krieg, aber er geht ganz Minecraft etwas an, auch wenn viele noch nichts davon wissen. Ihr habt die Chance, uns dabei zu helfen, die Gewalt zu beenden und dem Land wieder Frieden zu bringen. Wenn ihr uns nicht unterstützt, müssen weitere NPCs sterben. Wollt ihr damit leben? Könnt ihr das?“

Der Crafter schien über ihre Worte nachzudenken, dann drehte er sich um und betrachtete seine Freunde in der Fertigungskammer. Sie blickten ihn aus dunklen Augen an und erwarteten, dass er für ihre Sicherheit sorgte. Ganz langsam richtete er den Blick auf den Benutzer-der-kein-Benutzer-ist und seufzte.

„Wenn ihr nicht mit uns kommt, werden die Monster euch überrennen“, erklärte Gameknight. „Früher oder später wird Herobrine erfahren, dass wir hier sind, und dann wirft er uns alles entgegen, was er hat. Aber wir können uns hier nicht gut genug verteidigen. Wir brauchen einen Ort, an dem wir die Umgebung zu unserem Vorteil nutzen können. Wenn ihr nicht mit uns geht, werdet ihr sterben.“

Auf einmal erschien ein grelles Licht in der Fertigungskammer, verblasste wieder … und Gameknights Benutzerfreund Shawny stand vor ihnen. Alle NPCs sahen den hellen Serverfaden, der von Shawnys Kopf in die Felsendecke über ihm reichte. Sofort stellten sie sich aufrecht hin, ließen ihre Werkzeuge fallen und verschränkten die Arme vor der Brust.

„Hallo, Gameknight, hallo, Monet“, sagte Shawny mit schiefem Grinsen. „Was gibt's?“ Er schaute sich kurz um und sah dann wieder Gameknight an. „Ich hatte gehofft, dass sie das nicht mehr tun würden.“

„Sie dürfen nicht reden oder ihre Hände benutzen, wenn ein Benutzer es sehen kann … Das weißt du doch!“, schimpfte Gameknight mit grimmigem Gesicht. „Was machst du hier?“

„Wir müssen reden, und ich wollte das nicht über den Chat machen“, antwortete Shawny und wandte sich an Crafter. „Hallo, Crafter, schön, dich wiederzusehen. Als wir uns das letzte Mal begegnet sind, hast du an den Stufen zur Quelle um Minecraft gekämpft. Ich weiß, dass du mir nicht antworten kannst, aber ich freue mich wirklich, dich zu sehen. Und du solltest dir anhören, was ich zu sagen habe.“

„Dann raus damit, Shawny“, drängte Gameknight seinen Freund.

„Okay, okay“, erwiderte Shawny. „Die Sache ist die: Keiner der Benutzer kann sich mehr auf einem Server einloggen. Sie werden noch immer von dem blockiert, was Herobrine vor einer Weile getan hat. Aber ich habe mich mit ein paar Freunden, darunter Impafra, Kuwagata498 und AttackMooses52 unterhalten, und wir hatten eine Idee.“

„Und die wäre?"

„Na ja, wir haben herausgefunden, wie wir einige der anderen Minecraft-Server so umleiten können, dass sie sich über den Computer deines Dads direkt mit Mojang verbinden. Danach haben wir den Router neu konfiguriert, sodass er …"

„Ich verstehe kein Wort!", unterbrach Gameknight ihn. „Du weißt doch, dass ich keine Ahnung von Computernetzwerken habe."

„Was ich damit sagen will, ist, dass es vielleicht möglich ist, einige Benutzer hier auf diesen Server zu bringen", erläuterte Shawny. „Ich weiß nicht, ob der Router den Datenverkehr verarbeiten kann, und es ist auch noch nicht klar, wie viele Leute wir kontaktieren können … aber es ist möglich."

„Das ist ja super … aber …" Gameknight drehte sich zu Crafter um und sah dann wieder Shawny an. „Wenn es nur eine Handvoll Benutzer sind, richten wir damit vielleicht mehr Schaden als Gutes an, verstehst du?"

„Ja", antwortete Shawny und musterte die verschränkten Arme der NPCs. „Die große Frage ist … Welchen Datenverkehr kann eure Internetverbindung stemmen? Wenn wir das Netzwerk sprengen, könnte alles Mögliche passieren. Möglicherweise werdet ihr dann von Mojang getrennt oder der Server stürzt ab oder … was weiß ich. Das ist ein großes Risiko, aber ich wollte, dass du darüber informiert bist, bevor wir den Versuch wagen."

„Was ist mit dem Digitalisierer? Funktioniert er wieder?"

„Nein … In der Hinsicht habe ich eigentlich schon aufgegeben", gestand Shawny und schaute betreten zu Boden. „Tut mir leid, aber ich kann in eurem Keller einfach nicht die passenden Ersatzteile finden. Dein Dad muss irgendwo noch andere Komponenten haben, aber ich habe keine Ahnung, wo ich danach suchen soll. Wenn er da wäre, könnte er uns bestimmt helfen."

„Vielleicht kommt er ja bald zurück", sagte Monet mit gespieltem Lächeln.

„Tja, das ist nicht sehr wahrscheinlich, oder?", erwiderte Gameknight. „Ich habe in den letzten Jahren lernen müssen, allein zurechtzukommen. Du wirst es auch so halten müssen, Shawny. Tu, was du kannst … Aber vorerst solltest du verschwinden, damit wir hier wieder an die Arbeit gehen können."

„Ist gut, aber mach keine Dummheiten", sagte Shawny grinsend.

„Du klingst schon wie Hunter", beschwerte sich

Gameknight, aber da war sein Freund längst wieder verschwunden.

Sobald Shawny nicht mehr zu sehen war, bückten sich die NPCs, hoben ihr Werkzeug auf und machten sich wieder an die Arbeit.

„Entschuldigt das eben, Leute“, rief Gameknight. „Ich hatte nicht damit gerechnet, dass er hier auftaucht.“

„Beim nächsten Mal wäre eine kleine Vorwarnung ganz schön“, sagte Crafter und verzog das Gesicht.

„Wenn es mir möglich ist, werde ich euch vorwarnen. Aber kümmern wir uns jetzt lieber um die Verteidigung.“ Gameknight trat zu Crafter und flüsterte ihm ins Ohr: „Ich habe das ungute Gefühl, dass sehr bald etwas passieren wird.“

„Was hast du gesagt?“, verlangte Monet zu erfahren.

„Nichts“, erwiderte Gameknight. „Gehen wir.“

Crafter nickte und lief die Stufen hinauf, dicht gefolgt von Monet.

„Baut weiter Loren“, verlangte Gameknight vom Dorf-Crafter. „Ich gehe davon aus, dass wir damit viele Leben retten können. Und stellt TNT rings um die Eingänge der Lorentunnel auf. Es könnte erforderlich werden, sie schnell zu verschließen.“

Der Crafter starrte Gameknight an, musterte die Buchstaben über seinem Kopf und schaute noch weiter nach oben zum nicht vorhandenen Serverfaden. Dann nickte er seufzend, drehte sich um und erteilte seinen Arbeitern Befehle.

Gameknight lief zum Eingang des Geheimtunnels, der zurück an die Oberfläche führte. Als er an den beiden Eisentoren angekommen war, drehte sich der Benutzer-der-kein-Benutzer-ist noch einmal um. Die Hälfte der Arbeiter in der Fertigungskammer baute bereits Loren, während die andere Hälfte Rüstungen und Waffen anfertigte. Die Kakofonie war ohrenbetäubend.

Zufrieden öffnete er die Eisentüren, trat hinaus und stand Monet gegenüber.

„Du hast vor einiger Zeit, als wir noch auf dem Ozean waren, etwas zu mir gesagt, das mir nicht mehr aus dem Kopf geht und das mich ärgert", sagte sie.

„Was denn?"

„Es ging um Dad", fuhr sie fort. „Du hast gesagt, dass er nie da ist."

„Ja, und?"

„Du weißt doch, dass er auf Reisen ist, um seine Erfindungen zu verkaufen", erklärte sie.

„Natürlich weiß ich das", brummte Gameknight und ging durch die runde Kammer.

„Jetzt bleib doch mal stehen!", fauchte sie.

„Du klingst schon wie Mom", entgegnete er, verharrte jedoch in der Mitte des Raumes.

Monet starrte ihren Bruder wütend an. „Jetzt hör mir mal gut zu. Dad tut, was er tun muss, um für unsere Familie zu sorgen", sagte sie. „Ich weiß, dass er nur ungern weggeht … in andere Städte fliegt … aus dem Koffer lebt. Aber er macht das für uns, damit es uns irgendwann besser geht."

„Tut er das?", fragte Gameknight und wirbelte zu seiner Schwester herum. Er trat einen Schritt auf sie zu und blickte auf sie herab. „Macht er das wirklich für uns, oder bastelt er nur weiter an neuen Erfindungen herum, weil er eines Tages berühmt werden will? Du weißt ebenso gut wie ich, dass er sich nach Anerkennung sehnt. Er hat lange Zeit in diesem Großunternehmen gearbeitet und Flugzeugtriebwerke, Laser und all so was gebaut, ohne dass ihn irgendjemand groß beachtet hat. Jetzt versucht er, mit seinen Erfindungen auf sich aufmerksam zu machen, und wir sind diejenigen, die darunter leiden müssen!"

„NEIN!", brüllte sie. „Das stimmt doch gar nicht … So etwas würde Dad nie tun!"

„Ach nein? Warum verrät er uns dann nicht, was genau er eigentlich verkaufen will?“, entgegnete Gameknight. „Wenn du dir seine Geräte im Keller ansiehst, findest du darunter irgendwas, das jemand kaufen würde? Der Digitalisierer ist die einzige seiner Erfindungen, die tatsächlich tut, was sie tun soll, aber du weißt ebenso gut wie ich, dass es viel zu gefährlich wäre, ihn zu verkaufen. Wenn er in die falschen Hände gerät, könnte man damit schlimme Dinge anstellen, wie du dir bestimmt denken kannst.“

Gameknight wandte sich von seiner Schwester ab und starrte die Wand an. Er war derart wütend und frustriert wegen seines Vaters, und das schon seit so langer Zeit, dass seine Gefühle überzukochen drohten. Nur am Rande nahm er wahr, dass Crafter leise durch die Kammer zum Tunnel ging. Sein Freund wollte mit dem Streit unter Geschwistern anscheinend nichts zu tun haben.

„Diesen ganzen Mist glaube ich dir nicht“, sagte Monet. „Dad liebt uns mehr als seine Erfindungen, und er versucht nur, so gut er kann für uns zu sorgen.“

„Und dafür muss er ständig weg sein?“

Monet ging auf ihren Bruder zu und legte ihm eine Hand auf die Schulter. „Er tut, was er tun muss, und er braucht unsere Unterstützung und unser Verständnis."

„Ich bin es leid, ihn ständig zu unterstützen und verständnisvoll zu sein … Ich will doch nur, dass er zu Hause ist. Ist das denn zu viel verlangt?"

Er seufzte schwer und sah zu Boden.

„Ich will nicht länger der Mann im Haus sein müssen", fuhr Gameknight leise fort. „Ich will einfach nur ein Kind sein. Aber nein, ich muss auf dich aufpassen und so tun, als wäre ich glücklich, damit sich Mom keine Sorgen macht. Aber ich bin es leid, allen ständig etwas vorzuspielen … Ich will einfach nur ich selbst sein."

„Begreifst du es denn nicht? Wenn er endlich einen guten Preis erzielt hat, wird er immer zu Hause sein", beharrte Monet. „Dann kann er immer bei uns zu Hause bleiben."

„Das hoffe ich sehr, Jenny. Ich wünsche es mir so sehr … aber wann wird das sein?"

Gameknight drehte sich zu seiner Schwester um und bemerkte, dass eine winzige eckige Träne in ihrem linken Augenwinkel schimmerte. Der Anblick schnürte ihm die Kehle zu, und ihm stiegen ebenfalls Tränen in die Augen. Er streckte die Arme aus und zog seine Schwester an sich.

„Hoffentlich hast du recht, Jenny. Ich hoffe es so sehr."

„Ich auch, Tommy."

„Jetzt komm, Monet", meinte er dann, ließ sie wieder los und wischte sich mit einem Ärmel über die Augen. „Wir müssen ein Dorf verteidigen und eine gewaltige Monsterarmee besiegen."

„Und vergiss Herobrine nicht", fügte sie grinsend hinzu.

„Ach ja, Herobrine ist ja auch noch da." Gameknight lachte auf. „Lass uns gehen."

Sie liefen durch die Tunnel und stiegen die lange vertikale Leiter hinauf.

Als sie im Wachturm angekommen waren, hörte Gameknight das Chaos schon, bevor er irgendetwas sah. Es klang, als würde jeder NPC des Dorfes etwas bauen. Nach Verlassen des Sandsteinturms sah er eine wunderschöne, vier Blöcke hohe Mauer, die ihre Position umgab. Türme für Bogenschützen waren überall im Dorf errichtet worden, deren Plattformen in einer Höhe von wenigstens zehn Blöcken angebracht waren. Auf der anderen Seite der Mauer konnte Gameknight NPCs rufen und graben hören, die vermutlich einige kleine Überraschungen für die Monster versteckten.

Plötzlich ertönte ein Jubelschrei vom Wachturm. Gameknight schaute nach oben und entdeckte Hunter, die ihren Bogen in der Hand hielt und deren rotes Haar im Wind wehte.

„Ich hab noch eine getroffen!“, rief sie.

Schon legte sie den nächsten Pfeil an und feuerte auf … was auch immer. Sie schoss wieder und wieder, gab es aber schließlich auf.

„Worauf schießt du da?“, wollte Gameknight wissen.

„Auf Fledermäuse“, rief sie zu ihm herunter. „Ich kann diese widerlichen Kreaturen nicht ausstehen.“

„Hör auf mit dem Blödsinn, und komm hier runter!“

Sekunden später stand sie breit grinsend neben ihm.

„Warum freust du dich denn so?“, fragte Gameknight.

„Ich habe Fledermäuse abgeschossen“, antwortete sie. „Du kannst dir gar nicht vorstellen, wie viele hier rumfliegen. Nach unserem Besuch im Nether traue ich diesen Bestien nicht mehr … Sie sind genauso schlimm wie die Monster und sollten ebenfalls vernichtet werden.“

Gameknight warf Crafter einen besorgten Blick

zu, bevor er sich wieder an Hunter wandte.

„Warum sollten die Fledermäuse hier in der Wüste herumfliegen, anstatt sich unter der Erde aufzuhalten?“, fragte Crafter.

„Das kann ich dir nicht sagen, aber ich habe alle bis auf eine erwischt“, erwiderte Hunter. „Die letzte war einfach zu weit weg, sodass ich sie nicht treffen konnte.“

„Eine konnte entkommen?“, hakte Gameknight nach.

Hunter nickte. „Aber ich finde, zwölf von dreizehn ist trotz allem eine gute Quote.“

„Das gefällt mir nicht.“ Gameknight schaute sich im Dorf um. „Sie kommen … Ich kann es spüren. Hunter, stell überall Wachen auf, und sorg dafür, dass sich alle innerhalb der Mauern befinden. Die NPCs sollen sich ausruhen, aber die Wachen müssen weiterhin alles im Auge behalten.“

Er wandte sich an Monet. „Du beziehst auf dem Bogenschützenturm Stellung“, ordnete er an und deutete auf ein hohes Bauwerk aus Holz und Stein. „Nimm Stitcher mit, und haltet die Augen offen.“

Seine Schwester nickte und lief los, sodass ihr hellblaues Haar wie eine Meereswelle hinter ihr herflog.

Der Benutzer-der-kein-Benutzer-ist ging zu einem der Betten, die in der Nähe der Felder auf dem Boden standen. Gameknight setzte sich und starrte seine Hände an. Sie zitterten. Er brauchte dringend Ruhe, aber das war nicht der Grund für das Zittern.

Werden sie heute Nacht kommen? Muss ich mich Herobrine hier in diesem Dorf stellen?

Er schaute zu den Dorfbewohnern hinüber und sah Eltern, die ihre Kinder ins Bett brachten und sie mit liebevollen Mienen betrachteten. Unschuldige Ladenbesitzer, Bäcker, Bauern und Handwerker traten an die Mauer, die ihr einst friedliches Dorf umgab, und wirkten ebenso verwirrt wie verängstigt. Er hatte die Gefahr hierhergebracht, und es war seine Aufgabe, für ihre Sicherheit zu sorgen … Aber wie sollte er das schaffen?

Gameknight legte sich hin und suchte in seinem Geist nach den Puzzleteilen, die ihm helfen würden, wenn die Monster kamen, aber er fand nichts außer Stille.

Wie kann ich all die NPCs beschützen, wenn Herobrine mit seiner Armee hier eintrifft? Innerhalb der Mauern halten sich nicht einmal einhundert Leute auf.

Du kannst nur vollbringen, was du dir auch vorstellen kannst, antwortete eine sehr alte Stimme in seinem

Kopf. Du kannst nur vollbringen, was du dir auch vorstellen kannst … *Du kannst nur vollbringen, was du dir auch vorstellen kannst* … Die Stimme des Orakels und die Musik von Minecraft lullten ihn nach und nach ein, bis er tief und fest schlief. Aber kurz bevor er richtig eingeschlafen war, glaubte Gameknight, einen Hauch von Verzweiflung und Unsicherheit in der harmonischen Melodie mitschwingen zu hören, als würde sich sogar das Orakel fürchten.

KAPITEL 11
REAPER

Herobrine keckerte böse, als er sich in dem schmalen Tunnel materialisierte. Seine rote Holzfällerrobe, die Kleidung seines letzten Opfers, war in der Dunkelheit kaum zu erkennen.

Der Tunnel, in dem er stand, war lang und gerade, allerdings mit schiefen Wänden und einer unebenen Decke. Herobrine konnte sehen, dass der Gang noch gute zwanzig Blöcke weiterging, wenn nicht mehr, und in der Mitte schnurgerade verlief. Der Schatten-Crafter teleportierte sich so weit, wie es sein Sichtfeld zuließ, und hatte das Ende des Korridors bald erreicht. Hier schien sich eine nackte Wand aus Kiesblöcken zu befinden, aus deren Mitte ein einzelner Steinblock herausragte. Als Herobrine vorsichtig gegen den Block drückte, hörte er, wie sich Steine in Bewegung setzten und ihre rauen Oberflächen aneinander schabten, als die Barriere aus Kies langsam zur Seite glitt und einen neuen Gang freigab. Der Geheimtunnel war ringsum glatt und wirkte, als wäre er von äußerst erfahrenen Gräbern ausgehoben worden.

Herobrine wusste, dass er sich am richtigen Ort befand.

Er betrat den neuen Korridor, und die Musik von Minecraft schwoll an, was ihm ein Lächeln entlockte. In der Musik war etwas Zögerliches, fast schon Ängstliches zu spüren. Mit einem unheimlichen Grinsen streckte Herobrine einen Arm aus, als wollte er die Welt mit seiner erstickenden Umarmung erdrücken. Er konnte Gameknights Angst durch die Musik von Minecraft fühlen, und das erfreute ihn derart, dass er unbedingt etwas zerstören wollte.

„Warum sind keine Monster in der Nähe, wenn ich den Drang habe, eines zu vernichten?", beschwerte er sich.

Wahrscheinlich schläft er und seine Gefühle sickern durch das Land der Träume und die Musik von Minecraft, überlegte Herobrine, dessen Augen immer heller leuchteten. *Ich sollte ihn in seinen Träumen quälen … und ihm einen netten Albtraum bescheren.*

Als er sich jedoch gerade ins Land der Träume begeben wollte, hallte ein Geräusch durch den Tunnel. Es hörte sich an, als würden mehrere Stöcke gegeneinanderklappern … und Herobrine wusste, dass es ganz in der Nähe war.

„Ein anderes Mal, Benutzer-der-kein-Benutzer-ist“, sagte er und ging den Tunnel entlang.

Der schmale Gang führte durch die Grundfesten von Minecraft, verlief einige Zeit gerade, wandte sich dann nach links, wieder nach rechts und schließlich leicht abwärts. Herobrine folgte dem serpentinenartigen Verlauf, teleportierte sich, wenn er das Ende eines geraden Abschnitts sehen konnte, und ging zu Fuß, wenn ihm nichts anderes übrigblieb. Es war ihm nicht möglich, sich direkt an sein Ziel zu teleportieren, da er noch nie dort gewesen war. Nicht einmal er wusste, was passieren würde, falls er sich verrechnete und in festem Stein wieder materialisierte. Daher ging er lieber auf Nummer sicher und nutzte seine Teleportkräfte nur, wenn er sein Ziel sehen konnte oder es bereits aufgesucht hatte.

Das Klappern wurde lauter ... Er kam näher.

Herobrine bewegte sich schneller durch die sich windenden Tunnel. Im Gehen merkte er, dass es wärmer wurde; in der Nähe musste sich Lava befinden. Auf seinem eckigen Gesicht zeichnete sich ein Lächeln ab, als er die Wärme spürte. Lava ging für ihn stets mit einem Gefühl der Behaglichkeit und Sicherheit einher ... fühlte sich heimelig an. Aber dies war nicht sein Zuhause, sondern ihres. Und so würde es auch bleiben, solange sie seine Befehle ausführten.

Nachdem er sich an das Ende eines weiteren langen, geraden Tunnels teleportiert hatte, stieß Herobrine auf einen Knochenhaufen auf dem Fußboden, den keiner außer ihm hätte bemerken können. Offenbar hatte es eines der Skelette nicht mehr rechtzeitig zurückgeschafft … Wie jämmerlich. Als er weiterging, sah er hier und da einige Pfeile auf dem Boden liegen.

„Sorglose Narren", sagte er in die Dunkelheit hinein.

Vor sich konnte er ein schwaches rötliches Leuchten erkennen … Er hatte sein Ziel erreicht. Herobrine teleportierte sich zu dem burgunderfarbenen Licht und materialisierte sich am Ende eines langen, geraden Tunnels. Im Abstand von jeweils einem Dutzend Blöcken waren Redstone-Fackeln an den grob behauenen Wänden befestigt worden, die jeweils kleine Tunnelabschnitte in rötliches Licht tauchten. Zwischen den helleren Bereichen erstreckten sich dunkle Gebiete, und dieses Muster setzte sich fort, soweit Herobrine mit seinen leuchtenden Augen sehen konnte. Funkelnde weiße Brunnen befanden sich hier und da zwischen den Redstone-Fackeln, denen ein ständiger Strom glitzernder weißer Gesundheit entströmte. Winzige weiße Flecken zeichneten sich darüber an den Steinwänden ab.

Von diesem Tunnel zweigten zahlreiche weitere Passagen ab, in denen es ebenso Fackeln und Gesundheitsbrunnen gab. Sie stießen in den dunklen Bereichen aneinander, sodass man die Kreuzungen erst sah, wenn man sie schon fast erreicht hatte.

Skelette drängten sich im Gang, und ihre blassweißen Körper umringten die lebenserhaltenden Funken der Brunnen. Sie waren die Freude der Skelette … aber auch ihr Fluch. Die Kreaturen nährten sich tagtäglich an diesen Brunnen, aber sie banden sie auch an diese unterirdischen Gänge – ohne sie konnten sie nicht überleben, daher mussten sie immer wieder in die Skelettstadt zurückkehren.

Herobrine nahm seine Crafting-Kräfte zusammen und ließ seine Augen grellweiß aufleuchten, um den ganzen Tunnel und alle Nebengänge zu erhellen. Da er genau wusste, wie Skelettstädte aufgebaut waren, teleportierte er sich in die Versammlungskammer, die sich in der Mitte des labyrinthartigen Tunnelsystems befand. Er materialisierte sich am Rand der großen runden Kammer, deren niedrige Decke sich in gerade mal fünf oder sechs Blöcken Höhe befand, die jedoch eine Breite von etwa fünfzig Blöcken hatte, sodass die Decke im Vergleich dazu sogar noch niedriger wirkte. Schimmernde weiße Gesundheitsbrunnen standen rings um die Kammer herum und tauchten alles in ein schwaches Glühen.

„Kommt, meine Kinder“, sagte Herobrine mit lauter Stimme, die durch alle Tunnel hallte. „Wir haben viel zu besprechen.“

Nach und nach kamen die Skelette in die Kammer, allerdings nicht so schnell, wie er es sich gewünscht hätte.

„KOMMT … SOFORT!“, brüllte er, und seine donnernde Stimme dröhnte durch jeden einzelnen unterirdischen Gang.

Die Skelette beeilten sich, und der Klang ihrer klappernden Knochen hallte von den Steinwänden wider. Herobrine bedeutete einem halben Dutzend Kreaturen, näher zu kommen, und seine Augen leuchteten gefährlich hell. Sie liefen mit verängstigten knochigen Gesichtern auf ihn zu, da sie wussten, dass ihnen keine Wahl blieb. Sobald sie nahe genug waren, zog er sein Schwert und dezimierte ihre Gesundheit, bis sie kurz vor der Zerstörung standen. Dann sammelte er die gerade noch miteinander verbundenen Knochen auf, kniete sich hin und sammelte seine Crafting-Kräfte. Während er arbeitete, leuchteten seine Hände in einem ekelhaften Gelbton, sodass sie aussahen, als wären sie infiziert und krank. Das schale Leuchten erhellte sein Gesicht und verlieh dem dunklen Schatten-Crafter ein derart blasses Aussehen, dass es beinahe der Farbe der Skelette entsprach, und seine ehemals rote Holzfällerrobe sah nun blassorange aus.

Nach und nach verschmolz er die Skelettknochen miteinander und schuf eine seltsame Form aus verdrehten Teilen mit zackigen Rändern. Herobrines Hände glühten noch heller, als er zwei große Knochen zusammenfügte und das Rückgrat gestaltete. Er fügte geschwungene Teile hinzu und erschuf die Rippen, die sich wie die Stützpfeiler einer mittelalterlichen Kathedrale um die Wirbelsäule bogen. Allmählich entstand so eine monströse Kreatur mit einem blockartigen Oberkörper, dicken, muskulösen Armen und Beinen sowie einem entsetzlichen Skelettschädel. Als er fertig war, kroch seine Schöpfung zu einem der leuchtenden Gesundheitsbrunnen in der Nähe. Während die lebensspendenden Funken in die weißen Knochen eindrangen, stand das Wesen langsam auf. Es war einen Kopf größer als die anderen Skelette und hatte dickere und kräftigere Arme. Je mehr Gesundheit in die Kreatur hineinfloss, desto weiter richtete sie sich auf. Als ihre Gesundheit ganz aufgefüllt war, fingen ihre Augen an, tiefrot zu leuchten, und alle anderen Skelette wichen vor Furcht einen Schritt zurück.

Herobrine platzierte einen Block auf dem Boden, stellte sich darauf und wandte sich an die Bewohner der Skelettstadt.

„Erblickt meine neueste Schöpfung, den König der Skelette. Er wird euch in der letzten Schlacht anführen und endlich dafür sorgen, dass die Skelette an die Oberfläche von Minecraft zurückkehren."

Unter den Skeletten im Raum erhob sich bei seinen Worten ein leises Gemurmel.

„Ich weiß, wie lange ihr in diesen Gängen gelitten habt und gezwungen wart, in der Nähe eurer kostbaren Gesundheitsbrunnen auszuharren", fuhr Herobrine etwas leiser fort, womit er die Skelette zwang, sich ihm zu nähern. „Das war eure Bestrafung nach der ersten großen Zombieinvasion. Die Skelette hatten sich auf die Seite ihrer Monsternachbarn gestellt, um die NPCs zu unterwerfen, wurden jedoch von den Bewohnern der Oberwelt dafür bestraft, dass sie für ihre grünen Brüder gekämpft haben. Nun müsst ihr elendig in diesen dunklen Höhlen dahinvegetieren und dürft die Oberfläche bei Tageslicht nicht betreten."

Die Skelette stimmten ihm leise zu, und einige

fluchten über die bösen NPCs.

„Aber ihr werdet erneut den blauen Himmel und das Tageslicht sehen“, fuhr Herobrine lauter vor.

„Der Himmel ... der Himmel ... der Himmel“, sangen die Monster, die sich danach sehnten, endlich wieder unter dem klaren Blau des digitalen Himmels zu stehen, wie es ihre Ahnen einst getan hatten.

„Ihr wurdet viel zu lange bestraft, und nun wird es Zeit, dass ihr euch zurückholt, was euch gehört.“ Herobrine deutete auf den Skelettkönig. „Euer Kommandant wird euch und die Skelette von allen anderen Servern in die letzte Schlacht führen, in der ihr die NPCs ein für alle Mal auslöschen werdet!“

Die Skelette jubelten, und ihre heiseren Schreie hallten von den Wänden wider. Viele reckten ihren Bogen in die Luft und schüttelten die blassweißen Fäuste.

Herobrine hob die Hände, um sie zu beruhigen, bevor er weitersprach.

„Aber bevor es so weit ist, müsst ihr alle einige Aufgaben erfüllen. Als Erstes müsst ihr so viel Leder sammeln, wie ihr nur könnt. Dafür müsst ihr alles riskieren, notfalls sogar euer Leben. Von diesem Leder hängt sehr viel ab.“ Er drehte sich zu dem Skelettkönig um. „Dann wird euer König alle Skelette versammeln, damit ihr einsatzbereit seid, wenn ich euch brauche. Ihr müsst zur Stelle sein, wenn ich das Signal gebe und die letzte Schlacht beginnt, und jede Verzögerung wird schwer bestraft."

„Aber, Meister, wie soll ich in die anderen Skelettstädte reisen, ohne von der verfluchten Sonne verbrannt zu werden?", fragte der Skelettkönig. „Sie sind zu weit weg, als dass ich sie zu Fuß erreichen könnte."

Herobrines Augen flackerten kurz auf, dann war er mit einem Mal verschwunden. Im nächsten Moment tauchte er mit einem Skelettpferd an seiner Seite wieder auf.

„Du wirst einen Helm tragen, den ich extra für dich entworfen habe", erklärte Herobrine, „und dieses Skelettpferd reiten."

Er griff in sein Inventar und warf einige Gegenstände auf den Boden. Es waren Rüstungsteile, die seinen zahlreichen Opfern gehört hatten, und nun türmten sich Gold-, Eisen- und Lederteile auf einem Haufen. Herobrine hob einen Goldhelm auf und hielt ihn hoch in die Luft. Dann sammelte er erneut seine Crafting-Kräfte und ließ den Helm in seinen Händen glühen, heller und immer heller, bis die Skelette den Blick abwenden mussten. Als das grelle Licht verblasst war, sahen die Monster wieder zu ihrem

Schöpfer hinüber und jubelten, weil er dem Skelettkönig den Helm aufsetzte. Anstelle eines normalen, eckigen Helms trug dieser nun eine Sammlung goldener Knochen, die auf geschickte Weise zu einer Königskrone vereinigt worden waren.

„Deine goldene Knochenkrone wird dich vor den Sonnenstrahlen schützen, und dein Skelettpferd kann dich rasch von einer Skelettstadt zur nächsten tragen", sagte Herobrine mit strahlenden Augen. „Du wirst die Herzen unserer Feinde mit Furcht erfüllen, wann immer sie dein mächtiges Ross und deine Krone erblicken. Keiner wird es wagen, sich dir in den Weg zu stellen!"

Die Skelette jubelten ihrem König zu, der auf sie herabblickte. In seiner Krone spiegelten sich die Funken der Gesundheitsbrunnen.

Herobrine wandte sich ab und trat vor die Wand. Er zog seine Spitzhacke und grub ein drei Blöcke breites und vier Blöcke hohes Loch. Nachdem er sein Werkzeug wieder weggesteckt hatte, presste er die leuchtenden Hände gegen die Steinwand. Ganz langsam bildete sich ein schimmerndes Licht in der Mulde. Es begann als schwaches Glühen, wurde jedoch immer intensiver, bis es heller als die Gesundheitsbrunnen leuchtete. Als Herobrine einen Schritt nach hinten machte, konnten alle in der Kammer ein funkelndes und pulsierendes Portal in dem Rechteck erkennen. Das neue Teleporttor tauchte die Versammlungskammer in ein flackerndes blassgelbes Licht.

Lächelnd trat Herobrine zurück. Er fühlte sich schwach, da er seine Crafting-Kräfte so weit ausgereizt hatte, wie es ihm nur möglich war, wusste aber auch, dass es wichtig gewesen war und dass der Skelettkönig diese Portale benötigte, um seine Truppen zu versammeln.

Er drehte sich zu den Skeletten um. „Dieses Portal wird euch zu den anderen Skelettstädten bringen", erklärte er. „Ich habe den Code aller Skelettstädte mit meinen Fähigkeiten als Schatten-Crafter so verändert, dass es nun ein Portal in jeder Stadt gibt."

Die Skelette jubelten noch lauter.

„Wenn ich das Signal gebe, werden euch diese Portale zur letzten Schlacht bringen", rief Herobrine, zog sein Diamantschwert und reckte es hoch in die Luft. „Und wenn wir uns unseren Gegnern in der letzten Schlacht stellen, werden wir sie vernichten und die Oberwelt zurückerobern!"

Die Skelette waren außer sich vor Vorfreude.

„Und jetzt geht an die Oberfläche und besorgt das Leder!"

Schon marschierten die Skelette aus der Versammlungskammer und strebten durch die gewundenen Tunnel an die Oberfläche. Während die knochigen Kreaturen verschwanden, trat der Skelettkönig neben Herobrine und hielt die Zügel seines Pferdes mit einer Hand fest.

„Ich habe eine Frage, Meister", sagte er.

Herobrine konnte dem Skelettkönig ansehen, dass er sich sehr vor seinem Schöpfer fürchtete … Das war gut.

„Sprich."

„Wie soll man mich nennen?", wollte das große Skelett wissen.

Herobrine musterte die Kreatur und überlegte kurz. Dann griff er auf das zurück, was er aus dem Internet der Benutzer gelernt hatte.

„Ich werde dich Reaper nennen", teilte ihm Herobrine mit dröhnender Stimme mit. „Und du wirst mein zweiter Reiter sein."

Reaper nickte, bestieg sein Skelettpferd und lenkte es zum Portal.

„Bereite deine Truppen vor, Reaper, aber vergiss nicht … Ein Scheitern wird nicht toleriert. Hast du das verstanden?"

„Natürlich, Meister."

„Dann zieh los und rufe deine Soldaten zusammen."

Reaper lenkte sein Pferd durch das blassgelbe Portal und verschwand. Sobald Herobrine ganz allein war, stieß er ein gemeines Lachen aus, das im Gewebe von Minecraft widerhallte.

„Schon bald wirst du meinen vier Reitern begegnen, Gameknight999, und dann werden wir ja sehen, wie clever du bist."

Er lachte noch einmal so laut auf, dass die Musik von Minecraft gestört wurde, und teleportierte sich weg. Seine leuchtenden, hasserfüllten Augen waren das Letzte, was man noch von ihm sah.

KAPITEL 12

DAS WIEDERSEHEN

Gameknight999 wachte plötzlich auf. Sein Herz raste, und er atmete schwer. Er setzte sich rasch auf und sah sich um, da er schon vermutete, etwas würde nicht stimmen. Am Himmel funkelten eintausend Sterne, und der eckige Mond leuchtete auf ihn herab. Er konnte die Wächter erkennen, die auf ihrer neu erbauten Mauer patrouillierten und deren Rüstungen bei jedem Schritt leise klirrten. Bogenschützen standen auf den vielen Türmen, die sie im ganzen Dorf errichtet hatten, und waren bereit, ihre mit Stahlspitzen besetzten Pfeile auf jedes Monster herabregnen zu lassen, das sich zeigte.

Warum bin ich aufgewacht?

In diesem Augenblick, als er vom Tiefschlaf in den Wachzustand hinüberglitt, fühlte es sich so an, als würde etwas Böses auf schaurige Weise knurren oder jaulen. Aber das Seltsame daran war, dass dieses Geräusch aus seinem Kopf zu kommen schien. Es war ein garstiges Keckern – als würde eine schreckliche Bestie gleichzeitig lachen und knurren –, aber das

Geräusch schwang mit der Musik mit, die im Hintergrund zu hören war, ebenso wie im Gewebe von Minecraft … *Aber wie ist das möglich?*

Gameknight stand auf, zog sein Diamantschwert und ging zur Treppe, die auf die Barrikade führte. Er erklomm die steinigen Stufen und blickte von der Mauer in die Wüste hinaus. Da draußen in der dunklen, mitternächtlichen Landschaft schien es nichts als Kakteen und Sand zu geben.

Doch er spürte, dass irgendetwas nicht stimmte.

Gameknight lief auf der Mauer entlang einmal um das Dorf herum, und die wachhabenden NPCs musterten ihn, als hätte er den Verstand verloren. Alles war ruhig, aber er wusste, dass der Schein trog. Das, was er in der Musik von Minecraft spürte, hatte etwas zu bedeuten … dessen war er sich ganz sicher.

„HUNTER … WO IST HUNTER?!", rief Gameknight.

„Sie schläft im Haus des Schmieds", antwortete einer der Dorfbewohner.

„Weckt sie auf … SOFORT!", befahl Gameknight999. „Und holt auch Stitcher her. Ich muss sie beide auf der Stelle sprechen."

Drei NPCs liefen los, um sich auf die Suche nach den Schwestern zu machen. Sie waren froh, dem aufgebrachten Benutzer-der-kein-Benutzer-ist zu entrinnen.

Auf einmal stand Stonecutter neben ihm. Die graue Robe des NPCs war in der dunklen Wüstennacht kaum zu sehen.

„Was ist los?“, erkundigte sich Stonecutter.

„Ich bin mir nicht sicher, aber irgendetwas stimmt nicht.“ Gameknight ging einige Schritte auf und ab. „Vielleicht drehe ich einfach nur durch, aber ich habe das Gefühl, dass da draußen in der Dunkelheit etwas lauert.“

„Wahrscheinlich ist es klug, deinen Instinkten zu vertrauen“, meinte Stonecutter. „Mein Bruder Saddler hatte immer besondere Instinkte, was das Wetter betraf. Außer mir wollte ihm keiner glauben. Aber er wusste genau, wann es regnen würde, und er konnte Blitze vorhersagen. Als wir noch Kinder waren …“ Er hielt kurz inne und musste lachen, als er sich an etwas erinnerte, und seine steingrauen Augen blitzten kurz auf.

„Als wir noch Kinder waren, hat er mal ein Eisenschwert gestohlen, als er spürte, dass ein Gewitter aufzog. Wir sind in die Felder gegangen, haben das Schwert in den Boden gesteckt, uns zurückgezogen und es im Auge behalten. Der Blitz hat in das Schwert eingeschlagen, sodass es orange leuchtete und Funken sprühte." Er lachte erneut auf und schloss die Augen, um die schöne Erinnerung zu genießen.

Als er die Augen wieder aufschlug, spiegelte sich noch immer Freude darin wider. „Beim ersten Mal lief er auf das Feld und zog das Schwert aus dem Boden, als es nicht mehr leuchtete, aber noch heiß war. Er verbrannte sich am Griff die rechte Hand und ließ es auf seinen rechten Fuß fallen, den er sich ebenfalls verbrannte." Lächelnd fuhr er fort. „Er musste den ganzen Rückweg zum Dorf hüpfen, und alle kamen uns entgegen, weil sie den Blitz gesehen hatten. So sahen ihn die anderen ins Dorf hüpfen und machten sich über ihn lustig. Ach ... Was haben wir an dem Tag gelacht ... Na ja, alle bis auf Saddler. Danach haben ihn alle eine Zeitlang ‚Linksfuß' genannt, was er überhaupt nicht lustig fand. Noch als Erwachsene haben wir immer, wenn ein Gewitter nahte, ein Schwert in den Boden gesteckt ... Das war unser beider Hobby ... Damit ist es jetzt wohl vorbei."

Stonecutter starrte schweigend in die Dunkelheit hinaus. Die Freude in seinen Augen verblasste und ließ nichts als Traurigkeit und Reue zurück.

„Er war an jenem Tag im Dorf ... als die Monster kamen."

Der stämmige NPC entfernte sich einige Schritte vom Benutzer-der-kein-Benutzer-ist und stand starr wie eine Salzsäule da.

Er trägt so eine schwere Last, dachte Gameknight.

Da kam Hunter die Stufen heraufgerannt und baute sich vor dem Benutzer-der-kein-Benutzer-ist auf. Im nächsten Moment stand auch schon ihre kleine Schwester neben ihr.

„Wie ich höre, machst du hier einen Aufstand und hältst es für notwendig, mich aus meinem glorreichen Traum rauszureißen", beschwerte sie sich. „Ob du es glaubst oder nicht, ich habe gerade davon geträumt, haufenweise Monster zu vernichten."

„Das ist ja schockierend", meinte Stitcher grinsend und rieb sich die müden Augen. „Was ist denn überhaupt los, Gameknight?"

„Ich bin mir nicht sicher", antwortete er.

„Na, großartig!", schimpfte Hunter. „Danke, dass du uns deswegen weckst."

„Irgendetwas geht hier vor sich", erklärte Gameknight. „Herobrine plant etwas, das kann ich deutlich spüren, aber da draußen in der Wüste ist es zu dunkel, als dass ich etwas erkennen könnte. Ihr beide müsst auf den Wachturm steigen und eure Pfeile rings um das Dorf abschießen. Da eure Bögen mit *Flamme* verzaubert sind, werden sie uns Licht spenden. Und jetzt geht!"

Hunter verdrehte die Augen und wirbelte so schnell herum, dass ihm ihre roten Locken ins Gesicht schlugen. Dann lief sie lachend die Treppe hinunter und in Richtung Wachturm.

„Komm, Stitcher … Lass uns Licht in die Wüste bringen", rief Hunter ihrer kleinen Schwester im Laufen über die Schulter zu.

Stitcher trat vor Gameknight999 und lächelte ihn an, um dann ebenfalls auf dem Absatz kehrtzumachen, ihm ebenfalls ihre langen roten Haare ins Gesicht zu schleudern und ihrer älteren Schwester zu folgen.

„Was ist denn los?", erkundigte sich jemand in seinem Rücken.

Gameknight drehte sich um und stand seiner Schwester gegenüber, die ihn verschlafen beäugte.

„Ich weiß es nicht", lautete seine ehrliche Antwort. „Hunter und Stitcher werden ein paar Pfeile in die Wüste schießen, damit wir sehen können, was da draußen los ist."

„Was soll ich machen?"

Er konnte ihr ansehen, dass sie unbedingt helfen wollte.

„Geh rauf in den Wachturm und sei unser Ausguck“, bat er sie. „Du musst genau hinsehen und uns sagen, was da draußen passiert.“

„Okay“, erwiderte sie lächelnd, drehte sich um und peitschte ihm ihre blauen Locken ins Gesicht.

„Ich kann das echt nicht leiden!“, schimpfte er.

Monet lachte.

Grinsend sah Gameknight zu, wie sie zum Sandsteinturm rannte. Nur Sekunden später tauchten Monet und die Schwestern an der Turmspitze auf. Ihre verzauberten Bögen schimmerten in der Dunkelheit und tauchten den Turm in ein bläuliches Licht. Hunter und Stitcher schossen sofort Pfeile ab, an deren Spitzen ein magisches Feuer brannte, sodass sie wie zwei winzige Meteore, die vom Himmel fallen, durch die Nacht schossen. Bei der Landung bohrten sich die Pfeile in den blassgelben Sand und brannten weiter, wodurch ein kleiner Lichtkreis entstand.

Nach und nach feuerten die Schwestern immer mehr Pfeile ab, Hunter nach links und Stitcher nach rechts, und vertrieben so die Dunkelheit. Sie erzeugten einen brennenden Lichtbogen auf jeder Seite des Dorfes. Gameknight stand auf dem Wall und starrte in die erleuchtete Wüste. Er hielt Ausschau nach Herobrine und seinen zerstörerischen Monstern, aber da draußen in diesem trockenen Ödland schien es nichts als karge braune Büsche und grüne Kakteen zu geben.

Die Schwestern schossen immer weiter und wetteiferten darum, wessen Pfeile am weitesten flogen. Gameknight hatte die Aufgabe übernommen, Hunters Flammenpfeile zu beobachten, während Stonecutter dasselbe bei Stitcher machte. Immer mehr brennende Projektile steckten im Sand und erzeugten große Flammenkreise rings um das ganze Dorf. Die Landschaft wurde vom magisch flackernden Licht erhellt ... in dem jedoch nichts als die leere Wüste zu erkennen war, wie viele Pfeile sie auch abfeuerten.

Nach einiger Zeit näherten sich die brennenden Bögen einander, und Hunter und Stitcher hatten den Kreis um das Dorf fast vollendet. Gameknight starrte den dunklen Fleck an, der langsam kleiner wurde. In der Ferne war gerade noch so der Umriss des Wüstentempels auszumachen, die Stelle, an der sie gegen die Zombies gekämpft hatten.

Gibt es hier draußen vielleicht irgendwo eine Zombiestadt?

Die dunkle Stelle wurde schmaler und schmaler, als Hunter und Stitcher die Dunkelheit mit ihren brennenden Pfeilen immer weiter zurücktrieben.

Hat sich da draußen gerade etwas bewegt? War das etwas Goldenes, worin sich das Licht gespiegelt hat? Oder verliere ich langsam den Verstand?

Die nächsten beiden Pfeile sausten durch die Luft und landeten in einer Sanddüne. Der Feuerkreis war fast vollendet.

Immer noch nichts ... Ich drehe wohl wirklich langsam durch ... Augenblick mal ... Was war das?

Er war felsenfest davon überzeugt, dass er da draußen etwas gesehen hatte: eine dunkle Gestalt, die sich langsam durch die Finsternis bewegte. Aber sie schien viel größer als ein Monster gewesen zu sein ... Das hatte er sich bestimmt nur eingebildet.

Die Schwestern ließen die letzten beiden Pfeile durch die Luft fliegen. Gameknight sah zu, wie die Projektile im sanften Bogen flogen und dann landeten. Einer bohrte sich in einen hohen Kaktus, der sofort Feuer fing.

Aber keiner der NPCs nahm Notiz von dem brennenden Gewächs.

„Da draußen!", schrie Monet. „Ich sehe was!"

Eine Dorfbewohnerin kreischte und lief von der Mauer weg, um ihre Kinder in Sicherheit zu bringen.

Gameknight war entsetzt und wie gelähmt vor Angst.

„Das kann nicht sein", murmelte er. „Nein …"

„Ah … Wie ich sehe, steht der Dummkopf erneut vor mir", sagte eine tiefe Stimme, die aus der Wüste kam. „Warum kommst du nicht hier runter und stellst dich mir? Dieses Mal wird der Kampf anders ausgehen, das kann ich dir versichern."

Gameknight starrte das Monster an und wollte seinen Augen nicht trauen.

„Wie kann das sein? Wie hat er uns hier nur gefunden?", fragte Gameknight, aber das ganze Dorf glich einem heillosen Chaos, sodass ihn niemand hörte – bis auf Stonecutter an seiner Seite.

„Der Benutzer-der-kein-Benutzer-ist fürchtet sich wohl … Das ist keine wirkliche Überraschung", knurrte das Monster.

Jetzt konnten alle die riesige Zombiearmee sehen, die sich dem brennenden Lichtkreis näherte.

Die dunklen Klauen der Monster glänzten im Flammenschein.

Das große Monster trat vor, sodass es jetzt im Licht der brennenden Pfeile zu erkennen war: Es war Xa-Tul auf einem gigantischen Zombiepferd. Die Augen des Rosses leuchteten blutrot, ebenso wie die des Reiters, und die Kettenrüstung des Zombies glitzerte im Mondlicht und ließ ihn beinahe magisch aussehen.

Der Zombiekönig trieb sein Pferd an, schaute zu Gameknight999 hinauf und zeigte dann mit seinem großen goldenen Breitschwert auf ihn.

„ZOMBIES … ANGRIFF!“, brüllte Xa-Tul, und seine Stimme bewirkte, dass sogar die Wüste selbst vor Angst zitterte.

Er saß von seinem Pferd ab, machte noch einen Schritt und sah Gameknight999 direkt in die Augen.

„Beim letzten Mal hat der Benutzer-der-kein-Benutzer-ist gewonnen, aber dieses Mal wird es anders laufen.“ Xa-Tul ging noch ein Stück und rammte sein Schwert in einen Sandsteinblock, der zu Staub zerfiel. Er grinste breit und sagte mit seiner knirschenden Stimme so laut, dass ihn alle hören konnten: „Komm her, Benutzer … Lass uns tanzen.“

KAPITEL 13
DAS SPIEL ÄNDERT SICH

Die Zombies rannten los und umströmten Xa-Tul, als wäre er ein großer Stein inmitten eines tosenden Flusses. Augenblicklich eröffneten die Bogenschützen das Feuer, und fast alle trafen, aber es waren auch so viele Zombies, dass es schwer war, sie zu verfehlen. Brennende Pfeile sausten vom Wachturm herunter und entzündeten das TNT, das im Sand vergraben lag. Die rot-weißen Blöcke blinkten, detonierten und rissen tiefe Krater in die Wüstenlandschaft. Zombies flogen durch die Luft, als die Blöcke explodierten, aber die anderen Kreaturen stürmten weiter durch die Dunkelheit vorwärts und ignorierten die gefährlichen Explosionen.

Gameknight blickte auf die gewaltige Zombiehorde herab – es mussten Hunderte sein! Ihr Stöhnen hallte durch die Finsternis zu ihm herauf und jagte ihm eine Gänsehaut über den Rücken.

„Es sind einfach zu viele", murmelte der Benutzer-der-kein-Benutzer-ist und wollte seinen Augen kaum trauen. „Wo kommen die ganzen Zombies her?

Wie kann das sein?“

Gameknight stand einfach nur da und starrte den Mob verzweifelt an.

„Wie sollen wir so viele bekämpfen?“, fragte er.

Als er sich umschaute, stellte er fest, dass alle Dorfbewohner Bögen in der Hand hielten und pausenlos auf die Monster schossen, aber ihre Pfeile schienen die Woge, die auf sie zuraste, überhaupt nicht aufzuhalten. Gameknight hörte, wie die Zombies mit ihren Klauen an den Steinmauern kratzten, die die Verteidiger schützten. Ihr wütendes Knurren hallte durch die Luft und war so voller Hass, dass sich Gameknight am liebsten die Ohren zugehalten hätte. Doch er sah davon ab und schaute auf die Angreifer hinunter. In ihrer Wut versuchten die Zombies, aufeinander zu klettern, um so die Barrikade zu überwinden und die NPCs zu attackieren.

Auf einmal tauchte ein Zombiekopf vor Gameknight auf. Bevor er überhaupt reagieren konnte, war Stonecutter auch schon mit seiner Spitzhacke da und schlug auf das Monster ein, das rasch das Zeitliche segnete. Der stämmige NPC marschierte über die Mauer und zerschmetterte alle Zombies, denen es gelang, die Mauer zu erklimmen, wobei er ihre Gesundheit mit seinen Schlägen schnell auf null brachte. Immer mehr Schwertkämpfer kamen zur Mauer und folgten Stonecutters Beispiel ... Aber es waren trotzdem zu wenig Verteidiger. Irgendwann würden die Zombies die Mauer überwinden und sich Zugang zum Dorf verschaffen.

Wasser, sagte eine vertraute Stimme in Gameknights Kopf. Es war Shawny.

Was?, hakte er nach.

Setze Wasser ein, um die Zombies zu verlangsamen, sagte Shawny über den Chat, sodass sich die Worte in Gameknights Verstand bildeten.

„Aber natürlich!", rief er aus.

Gameknight999 steckte sein Schwert weg, holte einen Eimer aus dem Inventar und lief auf die Felder zu.

„Was machst du denn, Gameknight?", rief ihm Crafter von der Mauer hinterher.

Der junge NPC hielt sein Eisenschwert in der Hand, dessen sonst stumpfe Klinge nun magisch schimmerte. Er hieb damit auf die Zombies ein, die den Kopf über den Rand der Mauer steckten, und schickte sie zurück in die Leere. Vor ihm waren schon zahlreiche Erfahrungskugeln zu sehen.

„Schnapp dir einen Eimer und komm mit!", forderte Gameknight ihn auf und rannte weiter.

Er tauchte seinen Eimer ins Wasser und eilte zurück zur Mauer, während sich Crafter ebenfalls auf den Weg machte. Der Benutzer-der-kein-Benutzer-ist stürmte die Stufen hinauf und goss das Wasser vorsichtig auf die Außenseite der Mauer, sodass ein ganzer Schwall auf die angreifenden Zombies hinabströmte. Dadurch konnten die Monster diesen Teil der Mauer nicht mehr angreifen und waren gezwungen, sich zu trennen und es andernorts zu versuchen.

Grinsend blickte Gameknight999 zum Sternenhimmel hinauf und bedankte sich innerlich bei seinem Freund.

Sobald die NPCs sahen, was der Benutzer-der-kein-Benutzer-ist getan hatte, zückten sie ebenfalls ihre Eimer und liefen zu dem Wasser, mit dem sie ihre Felder bewässerten. Sie schöpften Eimer um Eimer heraus, bis nichts mehr da war, und brachten die kostbare Flüssigkeit zur Mauer, um sich zu verteidigen.

„Ha, ha, ha!" Xa-Tul krümmte sich vor Lachen. „Glaubt der Benutzer-der-kein-Benutzer-ist wirklich, Xa-Tuls Armee ließe sich mit ein paar Eimern Wasser aufhalten? HA! Komm nur her, Dummkopf, und stell dich dem König der Zombies. Dieses Mal wird der Kampf anders ausgehen!"

Gameknight blickte auf das Monster hinab und zitterte vor Angst.

Ich habe den letzten Kampf gegen ihn nur knapp überlebt, dachte er. *Wie soll ich ihn bloß dieses Mal besiegen?*

Er schloss die Augen und versuchte, sich vorzustellen, wie er über den Zombiekönig triumphierte, aber alles, was vor seinem inneren Auge auftauchte, war das Bild des goldenen Schwertes, das auf ihn herabsauste.

„Zombies, entfernt euch vom Wasser und greift einen anderen Abschnitt an!", befahl Xa-Tul.

Die verwesenden Kreaturen gehorchten und attackierten eine Stelle der Mauer, die noch trocken war. Zahlreiche NPCs rannten mit ihren leeren Eimern erneut zu den Feldern, mussten jedoch feststellen, dass sie alles Wasser verbraucht hatten. Nun blieb ihnen nichts anderes übrig, als zu kämpfen.

„Was machen wir denn jetzt, Gameknight?", fragte eine nervöse Stimme zu seiner Rechten.

Er drehte sich zu Crafter um, der zu ihm aufblickte und dessen blaue Augen seine Furcht widerspiegelten.

„Wie sollen wir so viele Monster aufhalten?", fuhr Crafter fort. „Du musst dir einen deiner tollen Tricks einfallen lassen, und zwar schnell!"

„Wie lauten deine Befehle, Benutzer-der-kein-Benutzer-ist?“, wollte Digger wissen.

Gameknight schaute den großen NPC an und bemerkte, dass dessen schimmernde Eisenspitzhacke von Dellen und Rissen übersät war … In den letzten zehn Minuten hatte sie einiges aushalten müssen.

„Gameknight, wie wäre es, wenn du dir eine coole Strategie einfallen lässt, bevor wir alle tot sind?“, rief Hunter vom Wachturm herüber.

Er sah zu ihr hoch. Sie schoss auf die Monster, so schnell sie konnte, und Stitcher und Monet standen neben ihr und taten es ihr nach. Dann ließ Gameknight den Blick über die Mauern schweifen und musste erkennen, dass viele NPCs rot blinkten, deren entblößte Beine von Zombieklauen angegriffen wurden. Schließlich gelang es einem Zombie, einen Arm auszustrecken, das Bein eines Verteidigers zu packen und ihn von der Mauer zu ziehen. Die arme Seele stürzte in die Zombiehorde und war im nächsten Augenblick verschwunden.

„Was ist los, Benutzer-der-kein-Benutzer-ist – hat es dir die Sprache verschlagen?“, spottete Xa-Tul. „Vielleicht hilft dir das hier auf die Sprünge.“

Der Zombiekönig stieß einen durchdringenden Schrei aus, der von weiteren, in der Dunkelheit verborgenen Monstern aufgenommen wurde. Eine weitere Woge aus Zombies kam angerannt, und auch sie wollten nichts anderes, als das Dorf und seine Einwohner zu vernichten. Inzwischen waren es doppelt so viele Monster, die das Dorf von allen Seiten angriffen.

„Sieh das als kleines Geschenk von Herobrine“, rief Xa-Tul seinem Feind zu. „Und keine Sorge, wo das herkommt, da gibt es noch mehr … viel mehr. Ha, ha, ha.“

Das manische Lachen des Zombiekönigs bewirkte, dass die Zombies an der Mauer vor Vorfreude auf ihren bevorstehenden Sieg laut stöhnten. Als Gameknight999 das hörte, ließ er sein Schwert fallen und hielt sich die Ohren zu.

„Benutzer-der-kein-Benutzer-ist … Was sollen wir jetzt machen …“

„Wie lauten deine Befehle …“

„Wie können wir gegen die Zombies …“

„Wo können wir hin …“

All die Fragen stürmten auf Gameknight ein, der jeglichen Mut verlor.

Ich weiß nicht, was ich tun soll … Diese Verantwortung ist zu groß für mich … Ich will das nicht!

Er beugte sich vor, hob sein Schwert auf und sah

den Umstehenden ins Gesicht, die damit zu rechnen schienen, dass er ein Wunder wirkte und sie so alle rettete.

Ich möchte sie nicht enttäuschen und in den Tod führen, und ich habe solche Angst, etwas zu unternehmen oder überhaupt eine Entscheidung zu treffen … Was soll ich nur tun?

Auf einmal drang aus weiter Ferne eine Stimme an sein Ohr. Sie schwebte wie auf sanfter Musik herbei und waberte über ihn hinweg, vertrieb seine Panik und baute ihn wieder auf.

Du kannst alles vollbringen, was du dir vorstellen kannst, sagte das Orakel.

Aber ich kann mir gerade überhaupt nichts vorstellen … nur mein Scheitern!, brüllte er innerlich.

Man kann nur scheitern, wenn man sich weigert, überhaupt etwas zu versuchen. Du kannst diese Monster nicht bekämpfen; es sind einfach zu viele. Wenn du versuchst, dich dieser Flut entgegenzustellen, wirst du zusammen mit all deinen Freunden weggespült.

Danke, dass du mich auf das Offensichtliche hinweist, fauchte Gameknight. *Das war sehr hilfreich.*

Wenn du nicht kämpfen kannst, dann … musst du einen anderen Weg einschlagen, riet ihm das Orakel. *Indem du ständig das tust, was Herobrine von dir erwar-*

tet, sorgst du dafür, dass er am Ende gewinnt. Er hat seinen Diener hergeschickt, um dich zu diesem Kampf zu verleiten, aber du musst nicht nach seiner Pfeife tanzen. Triff stattdessen eigene Entscheidungen und bleibe deinen Freunden treu, denn sie verlassen sich auf dich, in Minecraft ebenso wie in der physischen Welt. Jegliche Hoffnung ruht auf dem Benutzer-der-kein-Benutzer-ist … Mögest du die Weisheit finden und erkennen, wann du kämpfen solltest und wann nicht.

Dann verstummte die Musik von Minecraft, und mit ihr waren auch ein Teil seiner Angst und seiner Unsicherheit verschwunden.

Ich muss mich entscheiden, was ich tun will … aber wir dürfen nicht kämpfen.

Da erinnerte er sich an etwas, das er von seinem Freund Impafra gelernt hatte: Wenn man keinen Platz zum Rückzug hat, muss man angreifen. Möglicherweise galt ja auch das Gegenteil.

Wenn du nicht angreifen kannst, solltest du dich zurückziehen … Und genau das müssen wir jetzt tun.

Gameknight hob den Kopf und sah in die erwartungsvollen Gesichter.

„Geht alle in die Fertigungskammer!“, rief er. „Wir nehmen alle denselben Tunnel ins nächste Dorf. LAUFT!“

Die NPCs ließen sich das nicht zweimal sagen. Sie sprinteten sofort zum Wachturm und in den Geheimtunnel, der darunter verborgen war. Gameknight ging langsam hinterher und wollte zuerst allen Dorfbewohnern die Flucht ermöglichen.

„Du musst auch in die Fertigungskammer gehen, Gameknight“, drängte ihn Stonecutter und schob ihn sanft an.

„Nein, ich gehe als Letzter“, erklärte der Benutzer-der-kein-Benutzer-ist. „Irgendjemand muss das TNT auslösen, damit uns die Monster nicht folgen können, und das ist meine Aufgabe.“

Er konnte deutlich hören, dass das Stöhnen der Monster lauter wurde, die der Mauer immer näher kamen.

„Du musst auf meine Schwester aufpassen, Stonecutter“, sagte Gameknight und deutete auf Monet, die noch immer auf dem Wachturm stand und zusammen mit Hunter und Stitcher auf die Zombies feuerte. „Bitte ... Hol sie da runter und setz sie in eine Lore. Trag sie, wenn es sein muss, aber sorg dafür, dass sie in Sicherheit ist.“

Der stämmige NPC nickte, und in seinen steingrauen Augen lagen Zuversicht und Kraft. Er drehte sich um, sprintete in den Wachturm und stürmte die

Leiter hinauf. Sobald er oben angekommen war, hörte man Monets Widerworte, aber schon bald schwieg sie und folgte ihm nach unten in die Fertigungskammer.

Das Stöhnen hallte von einer Hauswand wider … Die Zombies waren ins Dorf eingedrungen!

„Komm schon, Gameknight!", rief Hunter von der Tür des Wachturms herüber. „Alle anderen sind schon in …"

Sie klappte den Mund zu, zog einen Pfeil aus dem Inventar und schoss auf einen Zombie, der auf sie zugelaufen kam. Ein weiterer Pfeil flog aus einem Fenster, traf das Monster in der Brust und sorgte dafür, dass seine Gesundheit aufgebraucht war. Es verschwand mit einem Ploppen. Stitcher beugte sich aus dem Fenster und grinste Gameknight an, war dann aber sofort wieder verschwunden, da sie in den Tunnel und zur Fertigungskammer rannte.

„Komm schon", rief Hunter. „Alle anderen sind schon unten in der Kammer."

„Okay, wir …"

Plötzlich bebte der Boden und ein ohrenbetäubender Knall ertönte. Das Geräusch hallte wieder und wieder durch die Luft, bis ein Teil der Mauer einstürzte. Als sich der Staub gelegt hatte, entdeckte Gameknight Xa-Tul mit seinem mächtigen goldenen

Schwert in der Lücke. Zombies stürzten durch die Öffnung und liefen auf der Suche nach Opfern durch das Dorf.

Der Zombiekönig deutete mit dem Schwert auf Gameknight und grinste breit.

„Wo will Herobrines Spielzeug denn hin?", brüllte Xa-Tul und stieß ein verrücktes Lachen aus.

Gameknight war vor Angst wie erstarrt und sah zu, wie das Monster auf ihn zukam. Aber dann packte ihn auf einmal jemand von hinten an der Rüstung und zerrte ihn mit sich. Er fiel auf den Rücken und blickte zu Hunter auf, die ihn mit ihren braunen Augen zornig anstarrte.

„Lass uns gehen, du Idiot!", schimpfte sie und rannte in den Tunnel.

Gameknight rappelte sich auf und folgte ihr die Leiter hinunter. Als er unten angekommen war, sprintete er durch das Tunnelsystem und in die Fertigungskammer. Die letzten Dorfbewohner bestiegen gerade die Loren und fuhren über die Schienen davon, und nur Stonecutter und Hunter warteten noch auf ihn.

„Geht!", rief Gameknight und rannte die Stufen hinunter.

Hunter sprang sofort in die nächste Lore und

schoss in einen dunklen Tunnel davon.

„Stonecutter … verschwinde!“

„Ich folge dem Benutzer-der-kein-Benutzer-ist“, erklärte der muskulöse NPC, der seine mächtige Spitzhacke in den kräftigen Händen hielt.

„Stonecutter, das ist etwas, das ich tun *muss*. Ich muss mich dem Zombiekönig stellen, bevor ich gehe, denn sonst werde ich nie aufhören, mich vor ihm zu fürchten. Er muss sehen, wie ich hier stehe und keine Angst vor ihm habe, damit ich Zweifel in seinem erdnussgroßen Verstand säen kann. Verstehst du das?“

„Ich verstehe den Großteil deiner Worte, habe aber dennoch eine Frage.“

„Und die wäre?“, wollte Gameknight wissen.

„Was ist eine Erdnuss?“

Gameknight lachte, drängte Stonecutter in eine Lore und schob sie über die Gleise. Kaum war der NPC verschwunden, wurden die Türen am Höhleneingang lautstark eingeschlagen. Gameknight sah mit an, wie Xa-Tul die Eisentür mit seiner Klinge zerschmetterte. Dann betrat der Zombiekönig die Fertigungskammer und blickte auf seine Beute hinab.

„Endlich hat Xa-Tul den Benutzer-der-kein-Benutzer-ist gefunden. Es wird Zeit, dass wir erneut gegeneinander antreten. Komm her … Stell dich dem

Schicksal, das Gameknight999 bestimmt ist."

„Ich weiß, dass Herobrine dir verboten hat, mich zu töten, daher kannst du deine armseligen Drohungen auch gleich sein lassen."

„Xa-Tul hat nicht gesagt, dass der Dummkopf sterben wird, er soll nur leiden", erwiderte der Zombiekönig und wedelte mit seinem Schwert.

Gameknight sah die Waffe an und erinnerte sich daran, wie sie ihm bei ihrem letzten Kampf zugesetzt hatte. Er bekam es mit der Angst zu tun, und schon machten sich Zweifel und Unsicherheit in ihm breit.

Nein! Ich werde mich nicht fürchten … Das ist doch genau das, was Herobrine von mir erwartet. Ich weigere mich, Angst zu haben!

Daher schloss Gameknight die Augen, stellte sich vor, wie wütend Xa-Tul sein würde, wenn sein Feind im Lorentunnel verschwunden war, und musste lachen.

„Was hat der Dummkopf denn zu lachen?"

„Ich lache dich aus … Wer von uns beiden ist denn hier der Dummkopf?"

„Was?", fragte Xa-Tul.

Gameknight stieg in eine Lore, blieb darin stehen und starrte das Monster an.

„Dieses Mal habe ich keine Angst vor dir, Xa-

Tul“, rief er. „Ich bin Gameknight999, der Benutzer-der-kein-Benutzer-ist, und ich lasse nicht zu, dass du meinen Freunden etwas tust!“

Der Nebel der Angst, der seinen Verstand umwölkt hatte, lichtete sich, und Gameknight wurde immer mutiger – er wusste, dass er Herobrine und seinen Monstern ins Auge blicken konnte. Und so zog er sein Diamantschwert und zeigte damit auf den Zombiekönig.

„Wenn wir uns das nächste Mal begegnen, beende ich, was ich vor Crafters Dorf begonnen habe … und vernichte sowohl dich als auch Herobrine!“, schrie er.

Dann beugte er sich vor und legte einen Hebel um, mit dem der Redstone-Schaltkreis aktiviert wurde. Im nächsten Augenblick leuchtete eine Spur aus purpurrotem Pulver, die sich um den ganzen Raum schlängelte; Verstärker glühten immer heller und verschafften ihm Zeit für die Flucht. Gameknight beobachtete, wie das Redstone-Signal an den Verstärkern vorbeiwanderte und schließlich die TNT-Blöcke erreichte, die an allen Tunneleingängen platziert worden waren.

„NEIIIN!“, brüllte Xa-Tul.

Doch Gameknight999 schob seine Lore an, setzte sich und schenkte dem Monster ein letztes Lächeln, bevor er im Tunnel verschwand. Nur wenige Sekunden später wackelte der Boden, als das TNT explodierte. Die Bomben sorgten dafür, dass alle Tunnel einstürzten und die Monster sie nicht mehr passieren konnten. Trotz des gewaltigen Lärms konnte der Benutzer-der-kein-Benutzer-ist Xa-Tuls frustrierte Schreie hören.

Gameknight grinste.

„Ich werde mich nicht länger fürchten!", erklärte er niemandem … allen. „Ich bin es leid, Angst davor zu haben, dass ich versagen *könnte*. Damit ist es ein für alle Mal vorbei. Ich werde dein Spiel nicht länger mitspielen, Herobrine!", brüllte Gameknight999, so laut er konnte. „Es wird Zeit, dass wir meins spielen!"

KAPITEL 14
IM NETHER

Herobrine materialisierte sich auf einem schartigen Felsvorsprung über einem gewaltigen Lavameer. Der Boden um ihn herum bestand aus rostfarbenem Netherstein, in dem hier und da Flecken aus schimmerndem Netherquarz zu sehen waren. Er blickte zur felsigen Decke empor und sah Glowstoneblöcke, die aussahen, als wären sie dort platziert worden. Ihr gelbes Glühen vermengte sich mit dem orangefarbenen Licht der Lava.

Er holte tief Luft und atmete die heiße, von Rauch und Asche geschwängerte Luft ein … Es war wunderbar.

Während er sich langsam um die eigene Achse drehte, um alles in sich aufzunehmen, sah er die schwachköpfigen Schweinezombies mit ausgestreckten Goldschwertern auf sich zukommen. In der Ferne schwebten die großen knochenweißen Ghasts über dem brodelnden See. Viele schleiften ihre neun langen Tentakel durch den geschmolzenen Stein und stießen quäkende Schreie aus.

Herobrine schloss die Augen und teleportierte sich ans andere Ufer des Ozeans, wo er sich umdrehte und seine Umgebung in Augenschein nahm. Hier sah es im Grunde genommen genauso aus. Lavaströme stürzten aus großer Höhe in gewaltige Teiche aus geschmolzenem Stein hinab, die sich den Berg hinunter in den Ozean ergossen. Überall waren Schweinezombies und Ghasts zu sehen, aber ihretwegen war er nicht hergekommen.

Dann entdeckte er endlich, wonach er gesucht hatte: eine einsame Säule aus dunklem Stein, die an der Lavaküste stand. Er teleportierte sich dorthin und sah nun noch weitere Säulen in der Nähe, alle aus dunklen burgunderfarbenen Netherziegeln. Auf den hohen Säulen ruhte eine Art Laufsteg, der weit in die Ferne führte und auf dem Herobrine sich jetzt materialisierte. Er ging den Weg entlang und stellte fest, dass er vor einer Wand aus Netherstein und Seelensand endete.

Herobrine lachte laut auf.

Die meisten Benutzer glaubten, der Weg wäre hier am rostbraunen Berg aus Netherstein zu Ende, dabei war das bloß Fassade – ein kleiner Scherz. Vor einem Jahrhundert hatte Herobrine den Code verändert, der über die Netherfestungen bestimmte, und nun blieb ein Teil davon vom Netherstein verborgen, sodass die Benutzer ihn nicht sehen konnten. Er trat vor die steinige Barriere, schloss die Augen und nahm seine Crafting-Kräfte zusammen. Kaum leuchteten seine Hände in diesem widerlichen Gelbton, stieß er sie in den Stein und konzentrierte sich mit aller Kraft. Ganz langsam, als würde man ihn nach und nach auslöschen, verblasste der Netherstein; er verschwand, als wäre er nie da gewesen. Aber nicht nur der Block vor ihm war nicht mehr zu sehen, sondern auch all die anderen Blöcke, hinter denen die Netherfestung verborgen war.

Im Handumdrehen lag die ganze Festung vor Herobrine … Er konnte jeden Verbindungsgang, Balkon, jede Schatz- und Spawnkammer sehen. Das Bauwerk erstreckte sich in alle Richtungen und war weitaus größer, als es jeder NPC oder Benutzer auch nur ahnte. Lange Laufstege zwischen hohen Säulen aus Netherstein verbanden die einzelnen Teile der Festung. Sie verliefen hoch in der Luft, einige sogar durch eckige Kammern, während andere in weiter Ferne endeten und im Nebel und Rauch verschwanden. In der Mitte der verschachtelten Gänge befand sich eine gewaltige rechteckige Struktur, die mit allen durch die Luft führenden Korridoren verbunden war. Als Herobrine die riesige Festung betrachtete, ging ihm auf, dass sie ihn an eine enorme dunkle Spinne erinnerte. Die erhöhten Laufwege sahen aus wie dünne Beinchen, die alle mit einem zentralen voluminösen Körper verbunden waren und sich in die Landschaft hinaus erstreckten. Die gewaltige Kreatur erweckte den Anschein, als könnte sie sich jeden Augenblick auf ihre ahnungslose Beute stürzen.

Dieser Vergleich entlockte Herobrine ein Lächeln. Er schloss die Augen und nahm alles um sich herum wahr, die Gefühle, die Hitze, den Rauch … einfach alles.

Es war wunderbar.

Er war von den Geräuschen des Nether umgeben: dem katzengleichen Schnurren der Ghasts, dem traurigen Grunzen der Schweinezombies, dem Klappern der Witherskelette, den schmatzenden Hüpfgeräuschen der Magmawürfel und dem mechanischen Keuchen der Lohen. Sie alle hatten inzwischen seine Anwesenheit gespürt und waren unsicher, ob sie sich ihm nähern oder lieber fliehen sollten.

Herobrine blickte zu einer großen Gruppe aus Ghasts empor, die auf ihn zuschwebte, und runzelte die Stirn. Sein letzter Versuch, die Quelle zu zerstören und von diesen erbärmlichen Servern zu entkommen, war jämmerlich gescheitert, und schuld daran war nur der verblödete Ghast Malacoda, der König des Nether. Dieser schwebende Gasbeutel hatte eine Festung gebaut, die ebenso groß gewesen war wie diese hier … wenn nicht noch größer. Allerdings hatte der dämliche Ghast sie aus Gier und nicht aus strategischen Gründen errichtet. Er hatte die größte Armee und die größte Festung haben wollen, um seinem Selbstbild gerecht zu werden. Doch seine Habgier und Arroganz hatten seinen Untergang herbeigeführt und Herobrines Plan scheitern lassen. Diesen Fehler würde er nicht noch einmal begehen … Ghasts waren viel zu egoistisch … zu sehr darauf erpicht, ihr überdimensioniertes Selbstbild zu verwirklichen. Herobrine wusste, dass die schwebenden Riesen zu viel zu beweisen hatten nach dem schändlichen Akt, der ihre Verbannung in diese brennende Welt nach sich gezogen und bewirkt hatte, dass ihre Gesichter für immer von Narben von Tränen gezeichnet waren, die nie fließen würden. Nein, dieses Mal brauchte er eine *vernünftige* bösartige Kreatur.

Das roboterartige Atmen einer Lohe erklang direkt neben ihm. Herobrine wirbelte herum, zog sein Schwert und stellte sich dem brennenden Monster. Es schwebte einfach nur da und starrte ihn mit seinen kohlschwarzen Augen an, während sich die brennenden Lohenruten um das Innere des Flammenkörpers drehten.

„Lohen … Genau die brauche ich“, sagte Herobrine zu der Kreatur und teleportierte sich weg.

Im nächsten Augenblick materialisierte er sich in dem riesigen eckigen Gebilde, das die Mitte der Festung ausmachte. Dabei handelte es sich um eine Versammlungskammer mit einem hohen Podest in der Mitte, von dem aus er die Kreaturen des Nether ansprechen konnte. Aber er war heute nicht hier, um zu reden … Heute wollte er etwas erschaffen. Er teleportierte sich zu einer Gruppe von Lohen, zog sein Diamantschwert und griff sie an, so wie er es auch schon bei den Skeletten und Zombies getan hatte, um einen neuen König entstehen zu lassen. Wie bei den letzten Malen fielen auch die Lohen mit fast aufgebrauchter Gesundheit zu Boden. Herobrine nahm seine Crafting-Kräfte zusammen, zog die Kreaturen aneinander und formte eine neue Lohe, die größer und stärker war als alle anderen.

Als sich die Lebenskraft der neuen Kreatur stabilisierte, verschwand Herobrine und tauchte einen Augenblick später mit einem Eimer voller Lava wieder auf. Der dunkle Schatten-Crafter goss den geschmolzenen Stein neben der Kreatur aus. Die neue Lohe beugte sich vor und trank die brennende Flüssigkeit, woraufhin ihre innere Flamme noch heller und heißer loderte und ihre feurige Gesundheit wiederhergestellt wurde. Die große Lohe gewann an Kraft, richtete sich auf und schwebte über den kleinen Teich, um die lebensspendende Gesundheit aus der Hitze der Lava zu beziehen, während ihre Augen blutrot leuchteten.

Inzwischen waren immer mehr Kreaturen des Nether in die gewaltige Kammer geströmt. Lohen ballten sich im vorderen Bereich und versuchten, die neue Schöpfung zu betrachten, die neben dem Meister verharrte. Die elementaren Kreaturen aus Feuer wussten, dass sich ihre Position in der Hackordnung des Nether soeben deutlich verbessert hatte.

Mehr und mehr Monster versammelten sich in der riesigen Kammer, und schließlich teleportierte sich Herobrine auf das Podest in der Mitte.

„Meine Freunde, die Zeit unserer Rache steht kurz bevor", rief er den Massen zu. „Die letzte Schlacht wird bald geschlagen werden, und dieses Mal verlassen wir uns nicht darauf, dass uns ein Ghast zum Sieg führen wird."

Die Schweinezombies stöhnten, die Skelette klapperten, die Lohen keuchten, die Magmawürfel hüpften, und alle Kreaturen starrten die Ghasts an, die hoch über ihren Köpfen schwebten.

„Dieses Mal werden wir die NPCs der Oberwelt vernichten, und ihr werdet Zeuge werden, wie ich den Benutzer-der-kein-Benutzer-ist ausschalte."

Die Monster jubelten alle auf ihre eigene Weise. Das daraus resultierende Geräusch hörte sich nicht wirklich nach Jubeln an, aber Herobrine wusste auch so, was die Kreaturen empfanden.

„Ihr seid schon viel zu lange aus dem Land des *Himmels* verbannt."

Dieses Wort entlockte den Monstern eine sehr ernste Reaktion. Sie blickten alle nach oben, aber nicht etwa zu den Ghasts oder der Felsendecke, sondern zum imaginären blauen Himmel hinauf, dessen Anblick ihnen schon so lange Zeit verwehrt worden war.

„Und jetzt wird es Zeit, dass ihr euch an den NPCs und ihrem Anführer rächt. Euer neuer Lohenkönig wird euch zum Sieg führen, aber ihr müsst eure Völker versammeln und hierherbringen, damit wir den Angriff auf die Oberwelt von dieser Festung aus starten können!"

Erneutes Jubeln.

Herobrine trat zu einer Tür, streckte die Hände

aus und aktivierte erneut seine Crafting-Kräfte. Seine glühenden Hände erschufen ein Portal im Türrahmen, dessen lilafarbenes Teleportfeld immer heller leuchtete. Schon bald stabilisierte sich eine wabernde Oberfläche, und lavendelfarbene Partikel stoben am Rand des Feldes auf und ließen es funkeln und schimmern.

Herobrine ging durch das Portal, war kurz verschwunden und kehrte mit einem kastanienbraunen Pferd am Zügel wieder zurück. Das Tier schien sich im Nether zu fürchten und die Hitze kaum ertragen zu können, aber das war unwichtig, da es bald verwandelt sein würde.

Nachdem Herobrine das Pferd zu einigen Lohen gebracht hatte, schlug er mit seinem Schwert darauf ein und dezimierte seine Gesundheit. Danach griff er in die Mitte mehrerer Lohen und zog die Lohenruten aus ihnen heraus. Ohne diese Ruten, die ihre elementaren Flammen zusammenhielten, explodierten die Kreaturen und besprühten alle Umstehenden mit Feuer, das diese gierig in sich aufnahmen. Herobrine verschmolz die Lohenruten mit dem, was von dem Tier noch übrig war, und erschuf eine neue Pferderasse. Es war ein Tier aus Flamme und Rauch, aus Feuer und Asche. Als die Kreatur aufstand, trat der Schatten-Crafter zurück und bewunderte sein Werk. Das Tier erinnerte nun an ein Skelettpferd, nur dass sein Körper nicht aus Knochen, sondern aus Lohenruten bestand. Flammen umgaben das Wesen, in dessen Körper die Ruten orangerot glühten.

Herobrine führte das Feuerpferd zum Lohenkönig und bedeutete dem neuen Herrscher, er möge aufsteigen. Dann blickte der Lohenkönig von seinem Flammenross auf seine neuen Untertanen herab.

„Seht, ich präsentiere euch meinen dritten Reiter Charybdis, den Lohenkönig. Er wird die Kreaturen des Nether in die glorreiche Schlacht führen, um die NPCs der Oberwelt zu vernichten und das zurückzuholen, was euch geraubt wurde … den Himmel!"

Die Monster jubelten … sogar die Ghasts.

Herobrine trat einen Schritt an Charybdis heran und senkte die Stimme.

„Ruf deine Lohen zusammen und bring sie her", befahl der Schöpfer. „Setze die anderen Kreaturen des Nether für diese Aufgabe ein. Wenn ich das Signal gebe, geht ihr durch dieses Portal und steht bei der letzten Schlacht an meiner Seite. Hast du mich verstanden?"

„Charybdis versteht", erwiderte der Lohenkönig mit keuchender, mechanisch klingender Stimme.

„Hervorragend." Herobrine ließ seine Augen aufleuchten. „Ein Versagen wird nicht toleriert … Hast du das verstanden?"

Charybdis nickte.

„Dann bereite dich vor, und enttäusch mich nicht."

Der Lohenkönig nickte noch einmal, drehte sich um und erteilte die ersten Befehle. Die Monster des Nether hörten ihm zu und verließen die Versammlungskammer, um ihre Aufgaben zu erfüllen.

Herobrine schloss die Augen und malte sich aus, wie Gameknight999 gucken würde, wenn Hunderte von Lohen durch das Portal in die Oberwelt strömten. Er fing an zu lachen. Zuerst war es nur ein leises Kichern, doch schließlich krümmte er sich vor Lachen und brüllte so laut, dass die Echos durch die Kammer hallten.

„Noch ein Reiter", schrie Herobrine, „dann komme ich dich holen, Benutzer-der-kein-Benutzer-ist."

Mit leuchtenden Augen verschwand er aus dem Nether, um seinen letzten König zu erschaffen … bei dessen Anblick seinem Feind das Blut in den Adern gefrieren und die NPCs der Oberwelt jegliche Hoffnung verlieren würden.

KAPITEL 15
TINTENFISCH

Gameknight verließ den Lorentunnel und war von allgemeiner Verwirrung umgeben. Der Tunnel hatte sie zu einem anderen Dorf geführt, was nicht weiter überraschend war, aber wenn auf einmal unverhofft einhundert Loren auftauchten, war das für die Gemeinde, in der sie landeten, schon ein ziemlicher Schock.

Er kletterte aus der Lore, ging in die Mitte der Kammer, sprang in die Luft und platzierte einen Steinblock unter seinen Füßen. Das machte er noch mehrmals, bis alle um ihn herum verstummten und zu ihm aufblickten. Als endlich Ruhe eingekehrt war, stand Gameknight999 auf sieben übereinandergestapelten Blöcken.

„Seid bitte alle still und hört mir zu", bat er die NPCs. „Wo ist der Crafter dieses Dorfes?"

„Ich bin hier", antwortete eine Stimme aus der Menge.

Ein grauhaariger NPC trat vor, dessen Rücken vom Alter schon ganz gebeugt war. Wie erwartet trug er eine schwarze Robe mit einem grauen Streifen in der Mitte.

„Was hat das alles zu bedeuten?“, fragte der Crafter mit heiserer Stimme.

„Das werde ich gleich erklären“, erwiderte Gameknight. „Aber zuerst musst du mir eine Frage beantworten: Liegt dieses Dorf an der Küste?“

„Nein. Wir befinden uns mitten im Grasland mit einem Birkenwald auf der einen und einer Riesentaiga auf der anderen Seite. Warum fragst du?“

„Wir müssen schnell ein Ozeanmonument finden“, sagte Gameknight und schaute sich in der Menge um. „Wo steckt Crafter?“

„Hier, Gameknight“, rief eine kindliche Stimme, und eine Hand tauchte aus der Menge auf.

„Komm näher“, bat Gameknight ihn und grub die Blöcke unter sich vorsichtig mit seiner Spitzhacke weg. Als er am Boden ankam, stand Crafter vor ihm. „Wir brauchen Lorenführer, die für uns nach einem Küstendorf suchen. Herobrine weiß, wo wir sind, und er wird bald kommen.“

„Aber dort sind wir doch nicht mehr“, warf Digger ein und bahnte sich den Weg durch die dicht gedrängten NPCs.

„Das stimmt, aber er weiß, dass wir uns noch ganz

in der Nähe aufhalten“, gab Gameknight zu bedenken. „Wir müssen uns schneller bewegen, sonst vernichtet er uns.“ Er wandte sich erneut an Crafter. „Ich muss das Ozeanmonument und das Buch der Weisheit finden, damit ich herausfinde, wie ich Herobrine besiegen kann.“

„Aber wo sollen wir mit der Suche anfangen?“, fragte sein junger Freund.

„Das weiß ich nicht, aber uns ist immerhin bekannt, dass es sich im Ozean befindet, daher müssen wir ein Dorf an der Küste finden. Dort können wir mit der Suche beginnen. Schickt Lorenführer auf allen Strecken los. Wir müssen so schnell wie möglich überall suchen. Unser Leben hängt davon ab.“

Crafter nickte, drehte sich um und sprach mit einigen NPCs aus seinem Dorf. Diese stellten sofort Loren auf die Gleise und schossen durch die Tunnel davon. Kaum waren sie verschwunden, folgten ihnen immer mehr NPCs, bis schließlich dreißig in ganz Minecraft auf die Suche gingen, um das Überleben aller zu sichern.

„Jetzt möchte ich aber endlich wissen, was hier eigentlich los ist“, verlangte der alte Crafter.

Gameknight erklärte, was vorgefallen war, versuchte dabei jedoch weder, den alten NPC zu trösten, noch ihm die Furcht zu nehmen … dafür war keine Zeit. Während er sprach, warf der Crafter immer wieder einen Blick auf die Buchstaben über Gameknights Kopf und den nicht vorhandenen Serverfaden.

Dann machte Gameknight eine Pause und drehte sich zu Digger um.

„Sucht die Umgebung nach Monstern ab, und holt möglichst unauffällig alle Dorfbewohner her“, bat er den NPC. „Nimm mit, wen du brauchst, aber seid leise. Es wäre möglich, dass wir aus dem Wald oder sogar der direkten Umgebung beobachtet werden.“

„Verstanden“, erwiderte der große NPC und lief in Begleitung von vier anderen los.

„Augenblick“, schaltete sich der alte Crafter ein und deutete auf einige seiner Dorfbewohner. „Runner, Planter, Smithy, begleitet sie und helft ihnen.“

Die NPCs sprinteten die Stufen hinauf und durch die Tunnel, die an die Oberfläche führten.

„Fahr bitte fort“, bat der alte Crafter.

„Im Grunde genommen wisst ihr jetzt alles“, meinte Gameknight.

Er holte das gefleckte rosafarbene Ei aus seinem Inventar und hielt es in den Händen.

„Das Orakel sagte, dass mir das hier helfen kann, Herobrine zu besiegen“, berichtete er. „Sie sagte außerdem: ‚Achte auf die niedersten und unbedeutendsten Kreaturen, denn dort wirst du deine Rettung finden.‘ Ich weiß noch immer nicht, was sie damit gemeint hat, aber momentan haben wir dringendere Probleme. Wir müssen das Ozeanmonument finden, bevor Herobrine hier eintrifft und uns alle vernichtet."

„Du kannst einen wirklich aufmuntern", beschwerte sich Hunter, die auf einmal hinter ihm auftauchte.

„Ich sage nur, wie es ist", entgegnete Gameknight.

„Was machen wir, während wir darauf warten, dass die NPCs von der Suche zurückkehren?", wollte Monet113 wissen.

Der alte Crafter drehte sich zu ihr um und riss erstaunt die grünen Augen auf. Er starrte die Buchstaben über ihrem Kopf an und schaute dann weiter nach oben, doch da war kein Serverfaden.

„Es gibt zwei?", stammelte er.

„Ja", antwortete Hunter. „Und wenn du bisher geglaubt hast, einer würde schon Ärger machen, dann kannst du dir ja vorstellen, was zwei von der Sorte bedeuten."

Alle in der Kammer brachen in Gelächter aus, und Hunter schlug Gameknight auf den Rücken. Nachdem sich die NPCs wieder beruhigt hatten, ergriff

Gameknight erneut das Wort.

„Wir sollten uns während der Wartezeit vorbereiten“, schlug der Benutzer-der-kein-Benutzer-ist vor. „Wir müssen Rüstungen reparieren, Bögen neu bespannen, Schwerter schärfen ... Machen wir uns an die Arbeit. Wir dürfen keine Zeit vergeuden, denn Herobrine wird das garantiert auch nicht tun.“

Der Name ihres Feindes bewirkte, dass sich alle in Bewegung setzten. Mit einem Mal herrschte rege Betriebsamkeit in der Fertigungskammer. Die NPCs hämmerten auf Rüstungen und Waffen ein, während Crafter und seine Leute eigene Werkbänke aufstellten. Nach und nach kamen immer mehr NPCs vom Dorf nach unten in die Kammer. Einige machten sich daran, die Fertigungskammer zu erweitern und die Wände abzutragen, um Platz für alle zu schaffen.

„Seid mal alle ruhig!“, rief plötzlich ein NPC, der in der Nähe der Gleise stand. „Eine Lore kommt wieder zurück!“

Alle stellten die Arbeit ein und warteten auf das Eintreffen der Lore. Als sie in die Kammer fuhr, musste der NPC darin feststellen, dass ihn alle anstarrten.

„Und?“, fragte jemand. „Hast du es gefunden?“

Der NPC schüttelte den Kopf und stieg aus der Lore. Einer der NPCs aus Crafters Dorf nahm ihm die Lore ab, stieg hinein und schoss in einen anderen Tunnel davon, dicht gefolgt von zwei weiteren. Derweil nahmen die anderen die Arbeit in der Fertigungskammer wieder auf.

Drei weitere Lorenführer kehrten zurück und hatten ebenso entmutigende Nachrichten. Einige Dorfbewohner schüttelten bereits den Kopf und wirkten immer ängstlicher. Sie alle wussten, dass sie das Ozeanmonument finden mussten, wenn sie überleben wollten, und jede ergebnislose Suche brachte sie und ganz Minecraft dem Untergang einen Schritt näher.

„Lasst euch nicht entmutigen", rief Gameknight. Seine Stimme hallte von den Höhlenwänden wider und war voller Zuversicht und Hoffnung. „Wir werden nur scheitern, wenn wir aufgeben, und das wird nicht passieren. Unsere Suche wird fortgesetzt, bis wir ganz Minecraft auf den Kopf gestellt haben. Und wenn wir dann immer noch nichts gefunden haben, fangen wir von vorn an, bis wir Erfolg haben."

Seine Worte bewirkten, dass sich die mutlosen NPCs etwas aufrichteten und in ihren Augen ein Hoffnungsschimmer aufflackerte. Als Gameknight gerade noch etwas hinzufügen wollte, hörte er einen Schrei aus einem der Minentunnel.

Kommen da Monster?, fragte er sich.

Er zog sein Schwert und ging zu dem Tunneleingang, um sich der nahenden Gefahr zu stellen, aber bevor er die dunkle Öffnung erreicht hatte, war Stonecutter auch schon da und hielt seine große Spitzhacke bereit.

„Bogenschützen, stellt euch auf Blöcke“, rief Hunter und baute sich eine kleine Säule, um besser schießen zu können.

„Schwertkämpfer nach vorn“, ordnete Crafter an. „Alle Kinder in die hinterste Ecke der Höhle.“

Gameknight drehte sich um und sah den NPCs zu, die sich auf die unbekannte Gefahr vorbereiteten. Sie wussten nicht, was da auf sie zukam oder wie viele Gegner es sein würden. Es konnte Herobrines ganze Armee sein, die da durch den Tunnel marschierte, oder die Monster aus dem Nether … oder beides, doch die NPCs starrten grimmig zum Tunnel hinüber und schienen entschlossen zu sein, sich nicht unterkriegen zu lassen.

Die Schreie aus dem Tunnel wurden immer lauter.

Gameknight umklammerte fest den Griff seines Diamantschwerts und zog mit der Linken sein Eisenschwert. Viele Dorfbewohner keuchten auf, als sie ihn mit zwei Schwertern da stehen sahen, aber der Benutzer-der-kein-Benutzer-ist würdigte sie keines Blickes. Er war kampfbereit, und für ihn zählte jetzt nur, dass er für die Sicherheit aller um sich herum sorgen musste.

Der Schrei kam ein weiteres Mal aus dem Tunnel, noch lauter als zuvor. Es hörte sich an, als hätte derjenige den Ausgang fast erreicht.

Gameknight hörte Bogensehnen knarzen, als die Bogenschützen um ihn herum auf den dunklen Tunnel zielten.

„Was immer da aus dem Tunnel kommt … Zeigt keine Furcht!“, schrie Gameknight. „Das ist unser Land, und alle um euch herum gehören zu eurer Familie. Das kann euch niemand wegnehmen … UND WIR WERDEN NICHT WEICHEN!“

Jubel hallte durch die Fertigungskammer, wurde jedoch abrupt von einem weiteren Schrei aus einem anderen Tunnel unterbrochen … gefolgt von immer mehr Schreien aus inzwischen schon vier verschiedenen Tunneln.

Ist das eine Invasion?, fragte sich Gameknight.

Während die NPCs auch an den anderen Tunneln Stellung bezogen, schoss eine Lore mit einem NPC darin aus einem der Tunnel.

„Hurra … Ich hab es gefunden!“, rief der Lorenführer.

„Hast du eben geschrien?“, wollte Hunter wissen und starrte ihn wütend an.

Der NPC nickte, schaute sich um und bemerkte erst jetzt, dass alle Waffen auf ihn gerichtet waren. Er schluckte schwer.

„'tschuldigung“, murmelte er und ließ den Kopf hängen.

Bevor einer etwas sagen konnte, schossen weitere Loren aus den Tunneln, und auch die NPCs darin stießen freudige Rufe aus.

„Ich habe es gefunden …“, sagte einer.

„Ich hab das Küstendorf entdeckt“, meldete ein zweiter.

„Das Dorf an der Meeresküste … Ich weiß, wo es ist!“, schrie der Dritte.

Gameknight steckte seine Schwerter wieder weg und hob die Hände, damit sich die anderen entspannten und ebenfalls die Waffen sinken ließen.

„Ihr solltet alle etwas vorsichtiger sein, wenn ihr in einem dunklen Tunnel rumbrüllt“, ermahnte Hunter die NPCs. „Beinahe hätten wir auf euch geschossen.“

Aber die NPCs waren viel zu froh, um sich zu schämen. Sie drängelten sich durch die Menge, um zum Benutzer-der-kein-Benutzer-ist zu gelangen.

Währenddessen breitete sich Stille in der Höhle aus. Das Überleben aller hing von dem ab, was die Lorenführer zu berichten hatten.

„Okay. Was hat ihr gefunden?", wollte Gameknight von ihnen wissen.

„Ich habe ein Dorf direkt an der Küste eines riesigen Meeres entdeckt", meldete der Erste.

„Ich auch", sagte der Zweite.

„Ich ebenfalls."

„Und ich auch."

„Na, super", murmelte Hunter und kam von ihrer Steinsäule herunter. „Zuerst finden wir überhaupt kein Küstendorf, und jetzt haben wir zu viele."

„Pst!", zischte Stitcher und wandte sich an Gameknight. „Red weiter."

„Wusste einer der Dorfbewohner etwas von einem Ozeanmonument?"

Die NPCs schüttelten den Kopf.

„Keiner hatte je etwas vom Monument oder dem Buch der Weisheit gehört", sagte der Erste. „Sie angeln im Meer, und das ist auch schon alles."

„Das hat der Crafter in meinem Dorf auch gesagt", meinte der Zweite.

„Meiner auch", fügte der Dritte hinzu.

Der vierte schwieg jedoch und schien über die Informationen nachzudenken, die er in seinem eckigen Kopf gespeichert hatte.

„Was ist mit dir?“, wollte Gameknight von dem NPC wissen.

„Na ja, der Crafter meines Dorfes wusste auch nichts von einem Ozeanmonument“, gab der zu.

„Das ist ja super!“, spottete Hunter mit vor Sarkasmus triefender Stimme.

„Aber …“, murmelte der Lorenführer.

„Aber was?“, fragte Crafter und trat neben den NPC.

„Aber der Crafter sagte, sie fischen wegen der ganzen Tintenbeutel nicht länger im Meer“, fügte der Lorenführer hinzu.

„Wegen der Tintenbeutel?“, wiederholte Crafter. „Wie meinst du das?“

„Der Crafter hat mir erzählt, dass sie auf dem Meeresboden und am Ufer ständig Tintenbeutel finden“, berichtete der NPC. „Deswegen gehen sie nicht mehr ins Meer. Inzwischen haben alle NPCs sogar Angst vor dem Ozean, weil er so leblos und leer aussieht … und weil es darin nichts als Tintenbeutel gibt.“

„Na super“, motzte Hunter erneut. „Das ist ja wirklich sehr hilfreich. Wir brauchen …“

„Das ist es!“, rief Gameknight aus.

„Was redest du denn da?“, fragte Crafter.

„Die Tintenfische … Sie werden von den Wächtern des Ozeanmonuments angegriffen“, erklärte Gameknight. „Das ist das gesuchte Dorf.“

„Wie kannst du dir da sicher sein?“, erkundigte sich Hunter. „Das könnte doch alles bedeuten. Vielleicht …“

Gameknight brachte sie mit einer Handbewegung zum Schweigen … und war überrascht, dass es tatsächlich funktionierte.

„In dieses Dorf werden wir gehen … und zwar sofort!“, entschied Gameknight und wandte sich an die NPCs in der Fertigungskammer. „Schnappt euch alle eine Lore. Wir reisen in dieses Dorf. Zeig uns den Weg, Lorenführer.“

Der NPC stieg in eine Lore und fuhr über die Gleise, und Gameknight999 sauste direkt hinter ihm her. Zum ersten Mal seit sehr langer Zeit war er aufgeregt, anstatt sich zu fürchten. Anstatt vor Herobrine wegzulaufen, bereiteten sie sich auf den Kampf gegen ihn vor. Gameknight konnte spüren, wie die Puzzleteile in seinem Kopf an die richtigen Stellen rutschten. Er wusste, dass dieses Dorf der Ort war, an dem die letzte Schlacht um Minecraft stattfinden würde, und aus irgendeinem Grund erfüllte ihn diese Gewissheit mit

Ruhe und Gelassenheit.

Während er in der Lore saß, fiel ihm eine der Redensarten ein, die an der Wand seines Lehrers Mr Planck hingen: *Die in der Kampfkunst Geübten locken den Feind auf das Schlachtfeld, anstatt sich von ihm hinführen zu lassen.* Das war ein Zitat von Sun Tzu, einem chinesischen General, der 500 v. Chr. gelebt hatte und zu den größten Militärstrategen der Menschheitsgeschichte gehörte.

„Es wird Zeit, dass du nach meiner Pfeife tanzt, Herobrine!", sagte Gameknight in die Dunkelheit.

Er schloss die Augen und malte sich aus, was er in diesem Dorf alles tun wollte, und schon drehten sich wieder die Puzzleteilchen in seinem Kopf … verborgene Verteidigungsanlagen … Fallen … Überraschungen für Herobrine und seine Monsterhorden. Während immer mehr Bilder der Vorbereitungen vor seinem inneren Auge auftauchten, wurde die Musik von Minecraft lauter und erfüllte ihn. Zum ersten Mal seit Langem schwang darin keine Verzweiflung, sondern Hoffnung mit.

KAPITEL 16
DAS ENDE

Herobrine materialisierte sich in einem Land ohne Himmel. Über seinem Kopf befand sich nur Schwärze, die sich in alle Richtungen ausbreitete. Die Landschaft war bar jeglicher Vegetation – es gab kein Gras, keine Bäume, keine Büsche … gar nichts. Es war ein karges Ödland aus blassgelben Würfeln, die dasselbe Muster wie Bruchstein aufwiesen. Hohe Säulen aus lilafarbenem Obsidian ragten vom gelben Boden in den sternenlosen Himmel. Herobrine hätte die Spitzen der Obsidianmonolithen nur schwer erkennen können, wären darauf nicht brennende Kristalle zu sehen gewesen. Die lilafarbenen Enderkristalle schwebten in einem Feuerball auf der Spitze jeder Säule, und die mit umständlichen Schnitzarbeiten versehenen Würfel wackelten und drehten sich, als wollten sie demonstrieren, dass sie mit der Schwerkraft nichts anfangen konnten.

Dies war das Ende.

Rings um sich herum sah Herobrine Endermen in kleinen Gruppen zusammenstehen. Immer wieder teleportierten sie sich kreuz und quer durch das Ende, und ihre Körper waren stets von funkelnden lilafarbenen Teleportpartikeln umgeben. Ihre kleineren Vettern, die Endermiten, huschten in der Nähe herum, und ihre rattenartigen Körper schabten mit leisem Geräusch über den blassgelben Endstein.

Auf einmal hallte donnerndes Gebrüll über die karge Landschaft und zog die Aufmerksamkeit aller Endermen auf sich. Die dunklen Kreaturen hielten in dem, was sie taten, inne und blickten zum unscheinbaren Himmel hinauf.

Dann sah auch Herobrine, woher das Geräusch kam.

Zwei helle lilafarbene Augen zeichneten sich in der Dunkelheit über ihm ab. Zuerst sahen sie aus wie zwei kleine violette Lichtpunkte, die sich dort oben bewegten, aber dann tauchten auch die breiten Flügel auf, als die Kreatur näher kam. Das Monster flatterte einmal mit den Flügeln und umkreiste anmutig die höchste Obsidiansäule. Augenblicklich erstreckte sich ein grellweißer Lichtstrahl von der Spitze der Säule zum Drachen, und die heilende Wirkung des Enderkristalls füllte die Gesundheit des Monsters wieder auf. Der Drache brüllte noch einmal, flatterte erneut mit den Flügeln und starrte Herobrine mit leuchtenden, wütenden Augen an.

Die gewaltige Kreatur kam direkt auf ihn zugeflogen. Der Drache schien zu glauben, dass er einen Holzfäller-NPC vor sich hatte, also ein neues Opfer. So streckte er die schimmernden Krallen aus und ging mit lodernden Augen zum Angriff über. Herobrine nahm seine Crafting-Kräfte zusammen und ließ seine Augen hell aufleuchten, woraufhin der fliegende Dämon mitten im Sturzflug abbremste und dann langsam auf dem Boden landete. Der Drache hatte seinen Meister erkannt und verbeugte sich tief.

„Ihr Drachen wusstet schon immer, wie man mir angemessen Respekt erweist", sagte Herobrine und tätschelte die mächtige Bestie zwischen den Augen.

Er drehte sich um und winkte einige Endermen heran. Ein halbes Dutzend der dünnen Kreaturen teleportierte sich an seine Seite. Herobrine zog sein Schwert und brachte ihre Lebenspunkte beinahe auf null, sodass die Monster übereinander zu Boden stürzten. Wie er es bei den anderen Kreaturen zuvor auch getan hatte, knetete er ihre Körper mit seinen Crafting-Kräften und formte daraus etwas Größeres und Kräftigeres. Seine Augen leuchteten hell vor Boshaftigkeit, und mehrere Endermiten kamen angehuscht.

Er schob die nervigen kleinen Maden beiseite und setzte seine Arbeit fort, indem er den Körper und Beine formte, um danach muskulöse Arme zu erschaffen. Bevor er fertig war, griff Herobrine in sein Inventar und holte eine Handvoll rote Blumen und Tintenbeutel heraus. Er ließ alles auf seine Schöpfung fallen und die Farben über deren Körper fließen, der dadurch einen dunklen, an vertrocknetes Blut erinnernden Rotton annahm.

„Die Farbe muss genau richtig sein, um das Herz meines Feindes vor Angst erstarren zu lassen", sagte Herobrine laut, wenngleich zu niemandem.

Nachdem er seinen ganzen Hass und seineBöswilligkeit in dieses neue Monster hatte einfließen lassen, beendete Herobrine sein Werk und fügte zur Sicherheit noch ein gutes Maß an Abscheu für den Benutzer-der-kein-Benutzer-ist hinzu.

Dann war er fertig.

Er trat einen Schritt zurück und ließ seine Schöpfung langsam aufstehen. Ihre Gesundheit war noch gefährlich dezimiert ... zu niedrig, um sich zu teleportieren. Rasch holte Herobrine einen Stapel Obsidianblöcke aus seinem Inventar, baute ein Portal und entzündete es mit einem Feuerzeug. Das lilafarbene Portal waberte und wackelte, als wäre es lebendig, und stieß Teleportpartikel aus, nur um sie gleich wieder anzuziehen.

Herobrines Kreatur schien das Portal zu spüren, ging darauf zu und trank die Teleportpartikel wie Muttermilch. Nach und nach füllten die schimmernden Partikel die Lebenskraft der Kreatur wieder auf, was jedoch einige Zeit dauerte. Auf diese Weise ernährten sich die Endermen, indem sie sich teleportierten und die Partikel, die ihre dunklen Körper umgaben, in sich aufnahmen, was jedoch nur im Ende funktionierte.

Sobald die Gesundheit des neuen Endermans weit genug aufgefüllt war, teleportierte er sich durch die Gegend, sprang von Ort zu Ort, nahm die Partikel in sich auf und wurde immer stärker. Es dauerte sehr viele Teleportsprünge, aber schließlich war seine Gesundheit voll, und er kehrte zu seinem Schöpfer zurück.

„Willkommen, König der Endermen!“, rief Herobrine so laut, dass es alle Kreaturen im Ende hören konnten.

Die dunkle Kreatur sah sich um, als würde sie ihre Umgebung zum ersten Mal wahrnehmen, und blickte dann auf Herobrine herab.

„Wie lauten deine Befehle, Meister?“

Herobrine lächelte. „Warte kurz hier", sagte der Schatten-Crafter, verschwand einen Augenblick und kam mit einem dunklen Pferd wieder zurück.

Er ließ das Tier los und rief zwei Endermen an seine Seite. Die dunklen Geschöpfe eilten sofort herbei. Erneut zog Herobrine sein Schwert und hieb auf die beiden Endermen und das Pferd ein, bis ihre Gesundheit fast aufgebraucht war, um sie dann zu einem neuen Pferd zu vereinen, wie man es in Minecraft noch nicht gesehen hatte. Als er fertig war, stand das Tier auf vier dunklen Beinen, trug einen schwarzen Sattel auf dem Rücken, und in seinen Augen leuchtete ein dunkles, böses lilafarbenes Licht, während kleine Teleportpartikel um es herumtanzten.

Das Enderpferd trat an das Portal und trank die Partikel, die daraus hervorkamen. Während es seine Lebensenergie wieder auffrischte, leuchteten seine Augen immer heller, bis sie jenen des Enderdrachen Konkurrenz machen konnten. Herobrine, der nach der Anstrengung schwer atmete, bemerkte, dass aus den Nüstern des Tiers Teleportpartikel strömten, was den Anschein erweckte, es würde lilafarbene Flammen atmen. Diese Kreatur war voller Hass auf die NPCs der Oberwelt und gierte nach deren Zerstörung.

Es ist perfekt, dachte der Schöpfer und grinste so

breit und gemein, dass die Endermen vor Furcht einen Schritt zurückwichen.

„Du bist mein vierter Reiter, und dies ist dein Ross“, verkündete Herobrine. „Komm, steig auf.“

Der König der Endermen trat neben das riesige Pferd und schwang sich in den Sattel.

„Ich nenne dich Feyd, König der Endermen.“

Feyd nickte und fragte erneut: „Wie lauten deine Befehle?“

„Du sollst alle Endermen versammeln, die du finden kannst, und hierherbringen. Schicke Boten aus, um den NPCs ein bisschen Angst einzujagen, aber kämpft nicht gegen sie. Deine Aufgabe besteht darin, all deine Brüder an diesen Ort zu holen und zu mir zu kommen, wenn ich das Signal gebe.“

„Wie werde ich dein Signal erkennen?“

„Keine Sorge … Du wirst wissen, wann die Zeit gekommen ist.“

„Was geschieht als Nächstes?“, erkundigte sich der König der Endermen.

„Die letzte Schlacht steht kurz bevor, und anders als dein Vorgänger Erebus wirst du weder übermäßiger Gier noch deinem Ego zum Opfer fallen. Ich habe dich so geschaffen, dass du nur aus Hass bestehst und jene vernichten willst, die sich mir in den Weg stellen.

Wenn die Zeit gekommen ist, schließt du dich mit deiner Armee aus Endermen dem Lohenkönig Charybdis, dem Skelettkönig Reaper und dem Zombiekönig Xa-Tul an. Wir werden unseren Feind Gameknight999 nicht noch einmal unterschätzen!"

Beim Klang von Gameknights Namen leuchteten Feyds Augen rot und sein schattenhaftes scharlachrotes Gesicht glich einer finsteren Grimasse.

„Ja, mein Kind, du wirst die Gelegenheit bekommen, dich am Benutzer-der-kein-Benutzer-ist zu rächen. Gameknight999 und seine Freunde haben Minecraft lange genug infiziert. Es wird Zeit, dass wir das Land von dieser Krankheit befreien, und zwar für immer!"

Ein böses Grinsen breitete sich auf Feyds dunklem Gesicht aus.

„Und nun geh, schick deine Endermen los, und hol all deine Brüder hierher."

Feyd nickte und verschwand mitsamt seinem Pferd, um sich auf der anderen Seite des Endes inmitten einer großen Gruppe aus Endermen wieder zu materialisieren. Nachdem er einige Worte gesagt hatte, verschwanden sie und ließen nichts als eine Wolke lilafarbener Partikel zurück.

Lächelnd drehte sich Herobrine wieder zu dem

Drachen um, der in der Nähe saß.

„Dieses Mal werden meine Pläne aufgehen. Wenn meine vier Reiter mit ihren Armeen eintreffen, werden wir die NPCs überwältigen. Sobald sie sehen, welche Überraschung ich für den Benutzer-der-kein-Benutzer-ist vorbereitet habe, werden sie jegliche Hoffnung verlieren und wissen, dass das Ende ihrer Tage gekommen ist." Er tätschelte die gewaltige Schnauze des Drachen. „Nachdem ich all seine Freunde vernichtet habe, werde ich meinen ganzen Zorn auf den Benutzer-der-kein-Benutzer-ist konzentrieren. Sollte er sich erneut weigern, wird er vernichtet und ich benutze stattdessen das kleine Mädchen. Sie wird sich zweifellos meinem Willen unterwerfen, aber es wäre weitaus befriedigender, wenn sich der Benutzer-der-kein-Benutzer-ist ergibt und mich aus diesem Gefängnis befreit." Herobrine keckerte. „Und jetzt flieg, mein Drache, und bewache dein Reich."

Der Drache nickte, sprang in die Luft und breitete die Flügel aus. Herobrine sah mit an, wie sich das Monster in die Lüfte erhob, und sammelte seine Crafting-Kräfte, bis sein ganzer Körper blassgelb leuchtete. Er schaute zu Boden und stellte fest, dass das kränkliche Licht in den Boden zu seinen Füßen eindrang. Bei diesem Anblick kicherte Herobrine so boshaft, dass das Geräusch durch seinen Körper in die Musik von Minecraft floss und die ganze Welt vor ihm zurückzuweichen schien.

„Deine Zeit ist beinahe gekommen, Gameknight999!“, sagte er zu niemandem … zu allen. „Wenn ich dein Versteck gefunden habe, werde ich dich und all deine Freunde zerquetschen! Und dieses Mal können dir weder die alte Frau noch ihre Hunde helfen. Meine kleine Überraschung wird alles, was du für mich vorbereitest, aus dem Weg räumen!“ Er hielt kurz inne und lauschte den Worten, die durch das Ende hallten. „DIE LETZTE SCHLACHT UM MINECRAFT STEHT KURZ BEVOR!“, schrie Herobrine. „UND DEIN ENDE IST NAHE!“

KAPITEL 17
DAS KÜSTENDORF

Gameknights Lore fuhr aus dem Tunnel in die neue Fertigungskammer. Er sprang heraus, hob sie von den Gleisen und stellte sie auf den Boden, damit der Nächste ankommen konnte. Als er sich in der Kammer umschaute, stellte er fest, dass sie genauso aussah wie jede andere Fertigungskammer in Minecraft. Etwa ein Dutzend Werkbänke standen in dieser Höhle, und an jeder fertigte ein NPC irgendetwas, das in Minecraft benötigt wurde. Zwischen den Bänken befand sich ein ausgeklügeltes System aus Gleisen, sodass das Material mit Loren in einen der vielen Tunnel geschickt werden konnte, die aus der Höhle hinausführten. An einer Wand befand sich eine Treppe, die zu einer Doppeltür aus Eisen führte. Gameknight wusste, dass sich dahinter der Geheimtunnel befand, durch den man an die Oberfläche und in den Wachturm aus Bruchstein im Dorf gelangte.

Er rechnete damit, das Klappern von Werkzeug zu hören, aber ihn empfing Stille. Die NPCs und der Dorf-Crafter starrten ihn überrascht an, betrachteten die Buchstaben über seinem Kopf und hielten weiter oben Ausschau nach dem Serverfaden, der jedoch nicht da war. Ihre staunenden Gesichter verrieten ihm, dass sie ihn als den Benutzer-der-kein-Benutzer-ist erkannt hatten.

Da schoss Crafter aus einem der Tunnel, dicht gefolgt von Digger und Hunter, und dann trafen auch schon Monet und Stitcher ein.

Bevor Gameknight etwas sagen konnte, rannte Crafter zum Dorf-Crafter und erklärte ihm die Lage. Gameknight bemerkte, dass der hiesige Crafter immer wieder zu ihm und den Buchstaben über seinem Kopf herübersah.

Derweil machte sich Digger mit einigen Arbeitern ans Werk. Sie erweiterten die Fertigungskammer, denn wenn hier tatsächlich die letzte Schlacht stattfinden sollte, würden noch sehr viele weitere NPCs hier eintreffen und sie brauchten eine viel, viel größere Kammer.

Während Gameknight dort stand, trafen immer mehr Loren aus den Tunneln ein. Wie eine gut geölte Maschine hüpften die Dorfbewohner aus den Loren, kaum dass diese angehalten hatten, und verstauten sie in ihrem Inventar, um Platz für die Nachfolgenden zu schaffen. Ohne dazu aufgefordert worden zu sein, zückten die NPCs Spitzhacken und Schaufeln und halfen bei der Erweiterung der Fertigungskammer mit. Als Smithy eintraf, rief Gameknight999 den NPC zu sich.

„Smithy, wir brauchen mehr NPCs für die letzte Schlacht“, sagte Gameknight leise.

Smithy sah den Benutzer-der-kein-Benutzer-ist an und nickte.

„Wir können es nicht so machen wie beim letzten Mal und Crafter bitten, die NPCs mithilfe seiner Kräfte in dieses Dorf zu holen“, erläuterte Gameknight. „Dann wüsste Herobrine sofort, wo wir uns aufhalten. Wir müssen stattdessen Lorenführer in alle Dörfer schicken und sie schnell und heimlich herholen.“

Smithy grinste und klopfte auf seine dunkle Schürze, von der grauer Staub zu Boden fiel.

„Smithy weiß, was zu tun ist“, sagte der NPC.

Er schnappte sich mehrere Dorfbewohner, die gerade angekommen waren, und zog sie beiseite. Nachdem er ihnen alles erklärt hatte, schauten die NPCs Gameknight an, nickten und verschwanden in verschiedenen Tunneln, wobei ihre rasanten Loren über die Schienen klapperten. Smithy schenkte dem Benutzer-der-kein-Benutzer-ist noch ein Lächeln und sauste dann ebenfalls in einer Lore davon.

„Gut … Es hat begonnen … Die Vorbereitungen für die letzte Schlacht laufen", murmelte der Benutzer-der-kein-Benutzer-ist.

Gameknight konnte erkennen, dass in der Fertigungskammer schnell Fortschritte erzielt wurden. Die Wand war bereits um zehn Blöcke versetzt worden, und eine Gruppe von Diggern schlug Tunnel oberhalb der Lorentunnel in den Stein. Gameknight wusste, dass diese Tunnel als behelfsmäßige Unterkünfte für die vielen Familien dienen sollten, die hoffentlich bald eintreffen würden.

Wenn Smithy es nicht schafft und keiner kommt, sind wir verloren, dachte Gameknight. *Er muss Erfolg haben!*

Bilder der letzten Schlacht mit nur einer Handvoll NPCs an seiner Seite blitzten vor seinem inneren Auge auf … Die Vorstellung, wie es sein könnte, erfüllte ihn mit Furcht.

NEIN! Ich werde mich nicht auf das konzentrieren, was sein könnte, sondern nur auf das Hier und Jetzt!

Gameknight schüttelte diese negativen Gedanken ab, trat zu Digger und legte ihm vorsichtig eine Hand auf die Schulter, wobei er aufpasste, nicht von der großen Spitzhacke getroffen zu werden, mit der sich der NPC durchs Gestein arbeitete, als wäre es Sand.

„Wir sollten nach oben gehen und uns umsehen,

Digger“, schlug Gameknight vor.

Digger nickte und steckte sein Werkzeug weg. Er erteilte den anderen Arbeitern Anweisungen und ging dann mit Gameknight die Stufen zu den Tunneln hinauf.

„Hunter, Stitcher, Monet … Kommt mit“, rief Gameknight über den Lärm hinweg.

Ohne sich zu vergewissern, ob sie seinem Befehl folgten, lief Gameknight durch die Tunnel an die Oberfläche. Während er im Wachturm auf seine Freunde wartete, spähte er aus einem Fenster. Die gelbe Sonne ging gerade im Osten auf, und er entspannte sich bei ihrem Anblick ein wenig.

Er drehte sich um und lächelte Digger an, der soeben den Geheimtunnel verließ.

„Ich liebe den Sonnenaufgang in Minecraft“, sagte Gameknight. „Er sieht im Spiel noch viel spektakulärer aus als vor dem Monitor.“

„Ich kann dir versichern, dass die NPCs ihn ebenfalls lieben“, erwiderte Digger. „Die Nacht ist die Zeit der Monster, aber das Tageslicht gehört uns, und das soll auch so bleiben.“ Er ging zum Fenster und blickte ins Sonnenlicht hinaus. „Wenn Herobrines Monster kämpfen wollen, dann sollen sie doch bei Tageslicht kommen und in der Sonne verbrennen. Aber diesen

Gefallen werden sie uns nicht tun."

„Da hast du vermutlich recht, Digger", stimmte Gameknight ihm zu.

Während seine Freunde eintrafen, verließ Gameknight das Bruchsteingebäude und betrat das Dorf. Sofort fiel ihm die salzige Luft auf, und die Meeresbrise ließ alles frisch und sauber wirken.

Er machte einige Schritte und ließ den Blick über das blaue Meer schweifen, das sich bis weit in die Ferne erstreckte. Auf der anderen Seite des Dorfes begann ein Birkenwald. Die weiße Borke der Bäume hob sich deutlich von den dunklen Blättern ab. Das Dorf befand sich auf einem schmalen Grasstreifen zwischen dem Meer und dem Wald.

In der Dorfmitte hatte man große Felder angelegt, auf denen hoher Weizen, eckige Melonen und die blättrigen Enden von Karotten zu sehen waren. Gameknight hatte den Eindruck, dass die Ernte kurz bevorstand ... Das war gut, denn sie würden viel zu essen brauchen, wenn die vielen NPCs hier eintrafen ... falls sie denn kamen.

Jenseits der Felder befand sich eine große Koppel mit Kühen und eine weitere mit sehr vielen Schweinen ... für die wahrscheinlich die ganzen Karotten angebaut wurden. Die rosafarbenen Tiere liefen in ihrem Pferch herum, und ihr Grunzen vermischte sich mit dem Muhen der Kühe. Das alles war ein wunderschöner Anblick, aber er machte Gameknight auch traurig, weil er wusste, was hier bald passieren würde.

Dann fiel dem Benutzer-der-kein-Benutzer-ist etwas ein.

„Hol Herder her, Monet“, sagte Gameknight über die Schulter.

Er hörte schnelle Schritte, die sich entfernten, und ihre Stimme, die durch die Tunnel hallte. Eine Minute später stand Herder neben Gameknight.

Der Benutzer-der-kein-Benutzer-ist deutete in Richtung Wald.

„Herder … Wir werden Wölfe brauchen, und zwar sehr viele“, sagte er. „Du weißt doch, wofür?“

Herder nickte.

„Ich verlasse mich darauf, dass sie an deiner Seite sein werden, wenn es so weit ist“, fuhr Gameknight fort. „Hast du verstanden?“

„Sie werden bereit sein“, versprach Herder zuversichtlich.

„Gut. Monet, hilf ihm bei seiner Aufgabe.“

„Das mache ich lieber allein“, widersprach ihm der schlaksige Junge und lief auch schon los, wobei ihm das lange, strähnige schwarze Haar um den Kopf flog.

Herder holte einen Knochen aus seinem Inventar und verschwand auf der Suche nach seinen Freunden im Wald.

„Ich werde die Verteidigungsanlagen errichten", sagte Digger und entschied bereits, wo die Mauern und die Türme errichtet werden sollten.

„Nein. Das ist genau das, was Herobrine erwartet", sagte Gameknight.

Digger blieb wie erstarrt stehen.

„Willst du ihn etwa verwirren, indem wir keine Verteidigungsmaßnahmen ergreifen?", fragte Hunter. „Das kann doch unmöglich dein Plan sein."

„Oh, wir werden uns verteidigen", versicherte Gameknight ihr, „aber anders als Herobrine erwartet."

Er schloss die Augen, stellte sich vor, an seiner Tastatur zu sitzen und etwas in den Chat einzugeben.

Bist du da, Shawny?

Ja.

Gut, erwiderte Gameknight. *Wir brauchen Verteidigungsanlagen, die Herobrine überraschen, etwas, womit er nicht rechnet und das er nicht sieht, jedenfalls nicht auf den ersten Blick. Fällt dir da was ein?*

Sogar eine ganze Menge, sagte Shawny. *Aber wie*

kann ich sie bauen? Wenn ich auftauche, erstarren sofort alle NPCs.

Ich möchte, dass du die Pläne auf den Boden malst, damit Digger sie sehen kann. Erkläre ihm alles und verschwinde dann wieder, damit er loslegen kann, erklärte Gameknight. *Hast du verstanden?*

Alles klar, bestätigte Shawny. *Wir treffen uns am Waldrand.*

Dann war die Stimme seines Freundes nicht mehr zu hören.

„Digger, geh mit Monet zum Waldrand", verlangte Gameknight. „Mein Freund Shawny wird dir sagen, was zu tun ist. Hör ihm gut zu ... Er ist ein hervorragender Stratege und kann uns helfen."

Dann sah er seine Schwester an. „Du musst Digger helfen. Stell Shawny Fragen, wenn etwas unklar ist ... Digger kann das nicht tun. Das ist sehr wichtig, und ich verlasse mich auf dich ... Kannst du das für mich tun?"

„Aber sicher", versprach Monet113 lächelnd.

Sie folgte Digger, der schon auf dem Weg zum Wald war. Als sie dort ankamen, tauchte mit einem Mal Shawny auf. Digger erstarrte sofort und verschränkte die Hände vor der Brust, aber er ließ Shawny nicht aus den Augen. Shawny zog sein Diamantschwert und skizzierte etwas am Boden, und Digger sah ihm gebannt dabei zu. Während Shawny redete, stellte Monet Fragen, nickte und ließ ihn weitersprechen, wie Gameknight beobachten konnte.

„Was ist mit uns?“, wollte Hunter wissen, neben der Stitcher ungeduldig von einem Fuß auf den anderen trat.

„Wir gehen zum Ozean“, antwortete Gameknight. „Ich möchte mir das Ozeanmonument ansehen.“

Die drei sprinteten zum Wasser, platzierten Boote darin und fuhren los.

„Welche Richtung?“, erkundigte sich Stitcher.

„Vielleicht sollten wir uns trennen?“, schlug Hunter vor.

„Nein, wir müssen zusammenbleiben“, erklärte Gameknight. „Folgt mir.“

Der Benutzer-der-kein-Benutzer-ist bewegte sein Boot nach links und starrte ins kühle blaue Wasser. Dabei konnte er die Musik von Minecraft im Hinterkopf hören, die jedoch immer schwächer wurde. Er lenkte das Boot nach rechts und stellte fest, dass die Musik lauter wurde, und je weiter er nach rechts fuhr, desto besser hörte er die melodischen Klänge.

Du hilfst mir, nicht wahr, Orakel?, dachte er, erhielt jedoch keine Antwort.

„Da … Siehst du das?“, rief Stitcher.

„Was denn?“, fragte Gameknight.

„Ich habe einen Tintenfisch gesehen, der plötzlich rot blinkte, als würde er angegriffen“, berichtete Stitcher. „Er hat einmal rot geblinkt, dann ein zweites Mal und ist verschwunden. Sieh mal, da ist sein Tintenbeutel.“

Gameknight steuerte sein Boot zu der Stelle, auf die Stitcher deutete, und beobachtete im dunklen Wasser, wie ein schwarzer Tintenbeutel langsam auf den Meeresgrund sank. Der Ozean war hier sehr tief, und ein Tauchgang würde nicht gerade einfach werden.

Auf einmal rutschte ein Puzzleteil an seinen Platz, und er sah das Bild einer Tür vor sich … *Ja, natürlich!*

Doch dann zuckte unverhofft ein stechender Schmerz durch seinen Körper und er hörte ein seltsames Dröhnen.

„Pass auf!“, rief Hunter, die in ihrem Boot aufsprang und Pfeile ins Wasser schoss.

Nach und nach ließ der Schmerz wieder nach.

„Was war das?“, wollte Gameknight wissen.

„Keine Ahnung“, gab Hunter zu. „Ich habe nur ein riesiges Auge gesehen, das dich angestarrt hat. Es sah aus, als würde es irgendwie auf dich schießen, als würden Lichtstrahlen aus der Mitte des Auges kommen."

„Das muss einer der Wächter gewesen sein", mutmaßte Gameknight. „Ich denke, wir sollten …"

Plötzlich schrie Stitcher vor Schmerzen auf.

Gameknight drehte sich um und sah einen goldenen Lichtstrahl aus dem Meer kommen, der Stitcher an der Schulter traf. Sofort lenkte er sein Boot zu ihr, um den Strahl mit seinem Körper abzublocken. Kaum traf ihn das Licht an der Brust, wurde Gameknight999 von einem unglaublichen Schmerz erfüllt. Er krümmte sich, schaffte es aber trotzdem, sein Boot vom Monster weg und zurück zum Dorf zu lenken. Während er über das ruhige Wasser fuhr, sah er sich noch einmal um und entdeckte eine kristalline blaue Struktur in den wässrigen Tiefen, deren hohe Säulen und anmutige Bögen von seltsamen weiß leuchtenden Blöcken erhellt wurden.

„Danke", sagte Stitcher.

Gameknight lächelte sie an.

„Ich habe das Wesen gesehen", fuhr Stitcher fort. „Es hat ein riesiges Auge und orangefarbene Stacheln am ganzen Körper … riesige Stacheln, die aussehen, als könnten sie Rüstungen durchdringen. Es war schrecklich."

„Na ja, mit Teddybären hatten wir ja auch nicht gerade gerechnet", entgegnete Gameknight.

„Was sind denn Teddybären?", wollte Stitcher wissen.

„Nicht so wichtig", erwiderte Gameknight. „Immerhin wissen wir jetzt, wo wir hinmüssen. Das Gebäude da unten ist das Ozeanmonument und unser nächstes Ziel."

„Das klingt nach einer richtig guten Idee", spottete Hunter und grinste nervös. „Ein verrückter einäugiger Dornenfisch mit Todesstrahl und messerscharfen Stacheln bewacht ein uraltes Gebäude am Meeresgrund … Das muss deine beste Idee überhaupt sein!"

„Ja, ich habe auch Angst", gab er zu und drehte sich noch einmal zu dem Unterwasserbauwerk um.

Ich weiß, was mich im Inneren des Monuments erwartet: ein weiteres Monster. Aber ich weiß nicht, wie ich diese Aufgabe bewältigen soll, ohne dass meine Freunde dabei umkommen.

Während Gameknight zum Ufer zurückfuhr, versuchte er, sich auszumalen, wie er die Kreatur vernichtete, die in diesem Tiefen auf ihn wartete – eine riesige Bestie mit langen lilafarbenen Stacheln und einem einzigen hasserfüllten Auge. Doch anstatt die Zerstörung des Monsters vor sich zu sehen, war da auf einmal ein intensiver Lichtstrahl, der aus dem wütenden Auge herausschoss, ihm entsetzliche Schmerzen bereitete … und ihn in Angst und Schrecken versetzte.

KAPITEL 18
TÜREN

Gameknight rannte zurück ins Dorf und wusste, was er brauchte, um ins Ozeanmonument zu gelangen: Türen … Sie brauchten ganz viele Türen. Aber zuerst brauchten sie weitere Türen im Dorf, eine für jedes Puzzleteil, das noch nicht an seinem Platz war. Er lief im Kreis um die Gebäude herum und zählte die Türen. Es waren sechzehn … bei Weitem nicht genug.

„Stitcher, geh nach unten und sag den Craftern, dass ich Türen brauche, und zwar eine Menge", verlangte Gameknight. „Sie müssen so viele bauen, wie sie nur können."

„Türen? Wieso denn das?"

„Das zu erklären, dauert zu lange", erwiderte er nur. „Vertrau mir einfach."

Das Mädchen nickte, wirbelte herum und rannte zur Fertigungskammer.

„Komm mit, Hunter."

Ohne auf ihre Antwort zu warten, lief Gameknight zum Wald. Er konnte sehen, dass Shawny noch bei Digger stand, daher ging er in die andere Richtung, damit Hunter nicht auch noch erstarrte und ihm nicht mehr helfen konnte. Als er bei den Bäumen ankam, zückte der Benutzer-der-kein-Benutzer-ist seine Axt und hackte auf sie ein.

„Wir brauchen ganz viel Holz“, sagte er und fällte eine Birke.

Die beiden sammelten so viele Holzblöcke in ihren Inventaren, bis sie beide jeweils zwanzig zusammenhatten.

„Das sollte reichen“, sagte Gameknight.

„Verrätst du mir auch mal, was das Ganze soll?“, fragte Hunter frustriert.

„Nein“, antwortete Gameknight und grinste sie breit an.

Sie kehrten ins Dorf zurück und verarbeiteten das Holz rasch zu Brettern.

„Bau eine Werkbank und mach Türen aus den Brettern“, wies Gameknight Hunter an.

Er konnte in der Ferne erkennen, dass Shawny inzwischen verschwunden war und Digger die Hände wieder bewegte, während er sich zusammen mit Monet die Zeichnung am Boden ansah. Dann zückten die beiden ihre Schwerter und kratzten im ganzen Dorf Linien in den Boden, um die Stellen zu markieren, an denen Shawnys Erfindungen gebaut werden sollten.

Gameknight konzentrierte sich auf seine eigene Aufgabe, baute aus vier Brettern eine Werkbank und stellte sie auf den Boden. Aus dem restlichen Holz fertigte er so viele Türen an, wie er nur konnte. Insgesamt bekam er sechsunddreißig zusammen.

„Das sollte vorerst reichen", erklärte er. „Komm mit."

„Falls du mir irgendwann mal einen Hinweis darauf geben könntest, was wir hier machen, wäre das super", murmelte Hunter.

„Ach, eigentlich ist es ganz lustig, dich so verwirrt zu sehen", gestand Gameknight. „Aber ich versuche, einen Eisengolem hier in diesem Dorf spawnen zu lassen."

„Wir könnten auch einfach einen bauen", gab Hunter zu bedenken.

„Ich glaube, das wäre nicht dasselbe", erwiderte Gameknight. „Hast du dich schon mal gefragt, woher die Golems kommen, die in einem Dorf spawnen?"

„Natürlich nicht. Warum sollte mich das interessieren?"

„Ich denke, dass es diesmal wichtig sein könnte", sagte Gameknight. „Stell deine Türen auf."

Sie platzierten zehn Türen auf dem Boden, traten zurück und warteten.

„Wieso passiert nichts?“, fragte Gameknight. „Man braucht doch nur einundzwanzig Türen, damit ein Eisengolem erscheint. Es hätte längst einer spawnen müssen.“

„Nein, hätte er nicht.“ Hunter stieß einen übertriebenen Seufzer aus. „Benutzer haben einfach keine Ahnung.“

„Wie meinst du das?“

Hunter ignorierte seine Frage und lief zum Wachturm. Gameknight folgte ihr auf dem Fuß.

„Verrätst du mir, was du vorhast?“, fragte der Benutzer-der-kein-Benutzer-ist.

„Nein“, antwortete Hunter und verschwand im Wachturm.

Sie rannte durch den Geheimtunnel, der zur Fertigungskammer führte, blieb dann aber plötzlich stehen und blickte zu Gameknight999 auf, der noch auf der Leiter stand.

„Warte hier“, ordnete sie ernst an.

„Was … was hast du vor?“

„Du hattest recht“, gab sie grinsend zu. „Es ist wirklich witzig, dich so verwirrt zu sehen.“

Bevor er noch etwas sagen konnte, war sie auch schon verschwunden. Nach einer endlosen Minute tauchte sie wieder auf, gefolgt von gut einem Dutzend

Dorfbewohnern. Die NPCs stellten sich rings um den Brunnen in der Dorfmitte auf.

„Golems spawnen nicht, um Häuser zu beschützen", klärte Hunter Gameknight auf. „Sie beschützen die Dorfbewohner. Es müssen sich wenigstens zehn NPCs in dem Dorf aufhalten, damit ein Eisengolem erscheint."

Ein leises Poltern erfüllte die Luft. Es fing ganz schwach an, als würde sich am Horizont ein Sturm zusammenbrauen, wurde jedoch immer lauter, bis sogar der Boden bebte. Gameknight verließ den Wachturm und sah einen großen Eisengolem, der auf die Dorfbewohner zukam und dessen riesige Füße bei jedem Schritt ein kleines Erdbeben erzeugten.

Der Metallriese sah aus wie all die anderen Golems, die er schon gesehen hatte … mit Ausnahme des Golemkönigs. Der hier hatte eine schimmernde silbrige Haut, und an seiner rechten Seite und an seinem linken Arm hingen grüne Ranken, an denen zwischen den Blättern kleine gelbe Blüten zu erkennen waren. Er besaß lange, muskulöse Arme, die unfassbar kräftig wirkten und beinahe auf dem Boden schleiften. Eine riesige Knollennase bedeckte fast sein halbes Gesicht und saß zwischen zwei traurigen dunklen Augen und unter einer Monobraue, die seine ganze Stirn bedeckte. Die Kreatur lief durch das Dorf und schien nach Gefahren zu suchen, und sobald sie Gameknight999 bemerkte, kam sie direkt auf ihn zu.

Der Benutzer-der-kein-Benutzer-ist steckte sofort seine Waffen weg, pflückte eine Handvoll Blumen und streckte sie vor sich aus. Er war sich nicht sicher, ob der Riese ihn angreifen oder an ihm vorbeilaufen würde, aber er musste unbedingt stehen bleiben … Sie brauchten diese Kreatur. Als der Golem näher kam, konnte Gameknight sehen, wie sich das Wesen umsah und den Benutzer-der-kein-Benutzer-ist, Hunter und die anderen Dorfbewohner musterte. Anscheinend hatte er sich davon überzeugt, dass alle in Sicherheit waren, da er vor Gameknight999 stehen blieb und eine gewaltige Faust ausstreckte. Gameknight reichte dem Golem die Blumen, bevor er einen Schritt auf ihn zumachte und ihn ansprach.

„Wir brauchen deine Hilfe, Golem“, sagte Gameknight so leise, dass ihn niemand sonst verstehen konnte. „Herobrine wird mit seiner Armee in dieses Dorf kommen, und es wird eine große Schlacht geben.“ Er merkte, wie sich der Metallriese erneut umschaute und nach Monstern Ausschau hielt. „Sie sind noch nicht hier, aber sie werden bald eintreffen, und wir haben nicht genug Dorfbewohner, um sie abzuwehren. Herobrine will ganz Minecraft und alle NPCs in jedem Dorf vernichten, und ich weiß nicht, ob die Leute hier ausreichen, um ihn zurückzuschlagen. Wir brauchen deine Hilfe. Bitte richte deinem König aus, dass wir ihn um Hilfe bitten. Wenn ihr uns nicht beisteht, gelingt es uns möglicherweise nicht, Minecraft zu retten. Hast du das verstanden?"

Der Golem blickte auf Gameknight999 hinab. Der Benutzer-der-kein-Benutzer-ist glaubte, ihn kurz nicken zu sehen, war sich jedoch nicht sicher. Dann sah die Kreatur zum Himmel hinauf, schloss die Augen und schien erstarrt zu sein. Nach einem Augenblick schlug er die Augen wieder auf und wanderte durch das Dorf, wobei er Gameknight999 und alle Dorfbewohner ignorierte.

„Das war ja sehr hilfreich", spottete Hunter.

Gameknight grinste sie achselzuckend an.

„Wenigstens haben wir es versucht", meinte er. „Gehen wir zurück in die Fertigungskammer. Es gibt noch viel zu tun."

Hunter nickte und ging zusammen mit Gameknight zum Wachturm. Während sie die Treppe hinunterstieg, ging der Benutzer-der-kein-Benutzer-ist zum Fenster und schaute in das friedliche Dorf hinaus. Es bot einen idyllischen Anblick mit den Häusern auf der grasbewachsenen Ebene und dem wunderschönen Birkenwald auf der einen und dem weiten Ozean auf der anderen Seite. Als er zum Himmel hinaufblickte, sah er eckige weiße Wolken vorbeiziehen. Alles war so perfekt, und doch stand Gameknight999 kurz davor, Herobrine und seine Monsterhorde an diesen Ort zu locken. Und wo immer Herobrine hinging, folgten ihm Tod und Zerstörung auf dem Fuß.

Gameknight schloss die Augen und versuchte, sich vorzustellen, wie er Herobrine besiegte, doch das Bild wollte sich einfach nicht einstellen. Obwohl er sich mit ganzer Kraft darauf konzentrierte, sah er die Szene nicht vor sich.

„Na, immer schön eins nach dem anderen", ermahnte er sich. „Zuerst das Ozeanmonument und danach Herobrine."

Er erschauderte und wollte die Angst verdrängen, die ihn zu übermannen drohte, aber so zu tun, als wäre sie nicht da, machte ihn auch nicht mutiger … Eigentlich kam er sich eher lächerlich vor.

„Hast du jetzt lange genug mit der Wand geredet?", fragte eine Stimme hinter ihm.

Er drehte sich um und sah Hunters rote Locken aus dem Loch am Boden ragen. Sie grinste ihn schief an.

„Du hast doch gesagt, dass wir noch viel zu tun haben“, sagte sie. „Wie wäre es, wenn du mit runterkommst und allen sagst, was getan werden muss? Es sei denn, du möchtest deine Unterhaltung mit der Wand noch ein wenig fortsetzen?“

Hunter grinste und ließ sich lachend die Leiter hinuntergleiten. Gameknight folgte ihr in die Dunkelheit, musste jedoch weiterhin an Herobrine denken und fragte sich, wie er die Monster besiegen sollte. Auf dem Weg nach unten hoffte der Benutzer-der-kein-Benutzer-ist, die Musik von Minecraft zu hören, da ihn das ermutigt hätte, aber abgesehen vom Schlagen seines Herzens blieb alles still.

KAPITEL 19

TREFFEN DER KÖNIGE

Als sich Herobrine in der Mitte einer großen Höhle materialisierte, ließ das Licht seiner leuchtenden Augen unheimliche Schatten an den Felswänden tanzen. Sein plötzliches Auftauchen erschreckte die Anwesenden und bewirkte, dass die Aberhundert Fledermäuse, die an den Wänden und der Decke hingen, zitterten und nervös kreischten.

Der böse Schatten-Crafter ließ den Blick durch die Kammer schweifen. Er stand inmitten einer typischen Fledermausbrutstätte. Die Höhle war fünfzig bis sechzig Blöcke breit, und die Decke befand sich vielleicht zwölf Blöcke über dem Boden. Dadurch hatte man das Gefühl, dass die Steindecke sehr niedrig war, und Herobrine hätte beinahe den Kopf eingezogen … aber so etwas war in der Gegenwart anderer undenkbar. Ein solches Verhalten wäre mit Schwäche gleichzusetzen gewesen, was für ihn undenkbar war.

An einem Ende der Höhle stürzte kühles Wasser aus einem Loch in der Decke in einen breiten Teich, der nur wenige Blöcke tief war. Wie in allen Brutstätten der Fledermäuse würden sich auch hier Hunderte von Eiern im Wasser befinden, wenn nicht sogar eintausend.

Lächelnd und mit hell leuchtenden Augen trat Herobrine an den Teich. Er blickte ins blaue Wasser hinab und konnte auf dem Boden Hunderte brauner Eier entdecken, deren ovale Oberflächen mit winzigen schwarzen Punkten bedeckt waren.

Sie waren der Grund, aus dem er hergekommen war.

Er sah sich noch einmal in der Kammer um, und seine leuchtenden Augen tauchten die Kammer in ein blasses, steriles Licht. Die Helligkeit störte die Fledermäuse, die herumflatterten und versuchten, in dunkle Bereiche zu gelangen, was innerhalb der Höhle jedoch unmöglich war … doch sie wollten ihre ungeborenen Kinder auch nicht mit dem Fremden allein lassen.

„Ich brauche eure Söhne und Töchter", teilte Herobrine den Fledermäusen mit, die sich langsam wieder beruhigten. „Aber zuerst muss ich weitere Fremde herholen."

Er verschwand kurz und kehrte mit Xa-Tul wieder zurück.

„Warte hier", befahl ihm der Schöpfer.

Dann teleportierte er sich erneut und holte zuerst den Skelettkönig, danach den Lohenkönig und schließlich den König der Endermen in die Höhle. Charybdis' Flammen tauchten die Kammer in ein warmes orangefarbenes Licht, in dem die vier Könige einander deutlich erkennen konnten. Sie gingen alle sofort in Abwehrhaltung, da sie nicht wussten, ob sie Freund oder Feind vor sich hatten.

„Bleibt friedlich", ermahnte Herobrine sie.

Xa-Tul zog sein gewaltiges goldenes Schwert, woraufhin Reaper einen aus Knochen gefertigten Bogen zückte. Charybdis, der sich nicht sicher war, was hier gerade passierte, formte einen Feuerball, der vor seinem flammenden Körper schwebte und jederzeit abgefeuert werden konnte. Feyd stand einfach nur da … Seine Augen leuchteten rot, und sein ganzer Körper war von Teleportpartikeln umgeben.

„Ich sagte, ihr sollt friedlich sein!", brüllte Herobrine.

Seine Stimme donnerte durch die Höhle und scheuchte die Fledermäuse auf. Während die kleinen Kreaturen um sie herumflogen, steckte Xa-Tul das Schwert wieder weg, behielt die anderen Monster jedoch im Auge. Reaper ließ den Bogen wieder verschwinden, und Charybdis löschte den Feuerball.

„Gut“, sagte Herobrine, dessen Augen hell leuchteten. „Ich habe euch, meine Generäle – meine Könige –, hergebracht, damit ihr einander vor der letzten Schlacht kennenlernt. Die Ereignisse überstürzen sich, und wir müssen bereit sein.“ Er drehte sich zu dem Zombiekönig um und blickte das grüne Monster mit lodernden Augen an. „Hast du etwas zu berichten, Xa-Tul?“

„Der Benutzer-der-kein-Benutzer-ist wurde gesichtet“, meldete der Zombie mit seiner knurrenden, tierartigen Stimme. „Xa-Tuls Zombiearmee hat die NPCs in einem Wüstendorf entdeckt und angegriffen.“

„Ihr habt was?“, fragte Herobrine entrüstet.

„Die Zombiearmee hatte bereits angegriffen, als Xa-Tul dort eintraf“, log der Zombie, der genau wusste, dass Herobrines Strafe für Ungehorsam schrecklich ausfallen würde. „Die Zombiegeneräle dachten, es würde den Schöpfer erfreuen, wenn sie den Benutzer-der-kein-Benutzer-ist gefangen nehmen. Stattdessen sind Gameknight999 und die NPCs jedoch durch die Lorentunnel geflohen.“

„Diese Narren“, schimpfte Herobrine. „Ich sagte, ihr sollt sie beobachten, sie aber nicht angreifen! Bring mir diese Generäle!“

„Das ist nicht möglich“, erwiderte Xa-Tul.

„Wieso nicht?“, fragte Herobrine, dessen Augen vor Wut noch heller leuchteten.

„Sie wurden für ihr Scheitern bereits bestraft und vernichtet.“ Auch das war eine Lüge.

Herobrine dachte darüber nach und wirkte ein wenig besänftigt.

„Hoffentlich haben sie gelitten“, meinte der Schatten-Crafter.

Xa-Tul nickte. „Sehr sogar“, flunkerte er.

„Ist einer deiner Generäle auf die Idee gekommen, den NPCs durch die Lorentunnel zu folgen?“, wollte Herobrine wissen.

Daraufhin schüttelte der Zombie den großen Kopf.

„Der Benutzer-der-kein-Benutzer-ist hat die Tunnel bei seiner Flucht zerstört“, berichtete er. „Es war uns nicht möglich, ihnen zu folgen.“

„Dann weißt du nicht, wo sie jetzt sind?“

Erneutes Kopfschütteln des Zombiekönigs.

„Aber sie müssen sich noch immer in der Nähe des Wüstendorfs aufhalten“, sagte Reaper, dessen dünne, kratzige Stimme an das Klappern von Knochen erinnerte. „Wenigstens das wissen wir.“

„Das ist richtig“, bestätigte Herobrine und ging nachdenklich auf und ab. „Vielleicht sind die Zombies ja nicht völlig gescheitert … wie zuvor so oft."

Er trat an den Teichrand und tauchte seine bereits glühenden Hände ins Wasser. Seine Augen leuchteten wie zwei Sonnen, während er seine Crafting-Kräfte ins Wasser leitete und das Schlüpfen beschleunigte. Genau wie beim letzten Mal kamen gesunde Kreaturen aus den größeren Eiern, während die Schlüpflinge in den kleineren keine Chance hatten: Die winzigen Monster, die daraus hervorkamen, schafften es gar nicht erst an die Oberfläche und verschwanden, sobald ihre Gesundheit auf null gesunken war.

Die Fledermäuse flogen aufgeregt kreischend durch die Luft, aber Herobrine scherte sich nicht weiter um sie. Er wollte nur diesem Gefängnis entkommen, damit er sich an den Benutzern in der physischen Welt rächen konnte, und das Leben einiger Fledermäuse bedeutete ihm nicht das Geringste.

Die überlebenden frisch geschlüpften Fledermäuse flatterten zusammen mit den anderen durch die Höhle, und ihr Kreischen fügte sich in die Kakofonie der anderen ein. Herobrine reckte die gelb leuchtenden Hände über den Kopf und ließ das kränkliche Licht nach oben wabern.

„Hier hat sich mein Feind zuletzt aufgehalten", schrie er und projizierte das Bild des Wüstendorfs in die winzigen Gehirne der fliegenden Kreaturen. „Findet ihn und seine Freunde und erstattet mir Bericht. Wenn ihr versagt, werdet ihr schwer bestraft. Und jetzt fliegt los!“

Sofort sausten die Fledermäuse durch den dunklen Tunnel, der aus der Kammer an die Oberfläche führte. Während sie durch die Dunkelheit flogen, stieß Herobrine sein manisches Lachen aus, in dem sein Hass auf seinen Feind mitschwang. Dann drehte er sich mit leuchtenden Augen zu seinen vier Reitern um. Sie würden Minecraft, den NPCs und den Benutzern die Apokalypse bringen, damit alle den Tag bereuten, an dem sie beschlossen hatten, sich Herobrine zu widersetzen.

„Bereitet eure Truppen vor, denn die Zeit der letzten Schlacht ist bald gekommen“, teilte der Schöpfer seinen Kreaturen mit. „In Kürze wird der Benutzer-der-kein-Benutzer-ist das Tor des Lichts öffnen und mich aus diesem Gefängnis befreien.“

„Aber was ist, wenn er das nicht tut?“, fragte der König der Endermen.

„Wie bitte?“ Herobrine starrte das dunkelrote Monster erbost an.

„Was ist, wenn sich unser Feind weigert, zu tun, was du verlangst?“, wollte Feyd wissen, „und wenn er lieber stirbt, anstatt dir zu helfen?“

„Dann werde ich ihn vernichten“, antwortete Herobrine. „Denn es gibt noch jemanden … das kleine Mädchen. Sie ist bestimmt nicht so dickköpfig wie Gameknight999. Wenn er nicht macht, was ich ihm befehle, dann wird er ausgelöscht und ich mache das Kind zu meiner Dienerin.

Dieser Gameknight999 mag sich mir widersetzen, aber das Kind ist garantiert gehorsamer. Wenn der Benutzer-der-kein-Benutzer-ist vernichtet ist und das Mädchen kurz vor dem letzten Atemzug steht, wird es das Tor des Lichts schon öffnen, um ihr erbärmliches Leben zu retten … Und dann kann ich mich an ALLEN rächen! Ha, ha, ha!“

Sein donnerndes Gelächter hallte von den Felswänden wider und zwang die vier Könige in die Knie. Bevor es verklungen war, aktivierte Herobrine seine Teleportkräfte und schickte seine vier Generäle in ihre Heimat zurück.

Als er allein in der Kammer stand, lächelte er.

„Alles verläuft wie vorhergesehen“, murmelte er. „Schon bald stehe ich Gameknight999 erneut gegenüber, und dann wird er sehen, welche Überraschung ich für ihn vorbereitet habe, und ist dem Untergang geweiht!“

Er teleportierte sich aus der Kammer, und seine leuchtenden Augen hinterließen einen hellen Fleck in der Luft, der erst nach und nach verblasste.

KAPITEL 20

DAS OZEANMONUMENT

Der Bau der von Shawny erdachten Verteidigungsanlagen ging gut voran. Arbeiter gruben überall Löcher und Gräben und füllten sie mit Redstone-Geräten, die Herobrine und die Mobs überraschen sollten. Gameknight erkannte, dass sein Freund viele Schleimblöcke in Kombination mit Kolben verwendete, doch das Interessanteste überhaupt war die Mauer. Er konnte es kaum erwarten, Herobrines Gesicht beim ersten Angriff zu sehen.

Rings um das Dorf waren Bogenschützen in den Bäumen am Waldrand postiert, die sich mit wachsamen Augen nach allem Feindseligen, insbesondere Fledermäusen, umschauten. Hunter vermutete, dass die Fledermaus, die ihr im Wüstendorf entkommen war, Xa-Tul ihre Position verraten hatte, und schwor, so etwas kein zweites Mal zuzulassen. Die Bogenschützen hatten alle ein freies Schussfeld und hielten Ausschau nach den fliegenden kleinen Boten, denn es wäre eine Katastrophe, wenn Herobrine hier eintraf, bevor sie bereit waren.

Gameknight hatte sich sein Boot unter den Arm geklemmt und schaute erst zu den Bogenschützen und dann zu den Wächtern im Dorf hinüber. Alle hatten Pfeile angelegt und waren bereit, auf jeden Eindringling zu schießen. Dieses Mal würden die Monster sie erst angreifen, wenn alles vorbereitet war … Jedenfalls lautete so der Plan.

Der Benutzer-der-kein-Benutzer-ist nickte den NPCs zu und ging zum Wasser. Alle anderen warteten schon auf ihn, aber als er loslaufen wollte, hielt ihn eine Stimme zurück.

„Gameknight!“, schrie seine Schwester.

Er drehte sich zu Monet113 um, die so schnell auf ihn zugelaufen kam, dass ihr neonblaues Haar im Winde flatterte. Breite gelbe, grüne und rote Streifen zierten ihre Rüstung, die sie erst vor Kurzem neu bemalt hatte. Diese Farbpracht entlockte allen ein Lächeln, denn ihre Kunst schien jeden tief zu berühren … Das war ihre Gabe.

„Du sollst Digger helfen, Monet“, sagte Gameknight.

„Ich weiß“, erwiderte sie. „Aber ich wollte dir viel Glück wünschen. Sei bloß vorsichtig.“

Auf ihrem eckigen Gesicht zeichneten sich Sorge und Angst ab.

„Du weißt nicht, was dich dort unten erwartet“, fügte sie hinzu. „Herobrine könnte alles Mögliche geschaffen haben, um das Buch der Weisheit zu beschützen.“

„Das ist mir klar … Dachtest du wirklich, ich wüsste das nicht?“

„Sei einfach vorsichtig, und geh keine unnötigen Risiken ein“, bat sie ihn. „Ich bin nicht so stark und mutig wie du und könnte das alles ohne dich an meiner Seite nicht schaffen.“

„Das ist doch lächerlich“, entgegnete Gameknight. „Zuerst einmal werde ich bald zurück sein. Außerdem begleitet Hunter mich, und wenn ich etwas Dummes mache oder verletzt werde, passt sie schon auf mich auf. Und sieh dir doch mal an, wie du dich gemausert hast. Du warst in einer Zombiestadt und hast ihnen die Kunst nahegebracht, bist Monstern im Kampf gegenübergetreten und hast Shaikulud, die Spinnenkönigin, besiegt.“ Er hielt kurz inne und sah seiner Schwester tief in die Augen. „Nicht stark und mutig, was für ein Witz. Du bist stärker und mutiger als die meisten, die ich kenne … wenngleich ein bisschen sehr impulsiv.“ Grinsend zerzauste er ihr das blaue Haar. „Doch ich bin bestimmt bald wieder da und passe auf, dass du keine Dummheiten machst.“

Monet113 sah zu ihrem großen Bruder auf, legte die Arme um seine rissige, löchrige Diamantrüstung und drückte ihn fest.

„Kommst du jetzt, Gameknight?", rief Hunter von der Ozeanküste herüber.

Die Geschwister lösten sich voneinander und schauten zum Meer hinüber. Zwei Dutzend Boote schaukelten auf dem Wasser, und Hunter stand an der Küste und starrte zu ihnen herüber.

„Ich muss los", sagte Gameknight. „Sorge dafür, dass alle weiterarbeiten. Wir müssen bereit sein, wenn Herobrine hier auftaucht. Ich verlasse mich auf dich."

„Keine Sorge, ich kümmere mich darum."

Sie lächelte ihren Bruder an und ging ins Dorf zurück.

Gameknight lief ans Ufer und spürte Hunters missbilligenden Blick, als er näher kam.

„Na, dann los", meinte er grinsend. „Worauf warten wir noch?"

Hunter sah aus, als hätte sie ihm am liebsten den Kopf abgerissen, grinste dann aber.

„Ja, genau", erwiderte sie und ließ ihr Boot zu Wasser.

Gameknight stieg in sein Boot und legte ab. Die Gruppe fuhr zu der Stelle, an der Gameknight und

Stitcher angegriffen worden waren, und breitete sich aus, damit die Wächter des Ozeanmonuments nie zwei von ihnen gleichzeitig angreifen konnten. Der Benutzer-der-kein-Benutzer-ist hoffte, die Wächter durch ihre Anzahl zu verwirren und ihnen die Verteidigung des Unterwassertempels zu erschweren. Als sie sich näherten, blinkten bereits die ersten Tintenfische an der Oberfläche rot auf.

„Haltet eure Bögen bereit!“, rief Gameknight. „Haben alle, die mit ins Monument kommen, Türen und Stiefel dabei?“

„Du hast uns noch nicht gesagt, was wir unter Wasser mit den ganzen Türen anfangen sollen“, sagte Stonecutter.

„Das werdet ihr schon sehen, wenn wir da sind“, erwiderte Gameknight. „Zieht jetzt die Stiefel an.“

„Was macht diese Wasserläufer-Verzauberung?“, wollte Crafter wissen.

„Sie war Bestandteil des Bountiful-Updates von Minecraft“, antwortete Gameknight. „Damit könnt ihr euch unter Wasser schneller bewegen, und ich vermute, dass wir uns nach Betreten des Monuments beeilen müssen.“

„Aaaah!“

Ein durchdringender Schrei hallte durch die Luft,

und Gameknight drehte sich zu einem der NPCs um. Aus dem Wasser schoss ein Lichtstrahl, der den NPC in den Rücken traf und von einem seltsamen Summen begleitet wurde.

„Bogenschützen, schießt ins Wasser!“, schrie Crafter.

Im nächsten Moment sausten unzählige Pfeile ins Wasser, der Wächter verschwand und die Schreie des NPCs verstummten.

„Haltet im Wasser Ausschau nach den Wächtern“, ermahnte Gameknight die anderen. „Versucht, nicht in ihre Reichweite zu kommen, und schießt, sobald ihr einen entdeckt. Alle, die mit ins Monument kommen, fahren mir hinterher. Ihr anderen müsst die Wächter beschäftigen und versuchen, sie auszudünnen. Bleibt paarweise zusammen, damit immer einer schießen kann, während der andere angegriffen wird. Dann mal los!“

Ohne auf eine Reaktion zu warten, hielt der Benutzer-der-kein-Benutzer-ist mit seinem Boot direkt auf das leuchtende Unterwassergebäude in der Ferne zu. Er fuhr im Zickzackkurs, um nicht von den Lasern getroffen zu werden. Trotzdem musste er immer wieder seinen Bogen ziehen und Pfeile abfeuern, mit denen er die einäugigen Kreaturen vertrieb, aber nicht vernichtete. Über dem Monument angekommen, wandte sich Gameknight999 an die NPCs.

„Trinkt euren Trank der Nachtsicht, bevor ihr ins Wasser springt. Wir haben acht Minuten, um in den Tempel zu schwimmen, Herobrines Monster zu vernichten und das Buch der Weisheit zu besorgen. Dann trinken wir den zweiten Trank, um uns wieder aus dem Monument rauszukämpfen. Wenn die Nachtsicht nachlässt, wird es da unten stockdunkel sein und wir werden uns verlaufen. Daher müssen wir uns beeilen, sobald wir ins Wasser gesprungen sind.“ Gameknight schaute über den Rand des Bootes nach unten. „Und vergesst nicht … Behaltet immer eine Tür in der Hand, wenn ihr nicht gerade kämpft.“

Er zog eine Glasflasche aus seinem Inventar und stürzte den bitter schmeckenden Trank mit drei großen Schlucken herunter. Augenblicklich veränderte sich sein Blickfeld, und Umrisse, die sonst auf dem Meeresboden in Dunkelheit verborgen waren, wurden sichtbar. Er nahm eine Tür aus dem Inventar und sprang ins kalte Wasser.

Dann ging er auch schon unter. Das Ozeanmonument war deutlich zu erkennen. Es bestand aus blau-grünen Blöcken, von denen einige heller und andere dunkler waren, und ihm fiel ein, dass es sich dabei um Prismarin handelte. Das ganze Gebäude stand auf dicken Säulen, die wenigstens acht Blöcke hoch sein mussten. Das Dach des Monuments neigte sich schräg nach oben und war in regelmäßigen Abständen von dunkleren Blöcken umgeben. Darauf befand sich ein verziertes Gebilde mit seltsamen weißen Blöcken auf hohen Säulen und einem offenen Dach. An der Vorderseite des Monuments bemerkte Gameknight leuchtende Bögen, durch die man in einen offenen Bereich gelangte, und an einer Seite befand sich eine Öffnung. Das musste der Eingang sein.

Vorsichtig landete er auf dem Dach des Gebäudes. Hinter ihm kamen seine vier Freunde Crafter, Stonecutter, Hunter und Builder ebenfalls gerade an. Da er spürte, wie ihm langsam die Luft ausging, platzierte Gameknight die Tür auf dem Monument. Augenblicklich bildete sich darum eine riesige Luftblase. Er trat neben die Tür und konnte wieder atmen. Die anderen sahen, was er da tat, und holten auf dieselbe Weise Luft. Hunter stellte ihre Tür so dicht neben Gameknights, dass sich die Luftblasen überlappten.

„Du hättest uns auch einfach sagen können, dass wir die Türen deswegen mitnehmen“, sagte sie leicht genervt.

„Aber dann hätte ich dein dummes Gesicht hier

unten nicht sehen können", erwiderte Gameknight grinsend.

„Man sollte doch wirklich annehmen, dass du … Pass auf, hinter dir!"

Gameknight wirbelte herum und zog sein Schwert. Hinter ihm war ein Wächter aufgetaucht, der sich über ihr Eindringen zu ärgern schien. Das Wesen besaß einen blau-grünen, mit spitzen orangefarbenen Stacheln bedeckten Körper und wackelte mit dem breiten Schwanz. Dann schoss der Fisch durch das Wasser, hinterließ eine Spur aus Luftblasen und umkreiste Gameknight999 misstrauisch. Plötzlich schoss der Wächter vor und versuchte, den Benutzer-der-kein-Benutzer-ist mit seinen langen, tödlichen Stacheln aufzuspießen. Gameknight schwang sein Diamantschwert und landete einen Treffer, woraufhin sich die Kreatur zurückzog. Danach zog er sein Eisenschwert und griff den Fisch mit beiden Waffen an. Nachdem er das Monster noch zwei Mal getroffen hatte, verschwand es, und er eilte zu seiner Tür zurück, ohne nachzusehen, ob die Kreatur etwas gedroppt hatte.

„Hat dir das Spaß gemacht?", fragte Hunter, während Gameknight nach Luft schnappte.

Er starrte sie mit finsterer Miene an und eilte über

das Dach zu einem der leuchtenden Bögen. Sobald er den Dachrand erreicht hatte, sprang er hinunter und sank sacht zu Boden. Im Fallen bemerkte er eine Türöffnung in der Seitenwand und hielt darauf zu. Als er näherkam, holte er eine weitere Tür aus dem Inventar. Sein Sauerstoffvorrat war beinahe aufgebraucht, und seine Lunge brannte.

Unvermittelt schoss ein Wächter hinter einem Block hervor und griff ihn mit abstehenden Stacheln an. Gameknight schlug mit der Tür auf die Kreatur ein und konnte zwar nicht viel Schaden anrichten, sie aber immerhin zurücktreiben. Er bewegte sich in die Öffnung in der Seitenwand und behielt den wütenden Wächter dabei im Auge. Sobald er in der Eingangskammer gelandet war, stellte er eine Tür in die Ecke und schnappte nach Luft. Danach zog er sein Schwert und wartete auf den Angriff … der jedoch nicht erfolgte.

Gameknight trat von der Tür weg und sah sich um. Die Eingangskammer war gerade mal zwölf Blöcke lang und breit und drei Blöcke hoch. In jeder Wand befanden sich breite, von hellgrünen Blöcken umgebene Türrahmen, durch die man tiefer in das Labyrinth innerhalb des Ozeanmonuments gelangte. Auf einmal schwamm ein Wächter in die Kammer und durch eine der drei anderen Türen wieder hinaus. Da Gameknight999 der Kreatur nicht erneut begegnen wollte, bewegte er sich zur ersten Tür. Er holte rote Ziegelsteinblöcke hervor und verschloss den Eingang, um dasselbe bei den anderen zu wiederholen, sodass keiner der stachligen Wächter mehr hereinkommen konnte. Schwaches Licht strömte durch die Öffnung in der Außenmauer herein, doch die Seelaternen vor der Tür konnten das Innere der Kammer kaum erhellen.

Danach bewegte sich Gameknight wieder zum Eingang und platzierte Türen im Raum, bevor er sein Schwert zog und sich bereitmachte, weiteren Wächtern entgegenzutreten. Nach und nach kamen seine Freunde herein, liefen zu den Türen und saugten die kostbare Luft ein. Gameknight ging zu Crafters Tür und stellte vier weitere Türen daneben, sodass sich alle in derselben Luftblase aufhalten konnten. Er trat zu seinem Freund und bedeutete den anderen, ebenfalls herzukommen.

„Habt ihr gesehen, wie schnell die Dinger sind?", fragte Builder. „Sie sind wie stachlige Raketen, die durch das Wasser schießen."

Da kam auch schon einer der Wächter herein und traf Crafter mit seinem Laser an der Schulter. Gameknight raste auf die Bestie zu und griff sie mit seinem Diamantschwert an, konnte die Klinge jedoch nur mit halber Geschwindigkeit bewegen. Er zog dennoch sein Eisenschwert und attackierte die Kreatur weiterhin erbittert.

Das Monster stürzte sich auf ihn und wollte ihn mit seinen langen Stacheln aufspießen, aber Stonecutter war mit seiner Spitzhacke zur Stelle. Obwohl sich der NPC ebenfalls in Zeitlupe zu bewegen schien, gelang es ihnen mit vereinten Kräften, die Kreatur zu besiegen.

Gameknight eilte zur Tür, holte Luft und versiegelte dann auch die letzte Öffnung, sodass es keinen Ausgang mehr gab.

„Wieso hast du dich so langsam bewegt?", fragte Crafter.

„Das nennt man Abbaulähmung", erklärte Gameknight. „Ich vermute, dass die Laser der Wächter uns damit belegen. So wird es uns schwerfallen, uns durch die Wände zu graben."

„Das glaube ich nicht", erwiderte Stonecutter. „In welche Richtung müssen wir?"

Gameknight sah sich im Raum um und betrachtete die drei versiegelten Türen, die alle in unterschiedliche Richtungen führten. Hinter einer von ihnen würde sie der Große Wächter erwarten … aber hinter welcher?

Geh nach rechts, dann nach oben und danach geradeaus, sagte eine Stimme in seinem Kopf.

Es war Shawny.

Was?, dachte Gameknight und stellte sich vor, wie er auf seiner Tastatur herumtippte.

Es ist ein Labyrinth, erläuterte Shawny. *Ich sehe mir gerade online die Karte an. Anscheinend versuchen die meisten, auf derselben Ebene zu bleiben, und verlaufen sich. Befolge einfach meine Anweisungen … Ich führe dich zum Großen Wächter.*

Zum was?, fragte Gameknight.

Zum Großen Wächter. Er erwartet dich … Viel Spaß.

Gameknight musste lachen.

„Was ist so witzig?“, fragte Hunter.

„Ach nichts … Nur etwas, das Shawny gesagt hat“, antwortete Gameknight. „Aber er weiß auch, in welche Richtung wir gehen müssen.“

„Und dann finden wir dein Buch?“, hakte Hunter nach.

„Nein, aber wir kommen ihm näher. Und mit Shawnys Hilfe könnten wir dieses Abenteuer sogar überleben.“

Er ging zu der Ziegelsteinwand zu seiner Rechten

und platzierte eine Tür, damit er graben konnte, aber Stonecutter drängte sich am Benutzer-der-kein-Benutzer-ist vorbei und schwang seine große Spitzhacke. Während der große NPC grub, stellte Gameknight eine weitere Tür neben ihm auf und zog seine Schwerter, um alles zu bekämpfen, was durch die Öffnung kommen würde.

KAPITEL 21

DER GROSSE WÄCHTER

Gameknight führte seine Freunde so schnell wie möglich durch das Ozeanmonument und ließ sich dabei von Shawny aus der physischen Welt leiten. Gleich hinter ihm marschierte der tapfere Stonecutter, der sich weigerte, mehr als einen oder zwei Blöcke Abstand zum Benutzer-der-kein-Benutzer-ist zu halten.

Im Laufe der Zeit wurde offensichtlich, warum sich so viele im Monument verliefen: Die Räume sahen alle gleich aus. Jeder bestand aus blau-grünen Prismarinblöcken, wobei die dunkleren die Umrisse bildeten und die helleren die

Wände und Böden ausfüllten. In jedem zweiten Raum standen seltsame leuchtende Blöcke, die Seelaternen genannt wurden. Sie gaben ein schwaches Licht ab, das die Umgebung jedoch kaum erhellte. Da ihre Nachtsichttränke noch wirkten, benötigten sie diese Lichtquellen vorerst nicht, aber sobald deren Effekt nachließ, würden sie darauf zurückgreifen müssen.

Bei jeder Gelegenheit kamen Wächter aus den

Schatten geschossen und griffen sie mit ausgestreckten Stacheln und Laserstrahlen aus ihren Augen an. Alle NPCs nahmen Schaden, während sie sich durch das Gebäude bewegten, doch sie fanden bald heraus, wie sie sich der Fische erwehren konnten, ohne selbst viel Schaden zu nehmen.

Sie griffen die Wächter immer paarweise an, sobald sie in ihre Nähe kamen. Dabei spielte Gameknight den Köder und griff das Tier an, um sich dann rasch zurückzuziehen und Stonecutter den Vortritt zu lassen. Gegen die große Spitzhacke des NPCs und Gameknights Schwerter hatte die Kreatur keine Chance. Hunter, Crafter und Builder stellten die Nachhut und wurden ebenfalls häufig von den schwimmenden Bestien attackiert. Dann kam Hunter jedoch auf die Idee, Türen in den Eingängen der Kammern zu platzieren, sodass die Fische sie nicht mehr angreifen konnten und sie bei ihrem Rückzug weniger Probleme bekommen würden.

Gameknight stellte gerade eine Tür in den Eingang zur angrenzenden Kammer und spähte hinein. In der Mitte des Raumes war eine seltsame Sammlung aus grünen Säulen zu erkennen, die durch leuchtende Seelaternen miteinander verbunden waren. Er bewegte sich an den Wänden entlang, platzierte eine weitere Tür, holte Luft und befolgte weiter Shawnys Anweisungen.

Ihr seid gleich da, tippte Shawny in den Chat, sodass Gameknight die Worte im Kopf hören konnte.

In welche Richtung müssen wir jetzt?, fragte Gameknight.

Um das eckige Ding herum und dann nach links, wies Shawny ihn an. *Dann solltest du eine Öffnung sehen, durch die man in einen zwei Stockwerke hohen, großen Raum kommt. Ich bin mir ziemlich sicher, dass das der Schatzraum ist … Dort sollte der Große Wächter auf euch warten.*

Okay. Danke, erwiderte Gameknight und drehte sich zu seinen Gefährten um.

Er deutete auf den Nebenraum und wies sie an, sich links zu halten. Die anderen nickten und folgten dem Benutzer-der-kein-Benutzer-ist.

Nebenan befand sich eine große eckige Struktur aus dunklen Prismarinblöcken. Oben und unten befanden sich hellere Blöcke, und an den Ecken waren Seelaternen angebracht, die hell leuchteten, während die Ränder der Blöcke meergrün umrandet waren. Unter anderen Umständen hätte diese Kammer wunderschön ausgesehen, aber da in jedem Schatten Monster lauern konnten, die sie vernichten wollten, konnten die Freunde den Anblick kaum würdigen.

Gameknight ging um die Struktur herum und betrat einen schmalen Gang. Plötzlich starrte ihn ein einzelnes Auge wutentbrannt an. Das Monster stellte die orangefarbenen Stacheln auf und griff an. Gameknight blieb keine andere Wahl: Er stürmte vor und schwang seine Schwerter mit ganzer Kraft. Seine Eisenklinge traf den Wächter an der Seite, doch zuvor bohrte sich einer der Stacheln durch seine Rüstung. Schmerz raste durch seinen rechten Arm, und er musste sich zusammenreißen, um das Diamantschwert nicht fallen zu lassen.

Er drehte sich schützend zur Seite und wollte erneut angreifen, doch auf einmal segelte Stonecutter über seinen Kopf hinweg und landete direkt vor ihm. Ohne stehen zu bleiben, griff der NPC den Wächter an. Der Fisch schwamm zurück und schoss mit seinem Laserstrahl, der Stonecutter mitten in der Brust traf, ihn jedoch nicht aufhielt. Er schwang seine Spitzhacke, drosch auf das Monster ein und zerstörte es mit drei mächtigen Schlägen.

Nachdem er um die nächste Ecke geschaut hatte, platzierte Stonecutter eine Tür und holte Luft. Gameknight steckte den Kopf in die Luftblase und lächelte seinen Freund an.

„Danke“, sagte er.

„Ich lasse nicht zu, dass dir jemand schadet“, erwiderte Stonecutter und rieb sich die Stelle, an der ihn der Laser getroffen hatte.

„Ist alles in Ordnung?“

Stonecutter verspeiste rasch einen Apfel und nickte seinem Freund zu.

„Gehen wir weiter“, forderte der stämmige NPC die anderen auf.

Gameknight ging an Stonecutter vorbei und durch den Raum. Dort war eine Öffnung in der Wand zu sehen, die in eine riesige Kammer führte. Darin stand ein großer Würfel aus dunkelgrünen Blöcken mit leuchtenden weißen Laternen an jeder Ecke. Prismarinblöcke waren in Dreiergruppen in der Kammer platziert, und es gab zahlreiche deckenhohe Säulen. Der Boden wurde teilweise beleuchtet, konnte die Kammer jedoch nicht wirklich erhellen. In den tiefen Schatten an der Decke mochte alles Mögliche lauern.

In der Dunkelheit war eine Bewegung auszumachen. Eine Flosse kam kurz in Sicht, verschwand jedoch sofort wieder im Schatten. Gameknight konnte nur kurze Blicke auf die Kreatur dort oben werfen und sie nicht richtig erkennen.

Er war verwirrt.

Eigentlich hatte er geglaubt, hier auf den Großen Wächter zu treffen … einen Fisch wie die anderen Wächter, denen sie bisher begegnet waren. Aber die Kreatur dort oben war gigantisch. Sie musste wenigstens doppelt so groß sein wie die Monster, die das Gebäude bewachten. *Ist das überhaupt möglich?*, fragte er sich.

Ein lilafarbener Stachel funkelte im Licht der Seelaternen, als sich das Monster bewegte. Der rasiermesserscharfe Stachel war mindestens so lang wie Gameknights Schwert.

Hunter trat neben Gameknight und spähte in den Schatzraum. Sie platzierte eine Tür hinter sich, sodass sie beide in einer Luftblase standen.

„Hast du das gesehen?“, fragte Gameknight.

Auf einmal raste etwas Helles an der Öffnung vorbei und zog eine Spur aus Luftblasen hinter sich her. Gameknight sah kurz ein einziges Auge mit einer roten Pupille im eckigen Gesicht der Kreatur. Ihr Körper war mit einem Dutzend der langen Stacheln besetzt, die lavendelfarben und tödlich aussahen.

Hunter machte einen Schritt nach hinten und zog ihr Schwert. „Was war denn das?“

„Das war der Große Wächter“, antwortete Gameknight.

„Aber dieses Ding ist riesig."

„Ich weiß."

„Und diese Stacheln sind noch länger als … Sie sehen furchtbar spitz aus und sind so groß wie … ich."

„Ich weiß", wiederholte Gameknight.

„Hast du gesehen, wie schnell es sich bewegt hat?", fragte sie. „Wie sollen wir das Monster überhaupt angreifen?"

„Keine Ahnung."

Plötzlich schwebte die Kreatur vor der Öffnung und starrte Gameknight999 direkt an. Sein Blut gefror zu Eis.

Bevor er auch nur einen Muskel bewegen konnte, schoss ein Lichtstrahl aus dem wütenden Auge des Monsters und bohrte sich in Gameknights Brust. Er litt schreckliche Schmerzen, während seine Gesundheit dezimiert wurde. Im Auge der Kreatur glaubte er, unbändige Bosheit lodern zu sehen, der sich wie der Laserstahl in sein Innerstes bohrte.

Gameknight999 bekam Todesangst.

Er hob sein Diamantschwert und lenkte damit den grellen Lichtstrahl um, der daraufhin eine tiefe Kerbe in eine der Wände fräste. Nach einem schnellen Schritt nach hinten entdeckte er gleich um die Ecke eine Tür und schnappte nach Luft.

Crafter trat neben ihn.

„Was war denn das?“, fragte der NPC.

„Das war der Große Wächter“, erklärte Gameknight keuchend, „und er hat mich mit seinem Laser getroffen.“

„Geht es dir gut?“

Gameknight nickte.

„Aber ich bin mir nicht sicher, wie viele solcher Angriffe wir überstehen“, sagte der Benutzer-der-kein-Benutzer-ist.

„Iss schnell was.“ Crafter reichte ihm ein Stück Melone.

Gameknight verspeiste es und spürte, wie sich seine Gesundheit wieder auffüllte.

„Bringen wir's hinter uns“, sagte er dann und musterte die anderen. „Seid ihr alle bereit?“

Die anderen NPCs, die an ihren Türen standen, nickten.

„Gut.“ Gameknight zog seine Schwerter.

Er trat an den Rand der Öffnung und sprang in den Nebenraum. Als er langsam nach unten fiel, ließ die Wirkung seines Tranks nach und er war von Dunkelheit umgeben.

„Nein … Nicht jetzt!“

Es dauerte eine gefühlte Ewigkeit, bis er auf dem

Boden der Kammer landete. Die Seelaternen tauchten die Ecken des Raumes in schwaches Licht, mehr jedoch nicht. Er holte die letzte Flasche Nachtsichttrank aus seinem Inventar und wollte sie schon öffnen, als auf einmal etwas Großes an ihm vorbeischwamm, gewaltige Wellen erzeugte und ihm die Flasche aus der Hand schlug. Der Glasbehälter sank langsam zu Boden und verschwand in der Dunkelheit.

Oh nein! Ohne den Trank kann ich nichts sehen!, dachte Gameknight entsetzt. *Er muss irgendwo zu meinen Füßen liegen.*

Rasch kniete sich Gameknight hin und tastete mit den Händen am Boden herum. Mit einem Mal schoss ein tödlicher Lichtstrahl über seinen Kopf hinweg und bohrte sich in einen Prismarinblock. Das Licht des Lasers war so hell, dass Gameknight die Flasche endlich entdeckte.

Da ist sie! Ein Stück weiter links.

Der Benutzer-der-kein-Benutzer-ist kroch zur Seite und legte die eckigen Finger um die Flasche. Er zog schnell den Stöpsel heraus und trank den dunkelblauen Trank. Als er wieder aufstand, war die Nachtsicht wiederhergestellt.

Ein riesiges Auge befand sich nur wenige Zentimeter von seinem Gesicht entfernt.

„AAAH!“, schrie Gameknight, und Luftblasen quollen aus seinem Mund.

Bevor er seine Schwerter ziehen konnte, rammte ihn der Große Wächter und bohrte seine langen lilafarbenen Stacheln durch Gameknights Rüstung.

Dann war das Monster auch schon wieder weg und verschwand im Schatten. Luftblasen verrieten, wo es entlanggeschwommen war, aber aus irgendeinem Grund führten sie nach oben … Das ergab doch keinen Sinn.

Gameknight platzierte eine Tür, atmete tief ein und ließ den Blick durch die große Kammer schweifen. Er versuchte, seinen Feind zu entdecken, sah aber nur hier und da ein paar Luftblasen. Plötzlich wurde es auf der anderen Seite der Kammer hell. Als Gameknight in diese Richtung schwamm, sah er Builder, in dessen Brust sich ein heller Lichtstrahl bohrte.

„Heb dein Schwert“, schrie Gameknight, aber das Wasser trug die Worte nicht weit genug.

Er eilte an die Seite seines Freundes, riss sein Diamantschwert hoch und lenkte den Laserstrahl zurück zu dem riesigen Fisch, der direkt im Auge getroffen wurde. Mit einer Bewegung seiner Schwanzflosse drehte sich der Große Wächter um und verschwand erneut im Schatten.

Gameknight stellte eine Tür auf und zog Builder in die Luftblase.

„Alles in Ordnung?“, erkundigte er sich.

„Ich bin mir nicht sicher“, antwortete Builder. „Es tut ganz schön weh.“

„Hast du etwas zu essen?“

Builder holte einen Apfel hervor und aß ihn rasch auf, um gleich darauf noch einen zweiten zu verspeisen.

„Bleib hier und erhol dich.“

Builder nickte.

Gameknight holte noch einmal tief Luft und schwamm los. Er musste diese Kreatur finden und vernichten, bevor sie noch all seine Freunde schwer verletzte. Er hörte etwas über seinem Kopf und sah gewaltige Wellen über sich hinwegrauschen.

Da oben an der Decke bewegt sich etwas in der Dunkelheit.

Auf einmal war das Geräusch hinter ihm.

Ein stechender Schmerz machte sich in seinem Rücken breit. Er drehte sich um, hob sein Diamantschwert und blockierte den Strahl, um mit der anderen das Eisenschwert auszustrecken. Diesmal schwamm das Monster nicht weg. Es wartete, bis Gameknight näher gekommen war, und ließ den Laserstrahl immer intensiver werden. Der Schwertgriff wurde heiß, und Gameknight befürchtete schon, loslassen zu müssen. Er rannte weiter, um das mächtige Wesen zu attackieren. Doch als er bei der Kreatur ankam, schwamm sie gerade nach oben und verschwand in der Dunkelheit.

Gameknight lief zu einer Tür, um Atem zu holen. Auf der anderen Seite der Kammer verteidigte sich Stonecutter gerade gegen die Kreatur, die ihn von oben mit ihren Stacheln attackierte, doch auch jetzt brach das Monster den Angriff schnell wieder ab.

Ich muss einen Weg finden, diese Bestie zu besiegen, bevor sie all meine Freunde vernichtet.

Er ging in eine Ecke, platzierte eine Tür und zermarterte sich das Gehirn, während er darauf wartete, dass die Puzzleteile auftauchten … aber nichts geschah. Doch dann setzte die Musik von Minecraft ein, und er hörte die Stimme des Orakels.

Du kannst nur erreichen, was du dir auch vorstellen kannst, sagte sie. *Du bist nicht allein.*

Schon war die Musik wieder weg.

Er dachte über ihre Worte nach … Du bist nicht allein. War das etwa ein Hinweis? Ein Stück weit entfernt griff der Wächter Crafter an, und der junge NPC versuchte, die Kreatur mit seinem schimmernden Eisenschwert zu erreichen, doch sie schwamm im letzten Augenblick wieder weg.

„Allein schaffen wir das nicht; wir müssen zusammenarbeiten“, begriff er. „Das ist es … *Du bist nicht allein!“*

Er lief nacheinander zu allen NPCs und bat sie, in die Kammer zurückzukehren, aus der sie gekommen waren. Während Gameknight zusah, wie Builder zu der Öffnung schwamm, griff der Große Wächter an. Dieses Mal war Gameknight bereit. Er lief mit gezückten Schwertern auf das Monster los und wollte den Strahl mit dem Diamantschwert abwehren, um mit dem Eisenschwert zuzustechen. Die lilafarbenen Stacheln des Fischs bohrten sich in Gameknights Rüstung, und er machte einen Schritt nach hinten. Dann tat der Benutzer-der-kein-Benutzer-ist so, als wäre er schwer verletzt, ging auf die Knie und stieß dem Monster sein Eisenschwert in den Bauch. Er spürte, wie die Klinge ins Fleisch eindrang, und die Kreatur blinkte rot. Bevor das Monster wegschwimmen konnte, schlug er auch noch mit seinem Diamantschwert zu, aber dann entkam es erneut nach oben. Der Benutzer-der-kein-Benutzer-ist bemerkte unbändige Wut in dem Auge, das auf ihn herabblickte. Seltsamerweise leuchtete es jedoch nicht so bösartig wie die Augen von Herobrines anderen Schöpfungen. Vielmehr sah das Auge normal und natürlich aus … Es war rein und hatte nicht die Farbe von Blut, sondern sah eher rubinrot aus.

Gameknight schwamm zu seinen Freunden in den Nebenraum. Er stellte eine Tür in die Öffnung und für seine Freunde vier weitere daneben. Schwer atmend stellten sie sich in die Luftblasen.

„Wie sollen wir dieses Monster besiegen?“, fragte Builder. „Es ist zu stark … Das schaffen wir nie.“

„Nein, wir können es schaffen“, beharrte Gameknight.

„Ich muss Builder leider zustimmen“, meinte Hunter und deutete auf die Dellen in ihrer Eisenrüstung. „Die Stacheln sind so hart wie Diamant und spitzer als alles, was ich je gesehen habe. Das Monster hat mich dreimal angegriffen, aber ich konnte nie zurückschlagen, da es immer weggeschwommen ist.“

„Ganz genau, es schwimmt weg“, stimmte Gameknight ihr zu. „Das müssen wir verhindern … Wir versperren ihm den Fluchtweg.“

„Womit denn?“, fragte Hunter.

„Mit uns selbst.“ Dann erklärte Gameknight ihnen seinen Plan. Währenddessen konnte er erkennen, wie die Furcht seiner Freunde langsam in Hoffnung umschwang … Hunter war sogar richtig aufgeregt.

„Das ist eine verrückte Idee, noch dazu sehr gefährlich und wenig erfolgversprechend", stellte sie fest. „Das gefällt mir!"

Gameknight grinste und blickte durch die Öffnung in das Reich des Wächters.

„Na, dann los!", rief er und sprang in den Raum. Im Fallen stieß er seinen Schlachtruf aus: „FÜR MINECRAFT!"

KAPITEL 22
DAS BUCH DER WEISHEIT

Als Gameknight in der Kammer des Wächters auf dem Boden landete, lief er sofort an die nächste Wand und zu einer Tür. Er atmete tief ein, rannte dann einmal um den Raum und hielt Ausschau nach dem Monster, konnte es jedoch nirgends entdecken. Auf der anderen Seite stieß er auf Builder und deutete erst auf seine Augen und dann durch den Raum. Aber Builder schüttelte den Kopf – offenbar hatte er die Kreatur auch nicht entdeckt.

Gameknight rannte in den langen, mit dem Raum verbundenen Gang und schlug mit einem Schwertgriff gegen die blau-grünen Prismarinblöcke. Das Geräusch hallte durch das Monument, als hätte ein Schmied auf seinen Amboss gehauen. Nachdem er noch weiter in den Korridor geschwommen war, lauschte Gameknight999, hörte jedoch nur das Blubbern der Luftblasen und das Rauschen des Wassers.

Auf einmal sah er ein grelles Licht zu seiner Rechten und rannte darauf zu. Als er um die Ecke kam, sah er Builder auf den Knien liegen, den der Laserstrahl des Wächters genau in die Brust traf. Gameknight rannte, so schnell er konnte, war jedoch zu weit weg. Builders Brustplatte riss auf und fiel zu Boden, sodass seine Haut jetzt direkt getroffen wurde. Als der NPC rot flackerte, zog der Benutzer-der-kein-Benutzer-ist seinen Bogen und schoss … doch der Pfeil fiel nach gerade mal zwei Blöcken nutzlos zu Boden.

Endlich hatte er das Monster erreicht. Er schlug mit seinem Diamantschwert nach der Kreatur, bewegte sich jedoch langsamer als sonst, da der Statuseffekt „Abbaulähmung“ noch immer auf ihm lastete. Als sein Schwert den Wächter traf, blinkte dieser rot und schwamm weiter nach oben.

Sein Laserstrahl blieb jedoch auf Builder gerichtet.

Gameknight rannte zu seinem Freund und streckte ein Schwert aus, um den Strahl abzulenken, aber bevor ihm das gelang, sah Builder ihn ein letztes Mal traurig an und verschwand. Nur seine Habseligkeiten, die langsam auf den Boden der Kammer sanken, blieben zurück.

„Neiiiin!“, schrie Gameknight, aber es war zu spät … Builder war fort.

Der Benutzer-der-kein-Benutzer-ist wirbelte herum und starrte den Großen Wächter wütend an, bevor er zur nächsten Tür lief, um Luft zu holen. Danach deutete er mit seinem Diamantschwert auf die stachelige Bestie und ging langsam rückwärts.

„Du kannst mich hören, nicht wahr?“, schrie Gameknight.

Der Wächter blickte auf ihn herab und kräuselte die Monobraue.

„Du hast meinen Freund getötet, und jetzt werde ich dich dafür bestrafen!“

Gameknight ging noch schneller rückwärts und lockte das Monster an.

Ein gleißender Lichtstrahl drang aus dem Auge der Kreatur und war direkt auf Gameknights Kopf gerichtet, aber er hatte damit gerechnet, hob sein Diamantschwert und lenkte den Strahl ab.

„Das funktioniert bei mir nicht, Monster“, rief Gameknight. „Wenn du mich kriegen willst, musst du schon herkommen!“

Der Große Wächter deaktivierte seinen Strahl, ließ sich langsam zu Boden sinken und näherte sich Gameknight999. Der Benutzer-der-kein-Benutzer-ist steckte den Kopf rasch in eine Luftblase und versuchte, den Anschein zu erwecken, als würde er sich fürchten. Das fiel ihm nicht besonders schwer, da er wirklich Angst hatte, aber er wollte nicht aufgeben … denn dann wäre alles verloren.

Gameknight ging weiterhin rückwärts, bis er gegen die Wand stieß. Als der Große Wächter erkannte, dass seine Beute in der Falle saß, wackelte er mit der riesigen Schwanzflosse und kam näher.

Er wollte Gameknight999 mit seinen Stacheln aufspießen, aber der wehrte sie mit seinem Eisenschwert ab und zielte mit dem Diamantschwert auf das riesige Auge. Wie erwartet wollte die Kreatur fliehen, aber da war Hunter auch schon da und stach dem Monster mit ihrem rasiermesserscharfen Schwert in den Rücken. Die Bestie wirbelte herum, um die neue Gegnerin anzugreifen, doch dann stand plötzlich Crafter neben Hunter und bohrte seine Klinge in das blassgelbe Fleisch der Kreatur. Als der Wächter begriff, dass er umzingelt war, machte er sich daran, nach oben zu schwimmen.

„JETZT", brüllte Gameknight.

Stonecutter kam von oben angesprungen und landete auf dem Rücken des Monsters, um von dort auf die mit Stacheln bedeckte Haut einzuhacken. Der Wächter saß in der Falle, und sie alle nahmen Rache für Builders Tod. Sie holten kein einziges Mal Luft, sondern attackierten das Monster, bis es wieder und wieder rot blinkte. Als ihre Gesundheit fast aufgebraucht war, stieß die Kreatur mehrere Luftblasen aus und rollte sich auf die Seite, wobei Stonecutter heruntergeschleudert wurde.

Gameknight ging zu einer Tür, holte schnell Luft und baute sich dann vor dem Auge des Monsters auf.

„Du hast meinen Freund getötet und wirst jetzt dafür büßen", sagte er. „Dein Schöpfer Herobrine hat dich nicht stark genug gemacht, dass du uns allen widerstehen konntest, und seine und deine Arroganz war dein Untergang."

„Da irrst du dich", erwiderte der Große Wächter mit blubbernder Stimme. „Ich wurde nicht von Herobrine erschaffen. Diese böse Kreatur weiß nichts von meiner Existenz, sonst wäre er bestimmt schon hergekommen, um mich zu vernichten."

Gameknight machte verwirrt einen Schritt nach hinten.

„Wer hat dich dann geschaffen?"

„Das Orakel", antwortete der riesige Fisch.

Er rang nach Atem und sah Gameknight999 direkt an.

„Was?", fragte Gameknight. „Das glaube ich dir nicht."

„Sie wusste, dass du das sagen würdest", meinte der Wächter. „Sie hat mich zu dem Zweck geschaffen, dass ich allen, die ins Ozeanmonument kommen, eine

Lektion erteile, und jenen, die sie gelernt haben, die Belohnung gebe."

„Was ist die Belohnung?"

„Natürlich das Buch der Weisheit", sagte die Kreatur.

„Wo ist das Buch?", wollte Gameknight wissen.

„In mir. Der Sieger kann es nur durch meinen Tod erhalten", erklärte der Große Wächter. „Du hast die Lektion verinnerlicht, wie es das Orakel vorhergesagt hat. Gameknight999 ist würdig und noch dazu der Erste, der mich im Kampf besiegen konnte. Du bist wahrlich der Benutzer-der-kein-Benutzer-ist."

Der Wächter rang nach Luft.

„Manchmal", stieß er keuchend aus, „ist die Lektion die Reise und nicht das Ziel." Dann verschwand der Große Wächter und hinterließ zahlreiche leuchtende Erfahrungskugeln sowie ein in Leder gebundenes Buch.

Gameknight verstaute den uralten Folianten in seinem Inventar, während die Erfahrungskugeln in seinen Körper eindrangen. Dann lief er zur Seitenwand, an der die nächste Tür stand, und war im nächsten Augenblick von Crafter, Hunter und Stonecutter umgeben.

„Und, was steht drin?", wollte Crafter wissen.

„Ich habe es noch nicht aufgeschlagen", erwiderte Gameknight.

„Worauf wartest du denn noch?", drängelte Hunter. „Lies es schnell, damit wir von hier verschwinden können."

Stonecutter trat beiseite, sagte jedoch nichts.

Das Buch wird mir verraten, wie ich die Weisheit und den Mut finde, um mich Herobrine zu stellen und die Waffe des Orakels zu benutzen, dachte Gameknight. *Ohne das Buch wären wir verloren, aber gleich werde ich wissen, was ich tun muss, um Minecraft und meine Freunde zu retten.*

Er atmete erleichtert auf und öffnete das uralte Buch ganz vorsichtig. Dann starrte er die Seiten ungläubig an, blätterte schnell um und hatte doch wieder dasselbe vor sich. Auch auf den anderen Seiten bot sich ihm dasselbe Bild.

„Soll das ein Witz sein?", schrie Gameknight ebenso wütend wie frustriert.

„Was ist denn?", fragte Crafter. „Was steht da? Wo findest du, was du brauchst, um Herobrine zu besiegen?"

Gameknight999 starrte fassungslos in das Buch. Die Seiten waren alle verspiegelt, sodass er nichts als sein eigenes Spiegelbild sah.

„Ich wollte wissen, wo ich die Tapferkeit und Weisheit finde, um Herobrine zu besiegen, und bekomme nur mein Spiegelbild?“, schimpfte er.

Er reichte Crafter das Buch und drehte sich wütend zur Wand um.

Wir haben gegen das Monster gekämpft, und Builder ist gestorben, damit ich das hier bekomme?, dachte er. *Wer weiß, wie viele NPCs im Kampf gegen die Wächter an der Oberfläche verletzt werden. Und all das nur wegen eines Spiegels? ORAKEL!!!*

Aber die Musik von Minecraft war nicht zu hören.

Er nahm Crafter das Buch wieder ab und schaute zur Decke.

„Wir müssen von hier verschwinden, bevor die Wirkung der Nachtsichttränke nachlässt“, erkannte er.

Seufzend sah er zu der Stelle hinüber, an der Builders Habseligkeiten schwebten. Er kam sich verraten und betrogen vor.

„Kommt, lasst uns gehen.“

Er schwamm nach oben und zur nächsten Kammer, jedoch in keinen der Gänge, die sich durch das Monument schlängelten, sondern immer aufwärts. Dabei zückte er seine Diamantspitzhacke und schlug ein Loch in die Decke. Im nächsten Moment befand er sich im Ozean und inmitten von stachligen blauen Wächtern, die Tintenfischen hinterherjagten. Bevor einer der einäugigen Fische sie auch nur bemerkt hatte, waren sie bereits an der Oberfläche angekommen und in ihre Boote gestiegen. Als Gameknight sich umschaute, sah er mehrere Boote mit NPCs darin, aber traurigerweise auch leere. Seufzend steuerte Gameknight die Küste an.

„Kommt mit. Wir müssen zurück ins Dorf", rief er den anderen zu.

Crafter lenkte sein Boot neben Gameknights.

„Was sollte dir das Buch wohl sagen?", fragte der junge NPC.

Gameknight seufzte.

„Ich weiß es nicht ... Vielleicht hat es gar nichts zu bedeuten ... Oder das Orakel ist nur ein gemeines, gehässiges Kind wie Herobrine und hat uns aus Spaß einen Streich gespielt."

„Das glaube ich nicht", protestierte Crafter. „Es muss etwas zu bedeuten haben."

„Ich wollte doch bloß wissen, wie ich Herobrine besiegen kann", beschwerte sich Gameknight. „Builder und viele andere haben ihr Leben geopfert, damit ich das herausfinde ... Das ist nicht fair." Er schaute zum blauen Himmel hinauf und brüllte: „HÖRST DU

MICH, ORAKEL? DAS IST NICHT FAIR!“

Auch jetzt war die Musik von Minecraft nicht zu hören.

„Vielleicht hättest du die Lektion nicht geglaubt, wenn man sie dir einfach nur vorgesetzt hätte“, überlegte Crafter.

Gameknight schüttelte den Kopf.

„Ich weiß bereits, dass ich mutig sein kann, wenn es sein muss.“ Der Benutzer-der-kein-Benutzer-ist seufzte. „Und ich bin kein Idiot … Selbst in meinem Dickschädel ist ein wenig Weisheit vorhanden, aber vermutlich nicht genug. Irgendetwas entgeht mir hier.“ Er holte das Buch der Weisheit aus dem Inventar und blickte erneut auf die verspiegelten Seiten hinab. „Mein Spiegelbild hilft mir nicht gerade dabei, das zu finden, was ich brauche … Irgendetwas muss ich hier doch noch finden können – aber was?“

Er schaute auf das blaue Wasser hinaus, das von in der Nähe spielenden Tintenfischen aufgewirbelt wurde. Sie kamen der Küste langsam näher und konnten das Dorf schon erkennen. Gameknight spürte bei dem Anblick Angst in sich aufkeimen. Er wusste, dass Herobrine bald eintreffen würde, aber er hatte noch immer keine Ahnung, was er tun musste. Alle verließen sich darauf, dass er sie retten würde, dabei wusste er nicht einmal, wie er sich selbst retten konnte.

Bei diesem Gedanken wurde er immer wütender.

„Ich weiß nicht, was ich tun soll, Crafter. Ich habe Angst, alle zu enttäuschen."

„Verzweifle nicht, Benutzer-der-kein-Benutzer-ist", erwiderte Crafter. „Du wirst einen Weg finden. Das tust du doch immer."

„Du begreifst es nicht, Crafter!", fauchte Gameknight. „Das war meine letzte Chance. Ich muss mich Herobrine im Kampf stellen und weiß schon jetzt, dass ich ihn nicht besiegen kann. Dieses Buch sollte mir verraten, wie ich ihm entgegentreten kann, aber es hat mir überhaupt nicht geholfen. Was mache ich denn jetzt? Er kommt … Ich kann es spüren, und ich habe nichts, womit ich ihn aufhalten kann. GAR NICHTS!"

Crafter schwieg, und Gameknight bekam ein schlechtes Gewissen, weil er seinen Freund angeschrien hatte, doch er war auch wütend und frustriert und wusste nicht mehr weiter. Während er zum Ufer ruderte, versuchte er, sich vorzustellen, wie er Herobrine besiegte, doch er sah sich nur selbst vor einem gehässig grinsenden Herobrine auf dem Boden liegen.

KAPITEL 23

DIE VIER REITER DER APOKALYPSE

Gameknight stieg aus seinem Boot, trat ans Ufer und wusste sofort, dass etwas nicht stimmte. Alles war unheimlich ruhig. Er sah nirgends eine Bewegung, weder von NPCs noch von Tieren. Als er zu den Koppeln hinübersah, bemerkte er, dass alle Kühe und Schweine in Richtung Wald starrten. Die Tiere standen reglos da, ganz still, als würde ein furchtbares Raubtier auf sie warten, dessen Aufmerksamkeit und Zorn sie nicht erregen wollten.

„Kommt“, flüsterte Gameknight den anderen zu.

Er zog sein Schwert und rannte zum Dorf. Dabei stellte er fest, dass niemand auf dem Wachturm Wache hielt. Wie konnte das sein? Er lief noch schneller und hielt auf das Bruchsteingebäude zu, doch bevor er es erreichte, hörte er ein manisches Lachen aus dem Wald. Der Benutzer-der-kein-Benutzer-ist presste sich mit dem Rücken gegen das Haus des Bäckers, neben dem er stand, und bedeutete den anderen, in Deckung zu gehen. Crafter und Stonecutter liefen schnell an seine Seite. Gameknight schlich bis zur Ecke des Holzgebäudes und spähte vorsichtig zum Waldrand.

In einiger Entfernung war eine Gestalt auf einem grasbedeckten Hügel auszumachen, die sie zu beobachten schien. Sie sah aus wie ein Zombie, doch das war unmöglich. Es war helllichter Tag. Noch dazu kam, dass der Zombie offenbar bemalt war, denn Gameknight sah ein blühendes Lavendelfeld auf seiner Brust, gelbe Sonnenblumen auf seinen Armen und grüne Beine.

Wie kann das sein … Ein bemalter Zombie … Bei Tageslicht?

Das erinnerte Gameknight an etwas, doch es wollte ihm nicht einfallen. Das böse Lachen ging jedoch nicht von der bemalten Kreatur aus, sondern drang zwischen den Bäumen hervor. Aber Gameknight konnte das Gefühl nicht abschütteln, dass er diesen Zombie kannte. Als er überlegte, kam auf einmal eine Gestalt aus dem Wald. Anhand der Farbe der Robe hätte Gameknight fast auf einen Holzfäller getippt, doch dann sah er die leuchtenden Augen.

Es war Herobrine.

Gameknight lief es eiskalt den Rücken herunter, und sein Mut war augenblicklich verschwunden.

„So sehen wir uns wieder, Benutzer-der-kein-Benutzer-ist."

Gameknight zog mit der linken Hand sein Eisenschwert und wollte sich kampfbereit machen. Dabei spürte er das Buch der Weisheit in seinem Inventar, das ihn mit seinem Spiegelbild zu verspotten schien. Hinter ihm hörte er, wie sich die restlichen NPCs seinem Versteck näherten.

„Er weiß, dass wir hier sind", raunte Gameknight Crafter zu.

„Dann müssen wir uns auch nicht verstecken", erwiderte der junge NPC.

Gameknight zog mit der Rechten sein Diamantschwert, trat hinter dem Haus hervor und stellte sich dem Monster. Die NPCs bauten sich hinter ihm auf, während Stonecutter neben ihm Stellung bezog.

„Ah … Wie ich sehe, hast du deine Armee mitgebracht", spottete Herobrine. „Was hast du da, fünfzehn Dorfbewohner? Ooooh, jetzt hab ich aber Angst. Dann will ich dir mal zeigen, was ich für dich habe."

Herobrine bewegte sich blitzschnell und schuf vier Portale aus Obsidian mit einem blassgelben Feld.

Aus dem ersten Portal trat ein Skelettkönig auf einem Skelettpferd. Die knochige Kreatur war das größte Monster, das Gameknight jemals gesehen hatte. Sowohl Reiter als auch Ross waren blassweiß, als hätten sie jahrelang in der Wüstensonne gelegen. Gameknight konnte die Rippen beinahe zählen, als die beiden Wesen mit klappernden Armen und Beinen auf ihn zukamen. Auf dem eckigen Schädel des Reiters saß ein schimmernder Metallhelm, der aus goldenen Knochen zu bestehen schien. Der Helm umgab den Kopf des Monsters und verhinderte offenbar, dass es aufgrund der Sonnenstrahlen in Flammen aufging. In der Hand hielt das Monster einen Bogen, der aus den Knochen einer längst ausgestorbenen Bestie geschaffen worden zu sein schien. Der dazu passende Riesenpfeil war bereits angelegt. Der Skelettkönig starrte Gameknight999 mit seinen blutroten Augen hasserfüllt an.

Das zweite Portal spuckte eine gewaltige Lohe auf einem Pferd aus, das aus leuchtenden Lohenruten und Flammen zu bestehen schien. Die Hitze, die von den beiden ausging, versengte sofort das Gras unter ihren Füßen, das zu Asche zerfiel. Die feurigen Lohenruten drehten sich rasch in der Mitte des Monsters und schienen seinen brennenden Körper irgendwie zusammenzuhalten. Die Ruten innerhalb des Pferdekörpers drehten sich nicht, sondern bildeten die Knochen der Kreatur, die dadurch dem Skelettpferd ähnelte, nur dass Körper und Haut aus Flammen bestanden. Aber das Erschreckendste waren die Augen des Lohenkönigs: Sie waren nicht etwa schwarz, sondern glichen glühenden Kohlen, mit denen er den Benutzer-der-kein-Benutzer-ist zornig anstarrte.

Xa-Tul, der Zombiekönig, kam aus dem dritten Portal. Er thronte auf einem Zombiepferd, dessen Augen wie die seines Reiters rot und garstig leuchteten. Der Zombie sah genauso aus wie bei ihrer Begegnung in der Wüste, nur dass er diesmal seine Klauenkrone trug. Sein Pferd sah aus wie eine Zombiekreatur, an der hier und da Hautfetzen herunterhingen, während die Knochen an den verwesenden Stellen durchschimmerten. Als Xa-Tul den Benutzer-der-kein-Benutzer-ist bemerkte, zog er sein riesiges Goldschwert, schnaubte und starrte ihn herablassend an.

„Das sind meine drei Reiter“, verkündete Herobrine. „Xa-Tul kennst du ja bereits, aber ich möchte dir noch Reaper, den Skelettkönig, und Charybdis, den Lohenkönig, vorstellen. Aber vor allem musst du meinen vierten Reiter kennenlernen.“

Durch das vierte Portal kam ein schwarzes Pferd, das von lilafarbenen Teleportpartikeln umgeben war. Darauf saß ein Enderman, der jeden anderen überragte, den Gameknight je gesehen hatte.

Ist das möglich?, fragte sich Gameknight.

Die dunkle Kreatur besaß muskulöse Arme und kräftige Beine. Sie saß mit hoch erhobenem Kopf auf dem schrecklichen Enderpferd und blickte so selbstgefällig und verächtlich auf Gameknight und die NPCs herab, als wären sie zu unbedeutend, um am Leben gelassen zu werden.

Nein, das kann nicht sein.

Die Haut des Endermans hob sich deutlich von der seines Reittiers ab. Das Fleisch des Tiers war wie üblich pechschwarz, wie bei allen Endermen … bis auf einen. Gameknight sah, dass das Pferd von Teleportpartikeln umgeben war und damit vermutlich augenblicklich verschwinden konnte. Aber der Reiter …

Das kann nicht sein … Ich habe ihn auf den Stufen zur Quelle vernichtet.

Die Haut des Reiters war in einem sehr intensiven Dunkelrot gehalten, das an getrocknetes Blut erinnerte. Und die Augen des Monsters glühten in einer blutroten Farbe, bei deren Anblick Gameknight sämtlichen Mut verlor.

Ist er das … Ist er von den Toten auferstanden? Ist das Erebus?

Er zitterte vor Angst, als er daran dachte, wie oft er gegen dieses Monster hatte kämpfen müssen.

„Darf ich dir Feyd vorstellen, den neuen König der Endermen", sagte Herobrine. „Das sind die vier Reiter der Apokalypse, und sie sind hier, um Minecrafts Ende einzuläuten."

Wie soll ich gegen die vier Reiter und noch dazu Herobrine kämpfen?, fragte sich Gameknight panisch.

Herobrine hob eine Hand und schnippte mit den Fingern. Das Geräusch hallte durch die Luft, als hätte jemand mit einem Hammer gegen eine Stahlplatte geschlagen. Im nächsten Moment quollen Monsterhorden aus den Portalen und versammelten sich hinter ihren Königen.

Eine Horde Lohen, von deren lodernden Körpern Asche und Rauch aufstiegen, schwebte hinter Charybdis. Viele Bäume in ihrer Nähe gingen in Flammen auf, doch das interessierte in diesem Augenblick niemanden. Hinter Feyd tauchten Hunderte von Endermen auf, in deren Augen der Hass auf die NPCs der Oberwelt loderte, während ihre Körper von winzigen Teleportpartikeln umgeben waren. Am erschreckendsten war es jedoch, die Skelette und die Zombies bei Tageslicht zu sehen. Sie trugen alle Lederkappen, die sie vor der Sonne schützten. Es kamen immer mehr der knurrenden und stöhnenden grünen Monster aus dem Portal, ebenso wie weiße Skelette, die sich hinter ihrem Anführer die besten Plätze zu sichern suchten.

Vor Gameknight standen wenigstens zweitausend Monster, mehr als sich in der Geschichte von Minecraft je zusammengetan hatten. Als er sich umdrehte, sah er hinter sich gerade mal fünfzehn NPCs, die die Waffen gezogen hatten und die Horde entsetzt anstarrten.

„Macht euch bereit für euren Untergang!“, rief Herobrine und hob eine Hand, um das Signal zum Angriff zu geben.

KAPITEL 24
ZWEI MUTIGE STIMMEN

Doch bevor Herobrine dazu kam, hallte ein lautes Donnern durch die Luft. Gewaltige Sandbereiche verschwanden auf einen Schlag und enthüllten breite Treppen, die tief unter die Erde führten. Währenddessen erscholl ein lauter, wütender Schrei.

„FÜR MINECRAFT!", brüllten die Aberhundert NPCs, die die Stufen hinaufgerannt kamen und eine Mauer aus Leibern zwischen dem Benutzer-der-kein-Benutzer-ist und Herobrine bildeten. Gameknight sah Digger an der Spitze. Monet und Stitcher rannten derweil mit ihren verzauberten Bögen in den Händen zum Wachturm.

NPCs aus ganz Minecraft schienen ins Dorf gekommen zu sein. Offenbar hatten Smithys Lorenführer Rekruten gefunden, die sie unterstützten, und es machte den Anschein, als wären wirklich alle gekommen. Gameknight sah Dorfbewohner sämtlicher Berufszweige, die sich der Monsterhorde in den Weg stellten, um die Vernichtung von Minecraft zu verhindern.

„Oha, sehr beeindruckend“, spottete Herobrine. „Aber wo sind eure Mauern, Gameknight999? Du hast dich doch bisher immer gern dahinter versteckt. Aber hier sehe ich nur Löcher im Boden. Du denkst doch nicht, wir wären dumm genug, da reinzufallen.“

Herobrine kicherte, was bewirkte, dass die ganze Monsterarmee in Gelächter ausbrach.

„Wenn dieser NPC-Abschaum alles ist, was du gegen uns aufbringst, dann wird es ein kurzer Kampf werden.“

Der böse Schatten-Crafter hob die Hand, um das Angriffssignal zu geben, doch auch jetzt wurde er wieder unterbrochen. Ein lautes Ploppen ertönte. Plötzlich stand ein einsamer Benutzer links des Dorfes, über dessen Kopf der Name „Shawny“ schwebte, von dem sich ein schimmernder Serverfaden gen Himmel erstreckte.

Im nächsten Augenblick ließen alle NPCs die Waffen fallen und verschränkten die Arme vor der Brust, woraufhin die Monster noch lauter lachten.

„Shawny … Was machst du denn?“, schrie Gameknight.

„Warte“, erwiderte Shawny.

„Aber du kannst doch nicht …“

„Warte“, wiederholte sein Freund.

Im nächsten Augenblick tauchten sechshundert Benutzer rings um ihn herum auf, alle mit Diamantrüstungen und verzauberten Waffen. Sie fingen sofort an, TNT-Kanonen zu bauen, während die Bogenschützen und Schwertkämpfer Verteidigungspositionen bezogen.

Herobrine lachte schallend. „Deine NPCs sind wirklich dumm. Du kannst dich von Benutzern unterstützen lassen, aber nicht von beiden. Dieser Kampf ist schon vorbei, bevor er begonnen hat, Gameknight999."

Der Benutzer-der-kein-Benutzer-ist konnte erkennen, dass die NPCs etwas unternehmen, dass sie ihre Waffen aufheben und kämpfen wollten, aber wenn sie das taten, würde sie kein Dorf mehr aufnehmen … Dann wären sie Verlorene. Dieses Opfer konnte er von niemandem verlangen. Doch Herobrine hatte recht; ohne die NPCs konnten sie nicht gewinnen.

„Deine eigenen NPCs lassen dich im Stich, Gameknight", rief Herobrine mit gemeinem Grinsen. „Das ist ja noch besser, als ich gehofft hatte. Wie erbärmlich du dich jetzt fühlen musst … großartig! Sieh sie dir an, die feigen NPCs, die dich bei der ersten Gelegenheit im Stich lassen. Das ist keine Gemeinschaft, das sind herzlose Feiglinge. Ha, ha, ha."

Auf einmal stand jemand neben Gameknight und stieß ihn an. Er blickte nach unten und sah Topper und Filler neben sich stehen.

„Schon in Ordnung. Es ist nicht eure Schuld", meinte Gameknight. „Herobrine hat recht, ihr könnt mir nicht helfen … Ich bin auf mich allein gestellt."

Die Zwillinge sahen einander mit finsterer Miene an, bevor sie zu ihrem Freund aufblickten. Gameknight konnte erkennen, wie sie mit sich rangen, aber auch wussten, dass sie nichts tun konnten … Denn dann würden sie alles aufgeben müssen, und das konnte er nicht von ihnen verlangen. Er trat vor und drängte sich zwischen den erstarrten Körpern der NPCs hindurch.

„Diese NPCs haben mit alldem nichts zu tun, Herobrine", sagte er. „Das geht nur uns beide etwas an. Lass sie in Ruhe."

„Ha … Selbstverständlich lasse ich sie in Ruhe", entgegnete Herobrine höhnisch, „wenn du mich durch das Tor des Lichts bringst."

„NIEMALS!"

„Deine Freunde haben dich verlassen, und dir stehen nur ein paar erbärmliche Benutzer zur Seite", stellte Herobrine fest. „Schon bald wirst du ganz allein sein."

„Nein, das wird er nicht“, sagte eine piepsige Stimme hinter den NPCs.

„Ganz genau“, fügte eine zweite hinzu.

Topper und Filler traten zwischen den reglosen NPCs hindurch und hielten Holzschwerter in den Händen.

„Es ist uns egal, ob man uns zu Verlorenen macht“, erklärte Filler, in deren Stimme Selbstsicherheit und Kraft mitschwangen. „Wir lassen niemanden aus unserer Familie im Stich.“

„So ist es!“, brüllte Topper.

Daraufhin lachten die Monster noch mehr, aber ihr Kichern verstummte, als Hunter mit dem Bogen in der Hand und angelegtem Pfeil vortrat.

„Da haben sie völlig recht“, sagte sie.

„Ich bin auch ihrer Meinung“, stimmte ihr Digger zu und baute sich neben seinen Kindern auf.

„Und ich …“

„Ich ebenfalls …“

Als würde der Mut der beiden Kinder auf alle überschwappen, bückte sich die ganze NPC-Armee und hob die Waffen auf. Sie schlugen mit den Schwertern und Bögen gegen ihre Rüstungen und erzeugten ein lautes Donnern, das weit über die Landschaft hallte.

Gameknight sah seine Freunde an … seine Familie, und war unglaublich stolz. Sie waren in der Tat eine Gemeinschaft, und ihre tapferen Gesichter sagten dem Benutzer-der-kein-Benutzer-ist, dass dieser Kampf noch lange nicht verloren war.

„Wie ihr wollt", schrie Herobrine.

Er hob erneut die Hand und gab das Signal.

„ATTACKE!", befahl er.

Somit war die Flut aus Hass und Gewalt freigesetzt und die letzte Schlacht um Minecraft begann.

KAPITEL 25
BEMALTE ZOMBIES

Die Monster stürmten geradewegs auf die NPCs zu und knurrten laut. Bevor sie die Verteidiger jedoch erreicht hatten, trat Digger vor. Er drehte sich um und schaute zu einem kleinen Gebäude mit dicken Bruchsteinwänden und Eisengittern vor den Fenstern hinüber. Gameknight bemerkte darin einen NPC vor einer Wand voller Knöpfe und Hebel und wusste sofort, was das zu bedeuten hatte.

„Redstone eins!“, befahl Digger.

Der NPC im Kontrollraum legte einen Hebel um.

Im nächsten Augenblick hörte man Kolben, und im Boden erschienen Löcher. Blinkende TNT-Blöcke flogen daraus in die Luft, die von Schleimblöcken hochgeschleudert wurden. Die rot-weißen Würfel explodierten, als sie einen Block über dem Boden schwebten, und zerfetzten die Monster, ohne den Mechanismus zu beschädigen. Immer mehr Löcher klafften im Boden auf, und überall flog TNT in die Luft und raubte den Monstern Gesundheit. Es sah beinahe so aus, als wäre eine zerstörerische Popcornmaschine am Werk. Die Würfel wurden aus der Erde geschleudert und detonierten überall auf dem Schlachtfeld, wo man sie am wenigsten erwartete. Nach jedem Schleudervorgang wurde der Mechanismus zurückgesetzt und war sofort wieder einsatzbereit.

Der Benutzer-der-kein-Benutzer-ist drehte sich zu Shawny um, der ihn breit angrinste. Gameknight hatte schon immer gewusst, dass er sich auf den Einfallsreichtum seines Freundes verlassen konnte.

Doch die Monster blieben nicht stehen, sondern liefen auf die blinkenden Würfel zu, als wären sie gar nicht da. Es waren einfach zu viele.

„Redstone zwei!", rief Digger.

Weitere Kolben trieben einen anderen unterirdischen Mechanismus an. Mit einem Mal schoss eine drei Blöcke hohe Steinmauer direkt vor den heranstürmenden Monstern aus dem Boden. Noch während die Kreaturen dagegen prallten, bauten die NPCs rasch Stufen und rannten auf die Mauer. Dann ließen sie einen tödlichen Pfeilhagel auf ihre Gegner herabregnen.

Aber die Monster schlugen zurück. Lohen beschossen die Verteidiger auf der Mauer mit Feuerbällen, sodass diese in Deckung gehen mussten. Endermen teleportierten sich an die Front und versuchten, die unterirdischen Blöcke zu entfernen, die die Redstone-Schaltkreise festhielten, brachten die Mauer jedoch nicht zum Einsturz. Zombies stürmten gegen die Mauer und kletterten auf ihre Kameraden, um mithilfe der blinkenden Körper die Barrikade zu erklimmen. Krieger stellten sich auf die Mauer und hackten auf die verwesenden Monster ein, aber jeder, der sich auf das Bollwerk wagte, wurde sofort von den Lohen beschossen.

Die Benutzer feuerten ihre TNT-Kanonen in die Horde aus Lohen, wurden dann aber ebenfalls beschossen. Doch die Krieger waren darauf vorbereitet, steckten die Bögen und Schwerter weg und zückten Schneebälle. Sie rannten vor und bewarfen die Lohen mit den eisigen Geschossen, die einige Monster zum Erlöschen brachten. Doch es waren einfach zu viele. Die Benutzer griffen die Lohen immer weiter an, während die TNT-Kanonen die Skelette beschossen.

Gameknight stand auf einem Erdblock, beobachtete den Kampf und musste sich eingestehen, dass sie hoffnungslos unterlegen waren. Für jedes Monster fiel auch ein Verteidiger – diese Schlacht konnten sie nicht gewinnen. Sie brauchten mehr Krieger … aber woher?

Dann sah er den einsamen bemalten Zombie wieder aus dem Augenwinkel, dessen bunte Brust auf dem Grashügel gut zu erkennen war. Mit einem Mal tauchte ein zweiter bemalter Zombie auf, dann ein dritter und immer mehr, und sie trugen alle Lederkappen. Mit lautem Gebrüll kamen die Zombies den Hügel herunter, um sich in die Schlacht zu stürzen.

Zu seinem Entsetzen sah Gameknight Monet113 direkt auf die Kreaturen zurennen. Sie hielt keine Waffen in den Händen … und erweckte eher den Anschein, als wollte sie jemanden umarmen.

Gameknight sprang vom Block und lief hinter seiner Schwester her, sah dann jedoch, wie sie einem der Zombies um den Hals fiel.

Wird sie angegriffen? Ich muss mich beeilen … Ihr darf nichts passieren!

Dann stand er vor den bemalten Zombies, zog die Waffen und machte sich kampfbereit. Doch die Monster griffen ihn nicht an, sondern liefen an ihm vorbei und auf die Endermen zu, die gerade in den Kampf eingreifen wollten. Verwirrt rannte Gameknight weiter zu seiner Schwester und ging den bemalten Zombies so gut es ging aus dem Weg. Als er bei ihr ankam, stellte er fest, dass Monet weinte … ebenso wie der Zombie.

Was geht hier vor sich?

„Erinnerst du dich an Ba-Jin, Gameknight?“, fragte Monet.

Er sah seine Schwester verwirrt an.

„Weißt du nicht mehr … Aus der Zombiestadt?“, fügte sie hinzu.

Gameknight999 musterte den Zombie, der eine riesige lilafarbene Blume auf dem T-Shirt und bunte Punkte an den Armen und Beinen hatte – und da fiel es ihm wieder ein. Monet hatte diesem Zombie beigebracht, wie man sich durch die Malerei ausdrücken konnte. Das war der Zombie, der sich Xa-Tul zusammen mit seinen bunten Freunden widersetzt und sich geweigert hatte, grundlos zu töten. Diesen Zombie hatte Monet Selbstachtung und Stolz gelehrt und dass man nicht einfach Befehle befolgen und den Clan über das Individuum stellen durfte. Damit hatte der Ärger in der Zombiestadt begonnen, aus dem eine Armee aus bemalten Monstern hervorgegangen war. Nun bildeten sie eine fürsorgliche Gemeinschaft. Dieser Zombie war der lebende Beweis für Monets Fähigkeit, alle um sich herum zu verändern; sie hatte das grüne Kind mit ihrer positiven, farbenfrohen Weltsicht angesteckt.

„Gameknight999 … Ich … habe mich darauf gefreut, dich wiederzusehen“, sagte Ba-Jin.

„Was ist hier los?“, fragte Gameknight und schaute auf das Schlachtfeld herab.

Die bemalten Zombies kämpften gegen die Endermen und verhinderten, dass die dünnen Kreaturen die NPCs angreifen konnten.

„Die freien Zombies, wie wir uns nennen, sind hier, um zu helfen“, antwortete Ba-Jin. „Es wird Zeit, dass die Gewalt aufhört und wir friedlich zusammenleben.“

„Ganz genau!“, stimmte Monet ihr zu.

Mit einem Mal bebte der Boden und ein Donnern dröhnte in ihren Ohren. Der Lärm war derart überwältigend, dass sie sich die Ohren zuhalten mussten. Gameknight sah, wie die Bäume wackelten und umstürzten, als würde sich eine gigantische Bestie den Weg hindurchbahnen, und als er Metall auf Metall schaben hörte, wusste er, was geschah.

Eine silbrig schimmernde Mauer aus Armen und Beinen trat aus dem Wald. Die Kreaturen starrten die Monsterarmee mit dunklen Augen an, und ihre rankenbedeckten Oberkörper glänzten in der Sonne. Die Eisengolems waren gekommen – und zwar zu Hunderten – und an vorderster Front lief ein metallener Riese mit einer Krone aus Ranken: der König der Golems.

Gameknight rannte an seine Seite.

„Danke, dass ihr gekommen seid", sagte der Benutzer-der-kein-Benutzer-ist. „Ohne euch hätten wir den Kampf verloren, aber jetzt können wir das Blatt wenden."

„Ich bin nicht deinetwegen hier, Benutzer-der-kein-Benutzer-ist, sondern ihretwegen", erwiderte der Golemkönig und deutete auf die Dorfbewohner, die an der Steinmauer kämpften.

„Wir beschützen die NPCs, wann immer es uns möglich ist", fuhr der metallische Riese fort. „Euer Kampf gegen das Virus interessiert uns nicht. Wir sind nur wegen der Dorfbewohner hier."

„Das mag sein", meinte Gameknight, „aber ich bin trotzdem froh darüber."

Die Eisengolems marschierten am Benutzer-der-kein-Benutzer-ist vorbei und griffen die Monster an. Sie hoben die Arme und schleuderten ihre Gegner in den blauen Himmel, deren Körper rot blinkten, wenn sie am Boden aufkamen. Wie eine Woge aus Fäusten und Füßen bahnten sie sich einen Weg durch die Zombies, die auf die Mauer klettern wollten. Sobald die grünen Monster die wütenden Metallriesen sahen, kehrten sie zu ihrem Anführer Xa-Tul zurück.

Dank der Golems, der bemalten Zombies, der Benutzer und der NPCs standen die Chancen gut, dass sie die Monsterarmee besiegen konnten. Als sich Gameknight jedoch umsah, wurde ihm bewusst, dass dabei viele auf beiden Seiten sterben würden … und das konnte er nicht zulassen.

Es muss doch einen Weg geben, diese Gewalt aufzuhalten … Nur wie?

Plötzlich schrie Monet113 auf.

Gameknight drehte sich um und sah, dass Herobrine seiner Schwester eine Hand auf die Schulter gelegt hatte. Bevor Gameknight reagieren konnte, verschwand der böse Schatten-Crafter zusammen mit Monet und tauchte weit hinter seinen Truppen neben Feyd, dem neuen König der Endermen, wieder auf. Herobrine schob Monet in Feyds Arme und teleportierte sich auf den höchsten Baum. Dort legte er die Hände um den Mund und stieß einen markerschütternden Schrei aus, der alle Kampfgeräusche übertönte und die Kämpfenden innehalten ließ. Die vier Reiter nutzten die Gelegenheit, um ihren Armeen Befehle zu erteilen, die sich daraufhin an den Waldrand zu ihren Anführern zurückzogen.

Die bemalten Zombies umringten ihre Anführerin Ba-Jin mit unsicheren Mienen, während die Eisengolems stehen blieben und Herobrine zornig anstarrten. Die Benutzer gingen zu ihren TNT-Kanonen und führten einige schnelle Reparaturen aus.

Gameknight lief ins Dorf und stieg auf die Barrikade, während die NPCs die Verwundeten versorgten. Er beobachtete, wie sich Herobrine wieder zu Feyd teleportierte, sich Monet schnappte und mit seiner Gefangenen und gezogenem Schwert mitten auf dem Schlachtfeld auftauchte.

„Komm her und stell dich mir!", schrie Herobrine. „Oder sie stirbt!"

Er hielt Monet das Schwert an den Kopf und starrte den Benutzer-der-kein-Benutzer-ist mit leuchtenden Augen an.

„Du kannst da nicht runtergehen, Gameknight", sagte Hunter. „Das ist eine Falle, und das weißt du ganz genau."

„Da hat sie recht", stimmte Crafter ihr zu. „Du würdest ihm nur in die Hände spielen."

Gameknight sah erst seine Freunde und dann seine Schwester an, die ängstlich das Diamantschwert an ihrer Stirn musterte.

„Ich habe keine andere Wahl", erklärte er schlicht. „Sie ist meine Schwester, und ich lasse nicht zu, dass ihr was zustößt. Ich bin für sie verantwortlich."

Der Benutzer-der-kein-Benutzer-ist sprang von der Mauer und ging direkt auf Herobrine zu. Er öffnete sein Inventar und konnte sowohl seine Waffen als auch das Buch der Weisheit spüren. Dummerweise wusste er immer noch nicht, was er damit anfangen sollte, doch das spielte jetzt keine Rolle mehr. Die Zeit war gekommen, sich dem bösen Schatten-Crafter zu stellen, selbst wenn es Gameknights Untergang bedeutete.

KAPITEL 26

DIE LETZTE SCHLACHT

Gameknight wollte auf Herobrine zugehen, wurde jedoch unverhofft zu Boden gestoßen und schlug hart mit dem Kopf auf. Es dauerte einen Augenblick, bis er begriff, was geschehen war.

Wurde ich angegriffen? Hat Herobrine etwas gemacht? Was ist los?

Als seine Verwirrung nachließ, stellte er fest, dass er unverletzt und bloß überrascht war. Er stand auf und sah eine stämmige Gestalt mit einer Eisenspitzhacke in den Händen auf Herobrine zurennen.

„Du wirst Gameknight999 nichts tun – das lasse ich nicht zu!", brüllte der NPC.

Da begriff Gameknight, wer das war: Stonecutter.

„Neiiiin!", schrie Gameknight, aber es war zu spät.

Stonecutter prallte gegen Herobrine, und der Schatten-Crafter in der Robe eines Holzfällers starrte den attackierenden NPC nur ungläubig an. Herobrine ging zu Boden und ließ Monet los, die zurück zu den NPCs rennen wollte. Aber Feyd teleportierte sich direkt vor sie, schlang die klammen Arme um sie und nahm sie mit zur Monsterarmee.

Gameknight war wie erstarrt vor Panik und konnte nur zusehen … und beten.

„Du willst dich also dem großen Herobrine stellen“, sagte der Schatten-Crafter. „Na, dann los.“

Herobrine griff den NPC mit seinem Diamantschwert an, aber Stonecutter war schneller als erwartet. Der NPC trat zur Seite, sodass die scharfe Klinge seine Schulter knapp verfehlte, wirbelte herum und rammte Herobrine seine Spitzhacke in den Rücken. Der Schatten-Crafter blinkte rot und machte ein erstauntes Gesicht. Dann drehte er sich um und attackierte Stonecutter erneut, rannte direkt auf den NPC zu, verschwand jedoch, bevor er ihn erreichte, und tauchte in seinem Rücken wieder auf. Herobrine stieß dem NPC das Schwert in den Oberkörper und zerfetzte Rüstung und Fleisch.

Stonecutter schrie auf und schlug mit ganzer Kraft nach seinem Gegner. Herobrine duckte sich unter der Spitzhacke durch, teleportierte sich auf Stonecutters ungeschützte Seite und stieß erneut zu. Der NPC kreischte vor Schmerzen und blinkte rot.

Als er sich umdrehte, hatte sich Herobrine längst erneut teleportiert. Stonecutter sah nach links und rechts und hielt die Spitzhacke bereit, bevor er Gameknight999 einen Blick zuwarf, der auf seinen Freund zugelaufen kam.

„Es tut mir so leid, ich konnte ihn nicht aufhalten“, rief Stonecutter dem Benutzer-der-kein-Benutzer-ist zu. „Ich habe versagt.“

„Nein, du hast nicht versagt“, erwiderte Gameknight. „Lauf einfach weg.“

Doch Stonecutter schüttelte den Kopf und weigerte sich, aufzugeben. Als er sich gerade umdrehte, ließ Herobrine sein Schwert herabfahren und nahm ihm die letzten Lebenspunkte. Herobrine lachte schallend, als Stonecutter verschwand und seine Habseligkeiten zu Boden fielen. Drei leuchtende Erfahrungskugeln schwebten neben seiner Spitzhacke. Ohne den herannahenden Benutzer-der-kein-Benutzer-ist aus den Augen zu lassen, trat Herobrine vor, sodass die Erfahrung in seinen Körper sickerte. Augenblicklich veränderte sich sein Erscheinungsbild und aus dem fremden Holzfäller wurde Gameknights Freund Stonecutter.

„NEIIIN!“, schrie der Benutzer-der-kein-Benutzer-ist.

„Oh, hallo, Gameknight999“, sagte Herobrine in Stonecutters tiefer Stimme. „Gefällt dir mein neuer Look?“

„Ich hasse dich!“, fauchte Gameknight.

„Ach herrje … Bist du etwa wütend?“, spottete Herobrine.

Gameknight starrte das Monster vor sich an, das genauso aussah wie Stonecutter.

Wie soll ich gegen meinen Freund kämpfen?

Der NPC vor ihm war das exakte Ebenbild seines Freundes … mit Ausnahme der Augen. Die leuchtenden Augen gehörten weiterhin Herobrine, und genau darauf musste sich Gameknight jetzt konzentrieren.

„Was ist los, Gameknight? Du bist ein bisschen blass um die Nase“, meinte Herobrine. „Vielleicht sollte ich noch eine Mauer bauen und meine Freunde und meine Familie erneut sterben lassen.“

Dann lachte er schallend.

„Halt den Mund!“, schrie Gameknight. „Lass die Finger von seinen Erinnerungen!“

„Ach, ist das herrlich. In diesem Körper kann ich dich ja noch besser quälen als zuvor.“ Herobrine grinste hämisch. „Wenn du ihn doch nur hier drin spüren könntest.“ Er deutete auf seinen Kopf. „Wie hieß er doch gleich? Ach ja, Stonecutter. Wenn du Stonecutters Qualen fühlen könntest, weil er es nicht geschafft hat, dich zu beschützen. Es ist wunderbar.“

Gameknight schrie auf und stürzte sich mit gezückten Schwertern auf seinen Feind. Sie trafen in der Mitte des Schlachtfelds wie zwei Titanen aufeinander, und Funken stoben durch die Luft, als ihre Schwerter gegeneinanderklirrten.

Sofort machte Gameknight einen Schritt zur Seite, stieß mit dem Eisenschwert nach Herobrines Beinen und dem Diamantschwert … Aber sein Gegner war nicht mehr da. Gameknight rollte sich ab und entging Herobrines Attacke nur um Haaresbreite.

Er wusste, dass er allein keine Chance gegen den Schatten-Crafter hatte und Hilfe brauchte. Da bemerkte er einen schlaksigen jungen NPC an der Barrikade, der völlig durchgeschwitzt zu sein schien, und machte einen Schritt auf den Jungen zu.

„Herder … JETZT!“

Der NPC nickte und verschwand. Wenige Augenblicke später war die Luft von Jaulen und Knurren erfüllt und einhundert Wölfe sprangen über die Mauer und rannten direkt auf Herobrine zu.

„Das ist dein Plan?“, fragte der Schatten-Crafter. „Du hetzt mir räudige Hunde auf den Hals? Ha, ha, ha.“

Herobrine zog lachend ein hellbraunes Ei mit dunkelbraunen Flecken hervor. Er warf es auf den Boden, und ein schwarz-weißer Hase erschien und hüpfte verspielt herum. Es folgten immer weitere Eier, bis der ganze Boden voller fluffiger Häschen war.

Als die Wölfe näher kamen, wurden sie von den Hasen abgelenkt und jagten den Tieren hinterher, anstatt Herobrine anzugreifen.

„Du Narr, Wölfe haben keine andere Wahl, als Hasen zu jagen", erklärte Herobrine. „Das Orakel hat sie mit diesem Fehler geschaffen. Sie war ebenso sorglos wie schwach. Als ich sie vernichtet habe, hat sie auf den Knien um ihr Leben gefleht, als wäre sie eines ihrer armseligen Schoßtiere."

„Das ist nicht wahr!", schrie Gameknight und griff erneut an.

Er schlug mit dem Diamantschwert nach Herobrine, aber der Schatten-Crafter verschwand. Instinktiv hob Gameknight sein Eisenschwert im Rücken und blockierte einen Angriff, der ihm sonst schwer geschadet hätte. Sofort wirbelte er herum und wollte Herobrine angreifen, bevor er wieder verschwand, war jedoch zu langsam.

Schmerz zuckte durch Gameknights Arm, als sich die Diamantklinge in sein Fleisch bohrte, und wieder verlor er Lebenspunkte.

Er drehte sich um und schlug nach dem Monster. Herobrine hob sein Schwert und wehrte den Angriff ab, war jedoch nicht schnell genug für Gameknights Eisenschwert, das sich zwischen seine Rippen bohrte, sodass er rot blinkte.

Herobrine schrie auf, jedoch eher vor Frust als vor Schmerzen, und teleportierte sich ein Stück weg. Seine Augen leuchteten jetzt so hell, dass Gameknight den Blick abwenden musste.

„Ich habe keine Lust mehr zu spielen, Benutzer-der-kein-Benutzer-ist“, kreischte Herobrine zornig. „Es wird Zeit, dass du erfährst, wozu ich wirklich fähig bin.“

Mit diesen Worten stürzte er vor und attackierte Gameknight mit dem Schwert. Der Schatten-Crafter bewegte sich schneller denn je. Gameknight rückte von ihm ab und verteidigte sich, schaffte es jedoch nicht, zum Gegenangriff überzugehen.

Auf einmal verschwand Herobrine und materialisierte sich direkt neben Gameknight. Er stach nach ihm, verschwand erneut, tauchte wieder auf und trieb sein Schwert in Gameknights Schulter. Innerhalb einer Sekunde griff Herobrine auf diese Weise unzählige Male an, als wäre er an allen Orten gleichzeitig. Gameknight versuchte, die Angriffe zu blocken, aber er konnte einfach nicht schnell genug reagieren.

Die Schmerzen wurden immer größer, je mehr

Wunden er erlitt. Gameknight sah seinen Arm rot blinken, als er ihn hob, dann traf Herobrine ihn am Rücken und zerstörte seine Diamantrüstung. Die schützende Panzerung fiel zu Boden, aber Herobrine griff immer wieder an, und Gameknight krümmte sich vor Pein und Angst. Erst, als der Benutzer-der-kein-Benutzer-ist kaum noch Lebenspunkte hatte, ließ der Schatten-Crafter von ihm ab. Gameknights Beine versagten, und er ging vor Herobrine zu Boden.

Einige seiner Gegenstände purzelten aus seinem Inventar, darunter das Buch der Weisheit, das aufging. Er starrte die verspiegelte Seite an und hatte den Eindruck, sein Spiegelbild würde ihn verspotten.

Verzweiflung überkam ihn.

Ist das das Ende?, fragte sich Gameknight. *Werde ich jetzt sterben?*

Er wusste, dass der Digitalisierer noch immer nicht funktionierte, aber er hätte ihn ohnehin nicht benutzt, da er Herobrine nicht in die physikalische Welt mitnehmen wollte. Das durfte auf gar keinen Fall passieren.

„Du scheinst in einer Zwickmühle zu sein." Herobrine blickte spöttisch auf seinen Feind hinab.

Gameknight sah zu der Barrikade und den NPCs hinüber und bemerkte Herder, der ihn entsetzt ansah.

Mit einem Mal wurde er ganz ruhig und wusste, dass der Augenblick gekommen war … Nun musste er das einsetzen, was er vom Orakel erhalten hatte. Da war er sich ganz sicher. Als er in sein Inventar griff und die Waffe herausnahm, hörte er die Musik von Minecraft lauter werden.

„Deine jämmerliche Musik kann ihm nicht mehr helfen, Orakel", sagte Herobrine und hob sein Schwert. „Er gehört mir!"

Gameknight hielt das rosafarbene Ei mit den dunklen Flecken in der Hand, das beinahe aussah, als würde es glühen. Er warf es seinem Feind entgegen, aber Herobrine trat rasch einen Schritt zurück und beobachtete misstrauisch, wie das Ei aufplatzte. Das, was daraus hervorkam, ließ beide stutzen: Es war ein Schwein. Ein kleines, harmloses Schwein, vermutlich die niederste und unbedeutendste aller Kreaturen.

Damit soll ich Herobrine besiegen?, dachte Gameknight.

Der dunkle Schatten-Crafter lachte, während Gameknights Hoffnungen zerplatzten. Herobrine trat neben das Schwein und hob das Schwert, um das unschuldige Geschöpf zu töten. Aber dann ließ er die Waffe sinken, hob das unbedeutende Tier auf und schleuderte es wie eine rosafarbene Rakete durch die

Luft. Als das Schwein am Boden aufkam, blinkte es rot und verschwand. An der Stelle blieben nur etwas Schweinefleisch und drei Erfahrungskugeln zurück.

Ein Schwein … Wie hätte mir ein Schwein helfen sollen?

Gameknight hätte das Orakel am liebsten angeschrien, weil er sich verraten fühlte, aber bevor er sich auch nur bewegen konnte, stand Herobrine über ihm und blickte mit bösem Grinsen auf ihn herab. Da wusste Gameknight999, dass sein letztes Stündlein geschlagen hatte.

KAPITEL 27
MONET113

„Du musst dich jetzt entscheiden“, sagte Herobrine. „Entweder gehst du durch das Tor des Lichts oder du stirbst.“

Gameknight sah das böse Monster an und wusste, dass er verloren hatte. Er war nicht clever genug gewesen, nicht stark genug, nicht gut genug, um Herobrine zu besiegen. Der bittere Geschmack des Versagens machte sich in ihm breit, aber es gab noch eine Sache, die er tun konnte.

„Ich werde dir niemals helfen, von diesen Servern zu entkommen“, erwiderte er und versuchte, entschlossen zu klingen, obwohl seine Stimme vor Furcht merklich zitterte. „Lieber sterbe ich, als dass ich dich durch das Tor des Lichts in die physische Welt lasse.“

„Wie du willst.“ Herobrine seufzte.

Er drehte sich kurz zu Monet113 um und blickte dann erneut auf Gameknight999 herab.

„Es wäre mir zwar lieber gewesen, von dir auf die Welt losgelassen zu werden, aber sei’s drum.“ Herobrine musterte Monet erneut. „Das kleine Mädchen ist garantiert nicht so dickköpfig wie du."

Gameknight musste lachen.

„Du hast ja keine Ahnung", meinte der Benutzer-der-kein-Benutzer-ist grinsend.

„Leb wohl, Gameknight999", sagte Herobrine und hob sein Schwert.

Da flogen zahlreiche Glasflaschen durch die Luft, die auf Gameknight999 und Feyd zielten. Gameknight bemerkte erst jetzt, dass Shawny einen hohen Turm gebaut hatte, auf dem sich mehrere Werfer befanden, die mit Redstone betrieben wurden und ihre Munition in rascher Folge abfeuerten.

Rings um Gameknight und Herobrine prallten Flaschen auf den Boden und bespritzten sie mit roter Flüssigkeit. Doch Gameknight ignorierte den Heiltrank, der ihn benetzte, und starrte zu den mit einer blauen Flüssigkeit gefüllten Flaschen hinüber, die inmitten der Endermen landeten. Die dunklen Kreaturen fingen sofort an zu zischen und zu qualmen, als das Wasser aus den Geschossen sie traf, und Feyd ließ seine Gefangene los.

Kaum hatte der König der Endermen sie nicht mehr in seiner Gewalt, rannte Monet zu ihrem Bruder. Im Laufen zückte sie ihren Bogen und feuerte auf

Herobrine. Da der Schatten-Crafter ihr den Rücken zugewandt hatte, bemerkte er es erst, als der erste Pfeil in seine Schulter eindrang. Als Herobrine sich umdrehte, rollte sich Gameknight auf die Seite und trat Herobrine so heftig in den Bauch, dass er nach hinten geschleudert wurde.

Gameknight sprang auf und stellte sich seinem Gegner voller Zorn, während Monet neben ihn trat und ihr Schwert zog.

„Ich dachte, du kannst vielleicht Hilfe gebrauchen", meinte sie.

Aber Gameknight hörte sie gar nicht. In ihm gab es nichts als unbändige Wut, jedoch nicht auf Herobrine, sondern auf das Orakel.

Du hast gesagt, das Buch der Weisheit würde mir zeigen, wo ich die Weisheit und den Mut finde, um mich Herobrine zu stellen, aber ich habe darin nur mich selbst gesehen.

Mit einem Mal blitzten Bilder ihrer vergangenen Abenteuer vor seinem inneren Auge auf: Monets Rettung aus der Zombiestadt, der Sieg über die Spinnenkönigin, die Flucht vor Xa-Tul im Wüstendorf, der Kampf gegen den Großen Wächter … All das hatte Mut und Weisheit erfordert. Und Gameknight hatte diese Charakterzüge in sich gefunden … Sie waren die ganze Zeit da gewesen. Dann konnte er das hier auch tun!

Da fielen ihm die Worte des Großen Wächters wieder ein.

Manchmal ist die Lektion die Reise und nicht das Ziel.

Im Ozeanmonument war es nie darum gegangen, den Wächter zu besiegen; vielmehr hatte er herausfinden müssen, wie er das mithilfe seiner Freunde bewerkstelligen konnte. Die wahre Lektion lautete, dass man stärker ist, wenn man mit anderen zusammenarbeitet … Das war alles, was er wissen musste.

„HUNTER, SCHIESST PFEILE UM UNS HERUM AB. ALLE BOGENSCHÜTZEN MÜSSEN SO SCHIESSEN, DASS HEROBRINE IN UNSERER NÄHE BLEIBT!", brüllte Gameknight.

Er hatte es kaum gerufen, da kam auch schon ein Pfeilhagel vom Himmel, der Herobrine dazu zwang, sich in der Nähe der Geschwister aufzuhalten.

Gameknight trat neben Monet. Anstatt Herobrine jedoch anzugreifen, konzentrierte er sich darauf, sich und seine Schwester zu verteidigen. Monet bemerkte es und ging sofort in die Offensive. Als Herobrine eine ihrer Attacken abwehrte, schlug Gameknight gegen die Rüstung des Schatten-Crafters, die einen Riss bekam.

Gemeinsam wehrten sie Herobrines Angriffe ab, aber er war immer noch zu schnell und verletzte sie wieder und wieder. Während sie einander umkreisten, bemerkte der Benutzer-der-kein-Benutzer-ist die Stelle, an der das Schwein gelandet war und an der die drei leuchtenden Erfahrungskugeln schwebten … und er fing an zu lachen.

Endlich hatte er begriffen, welche Waffe ihm das Orakel mit dem Ei überlassen hatte … und sie war perfekt.

„HERDER … ICH BRAUCHE DICH!", schrie Gameknight.

„Ich habe keine Wölfe mehr", erwiderte der Junge.

„Keine Wölfe … Schweine", rief Gameknight.

Er hörte die verwirrten Rufe der NPCs von den Mauern, wusste aber auch, dass Herder seinen Befehl nicht infrage stellen würde.

Schon war das Grunzen von fünfzig Schweinen zu hören. Gameknight wehrte gerade einen Schlag von Herobrine ab und wagte einen Blick nach hinten. Herder kam auf einem gesattelten Schwein angeritten, dem er an einer langen Angel eine Karotte vor die Nase hielt, um es zum Rennen zu bewegen. Hinter ihm folgte eine ganze Schweineherde, die ebenfalls hinter dem leckeren Gemüse her war.

Als Herder auf einige Blöcke herangekommen war, fing er an, Herobrine mit Karotten zu bewerfen. Kurz darauf war aus dem Dorf Gejohle zu hören, da die Schweine weiterstürmten, um an die Karotten zu gelangen. Es fiel Herobrine immer schwerer, Gameknight und Monet anzugreifen, da ihm die Schweine im Weg standen, und er wurde zunehmend frustrierter.

„Stonecutter, falls du mich hörst … Ich brauche dich“, rief Gameknight Herobrine zu.

Der böse Schatten-Crafter drehte sich zu Gameknight um und wollte schon etwas sagen, doch dann leuchteten seine Augen auf einmal nicht mehr so hell. Herobrine hörte auf zu kämpfen und stand einfach nur da. Der Benutzer-der-kein-Benutzer-ist konnte erkennen, dass sich im Körper des Schatten-Crafters ein Kampf abspielte, da das Licht seiner Augen immer wieder heller und dunkler wurde. Irgendwann verblasste es ganz und seine Augen wurden steingrau.

„Greif die Schweine an, Stonecutter … Schnell!“

Stonecutter musterte Gameknight verwirrt.

„TU ES EINFACH!“

Stonecutter hob Herobrines Schwert und attackierte ein Schwein. Das Tier quiekte, war jedoch nicht schnell genug, um dem zweiten Schlag zu entkommen. Es verschwand mit einem Ploppen, als seine Gesundheit aufgebraucht war, und hinterließ Schweinefleisch und drei leuchtende Erfahrungskugeln.

Plötzlich leuchteten Stonecutters Augen wieder heller, als Herobrine erneut die Kontrolle übernahm, doch es war zu spät. Die Erfahrungskugeln bewegten sich bereits auf den Schatten-Crafter zu. Gameknight bewegte sich zwischen den Schweinen hindurch und schubste Herobrine von hinten in die Kugeln.

Als die Erfahrung in seinen Körper eindrang, kreischte der Schatten-Crafter auf.

„*NEIIIIN!*“, schrie er, doch sein Körper veränderte sich bereits und nahm die Gestalt seines letzten Opfers an. Dieses Mal war es kein NPC, sondern die niederste und unbedeutendste Kreatur … ein Schwein.

Herobrine ließ sein Schwert fallen und landete auf allen vieren am Boden.

„Nein … nein … neiiiin!“, kreischte der böse Schatten-Crafter. „Jemand muss mir helfen!“

Aber seine Stimme wurde bereits höher und schriller, bis sie klang wie …

Sein Körper fiel in sich zusammen, und Stonecutters graue Robe nahm einen sanften Rosaton an. Die muskulösen Arme und Beine schrumpften und wurden zu Schweinebeinen, und sein Kopf wurde zu einem kleinen rosigen Würfel.

Dann war es vollbracht … Herobrine war im Körper eines Schweins gefangen.

Bevor Gameknight etwas unternehmen konnte, stand Digger vor ihm und türmte rings um das Schwein Bruchsteinblöcke auf. Die Augen des Tiers leuchteten hell, und darin schimmerte unbändiger Hass auf Gameknight999, aber Digger ignorierte das Schwein, das nur Sekunden später von Mauern umgeben war.

Sie hatten Herobrine in ihrer Gewalt.

KAPITEL 28
GEMEINSAMKEITEN

Nach Herobrines Gefangennahme brach unter den Monstern Panik aus. Die Zombies stöhnten traurig auf. Die Skelette klapperten nervös mit den Knochen. Die Lohen flackerten unsicher und atmeten noch lauter. Nur die Endermen wirkten ungerührt und starrten das steinerne Gehege hasserfüllt an.

In diesem Augenblick betraten die bemalten Zombies erneut das Schlachtfeld und umringten Gameknight, Digger und Monet. Sie starrten die anderen Monster an, während die Eisengolems ebenfalls vortraten und den Boden zum Beben brachten.

Als sich die Benutzer neben die Metallriesen stellten, trat Ba-Jin vor die vier Reiter. Gameknight hielt unter den Benutzern Ausschau nach Shawny. Er entdeckte Honey-Don't und Zefos, die noch die Waffen in den Händen hatten und grimmige Mienen zur Schau stellten. Dann war Gameknight von Lowpixel, dem großen Kartografen, seinem alten Freund AttackMoose52 und Disko42, dem Redstone-Meister, umringt. Er sah zahlreiche Freunde, die auf den Stufen zur Quelle gekämpft hatten und nun auch hier erschienen waren, und fühlte sich unglaublich gesegnet, weil er solche Freunde hatte. Wer hätte gedacht, dass Gameknight999, der ehemalige selbsternannte König der Griefer, so viele Benutzer dazu bringen konnte, ihm zu helfen? Er wollte gerade das Wort ergreifen, doch jemand kam ihm zuvor.

„Herobrine hat euch benutzt, weil er aus Minecraft entkommen wollte“, rief Ba-Jin den Monstern zu. „Er hatte nicht vor, hier irgendetwas zu ändern.“ Sie deutete auf die Sonne. „Die Sonne hätte weiter geschienen, und wir wären weiterhin auf unsere Gesundheitsbrunnen angewiesen gewesen. Alles wäre gleich geblieben, bis auf die Leben jener, die in dieser Schlacht gefallen wären.“

Sie machte einen Schritt auf Xa-Tul zu, dem sie nun näher war als ihren Leuten. Gameknight lief zu ihr und zückte beide Schwerter.

„Keiner hat etwas davon, wenn dieser Kampf fortgesetzt wird“, sagte sie zum Zombiekönig und wandte sich dann an alle Monster. „Geht nach Hause, kümmert euch um eure Kinder und eure Gemeinden und lebt in Frieden. Die letzte Schlacht ist vorbei.“ Sie ließ den Blick über das Schlachtfeld und die vielen herumschwebenden Gegenstände und Erfahrungskugeln schweifen. „Heute gibt es keinen Sieger … Wir alle haben verloren. Seht nur, wie viele für Herobrines hasserfüllten Wahnsinn sterben mussten."

Ba-Jin reckte langsam eine Hand mit ausgestreckten Klauen in die Luft und stieß einen schrillen Schrei aus.

„Jenen, die für den Clan gestorben sind, erweisen wir die letzte Ehre."

Viele der Zombies hinter Xa-Tul musterten das junge Mädchen und die Gegenstände und das Zombiefleisch auf dem Schlachtfeld. Nach und nach wurden grüne Zombiehände in die Höhe gereckt.

Viele der NPCs sahen es und hoben ebenfalls die Hand mit ausgestreckten Fingern.

Dann legten die Zombies gleichzeitig die Köpfe in den Nacken und stöhnten so traurig, dass Gameknight die Tränen kamen. Er sah, dass viele der verwesenden Monster um Freunde und Familienangehörige weinten, ebenso wie zahlreiche NPCs.

„Zum Wohle des Clans", rief einer der Zombies, doch sein Ruf wurde nicht aufgenommen. Nichts von dem, was an diesem Tag geschehen war, hatte dem Wohl des Clans gedient, sondern nur Herobrine, was jetzt allen bewusst wurde.

Die Zombies ließen die Hände sinken und sahen

sich ungläubig um. Schließlich richteten sich alle Blicke auf ihren König. Gameknight erkannte, dass sie Xa-Tul dafür verabscheuten, dass er sie hierhergebracht und dass er den unnützen Tod vieler Monster zugelassen hatte. Einige Zombies verließen die Formation und kehrten durch das Portal nach Hause zurück.

„Nein!“, protestierte Xa-Tul. „Der Krieg ist noch nicht vorbei.“

Ba-Jin machte noch einen Schritt und starrte den Zombiekönig herausfordernd an. Gameknight blieb dicht hinter ihr stehen.

„Er ist vorbei“, sagte das Zombiemädchen und wandte den vier Reitern furchtlos den Rücken zu.

„NEIN!“, schrie Xa-Tul, aber keiner der Zombies hörte auf ihn.

Ba-Jins Tapferkeit löste etwas in den Zombies aus, das sie seit langer Zeit nicht mehr gespürt hatten ... Respekt. Sie empfanden Hochachtung vor diesem Mädchen. Zuerst gingen nur ein paar durch das Portal, dann ganze Gruppen, schließlich verschwanden alle und kehrten in ihre Zombiestädte zurück.

Die Skelette hatten die unzähligen weißen Knochen auf dem Schlachtfeld ebenfalls wahrgenommen. Es waren so viele, dass man sie nicht einmal zählen konnte. Viele stellten ihrem Anführer Fragen, aber Reaper ignorierte sie und brüllte Befehle.

„Macht euch bereit zum Angriff!", befahl der Skelettkönig. „Wir kämpfen bis zum Ende!"

Die Knochenmonster betrachteten ihren König voller Abscheu und folgten dem Beispiel der Zombies. In großen Gruppen verschwanden sie durch das blassgelbe Portal und ignorierten Reapers Befehl, die letzte Schlacht fortzusetzen.

Nachdem die Monster der Oberwelt das Schlachtfeld verlassen hatten, wurde den Lohen klar, dass sich das Blatt drastisch gewendet hatte. Sie waren nun in der Unterzahl und wollten nicht gleichzeitig gegen die Benutzer mit ihren Schneebällen und die Eisengolems kämpfen. Daher ignorierten auch sie Charybdis' gekeuchte Anweisungen und wanderten durch das Portal zurück in ihren herrlich warmen und verrauchten Nether.

Als Letztes gingen die Endermen. Ihre hasserfüllten Blicke waren weiterhin auf den Benutzer-der-kein-Benutzer-ist gerichtet, doch der nahm sie gar nicht zur Kenntnis. Eigentlich würdigte niemand die dunklen Monster eines Blickes, um sie nicht zu verärgern. Doch sie waren nur dann in der Lage zu kämpfen … Ließ man sie in Ruhe, waren sie zur

Untätigkeit verdammt. Das sah ihre Programmierung nun einmal vor.

Da sich ihnen hier kein Kampf mehr bieten würde, teleportierten sich die Endermen zurück ins Ende. Innerhalb von Sekunden war von ihnen nichts als eine Wolke lilafarbener Teleportpartikel mehr übrig.

Dank Ba-Jins Mut waren nun nur noch die vier Reiter anwesend, deren Apokalypse sich in Frieden verwandelt hatte. Die bösen Kreaturen blickten zornig auf Gameknight999 herab, der jedoch nicht zurückwich. Vielmehr sah er sie unerschrocken an, denn er kannte nun das Geheimnis, wie man Großes erreichen und eine unmögliche Verantwortung schultern konnte: Man ließ sich helfen, weil schließlich niemand wirklich allein war.

„Eure Armeen haben euch verlassen", sagte Gameknight. „Euer Anführer Herobrine hat euch angelogen, und er wurde besiegt. Ihr habt nun die Wahl, ob ihr ein für alle Mal verschwinden oder gegen uns kämpfen und vernichtet werden wollt."

Charybdis musste nicht lange nachdenken. Er wendete sein Flammenpferd und ritt durch das Portal zurück in den Nether. Reaper machte es ihm nach und lenkte sein Ross durch das blassgelbe Portal zurück in seine Skelettstadt.

Somit waren nur noch Xa-Tul und Feyd übrig.

Gameknight trat vor und starrte den König der Zombies an.

„Wie sieht es aus, Zombie?", erkundigte sich der Benutzer-der-kein-Benutzer-ist. „Verschwindest du oder tanzen wir noch einmal?"

Plötzlich stand ein Benutzer namens Sky neben Gameknight, dicht gefolgt von AntPoison. Ihre Diamantschwerter funkelten im Sonnenlicht und ließen Lichtflecken vor Xa-Tuls Füßen tanzen.

Der Zombiekönig knurrte und hielt auf das Portal zu. Bevor er jedoch hindurchritt, drehte er sich ein letztes Mal zum Benutzer-der-kein-Benutzer-ist um und starrte ihn voller Bitterkeit und Rachsucht an.

„Xa-Tul und Gameknight999 werden sich wiedersehen", knurrte er und verschwand durch das Portal.

„Dann bleibst nur noch du übrig, Enderman", stellte Gameknight fest.

„Du hast meinen Vorgänger Erebus getötet und beleidigst alle Endermen mit deiner Anwesenheit in Minecraft", kreischte Feyd mit seiner schrillen Stimme. „Diese Sache ist noch nicht vorbei, Benutzer-der-kein-Benutzer-ist. Deine Zeit wird kommen!" Der König der Endermen deutete auf alle Benutzer und NPCs. „Ihr alle werdet es eines Tages bereuen, dass ihr euch mit Feyd, dem König der Endermen, angelegt habt. Wir werden unsere Rache bekommen und euch leiden lassen."

GeneralSprinkles, einer der Benutzer, lachte auf, und nach und nach fielen immer mehr ein und amüsierten sich über die Rede des Endermans. Feyd starrte Sprinkles mit leuchtenden roten Augen an und hinterließ eine Wolke aus lilafarbenen Teleportpartikeln, die sich rasch auflöste.

Ein weiterer Benutzer namens Mumbo kam angerannt und zerbrach schnell einen Block an jedem Portal, woraufhin die schimmernden Felder innerhalb der Obsidianringe dunkel wurden und verschwanden. Dann drehte sich der Benutzer zu Gameknight um, winkte ihm zu und meldete sich vom Server ab, was ihm die anderen nachtaten.

Der Benutzer-der-kein-Benutzer-ist seufzte erleichtert auf, blickte auf Ba-Jin hinab und stellte fest, dass das Zombiemädchen ihn anlächelte. Gameknight bewunderte ihre Tapferkeit und ihre Weisheit. Sie hatte es geschafft, das Blatt zu wenden und weiteres Töten zu verhindern, indem sie sich der Gewalt verweigert hatte … bemerkenswert. Und all das hatte mit einer zarten Blume begonnen, die man auf ihr T-Shirt gemalt hatte. Gameknights Schwester hatte diese Veränderung mit ihrer Kunst und ihrer Liebe zur Schönheit in allen Formen herbeigeführt. Monet war tatsächlich für einigen Ärger in der Zombiestadt verantwortlich, denn ihre Taten hatten eine ganze Spezies verändert.

Auf einmal schlang Monet die Arme um Gameknight und drückte ihn fest.

„Ich wusste, dass du es schaffst", sagte sie aufgeregt und wischte sich die Tränen weg.

„Das war ich nicht allein ... Das waren wir alle", korrigierte er sie und deutete auf die NPCs, die bemalten Zombies und die Eisengolems. „Das wollte mich das Orakel lehren: Allein sind wir schwach, aber gemeinsam sind wir stark."

Das Orakel scheint sehr weise zu sein, sagte jemand in seinem Kopf.

Bist du das, Shawny?, dachte Gameknight, dessen Worte im Chat-Fenster erschienen.

Nein, ich bin's, dein Dad.

„Dad?!", sagte Gameknight laut.

„DAD?!", brüllte Monet. „Er ist wieder da?"

Gameknight nickte. *Was machst du denn im Chat?*

Ich bin früher nach Hause gekommen und habe Shawny in unserem Keller angetroffen, erwiderte sein Vater. *Shawny hat mir erklärt, was mit dem Digitalisierer los ist, und ich habe ihn repariert. Ich bin sehr enttäuscht, dass du daran herumgespielt hast.*

Ich war das nicht, das war Jenny!, protestierte Gameknight. *Ich habe nur getan, was du mir aufgetragen hast, und auf meine Schwester aufgepasst.*

Na, das besprechen wir, wenn ihr wieder zu Hause seid. Kann es losgehen?

Einen Moment noch, okay? Ich muss hier noch was erledigen.

Sein Vater antwortete erst nach einigen Sekunden.

Okay.

„Super", sagte Gameknight.

Die anderen sahen ihn verwirrt an, aber das war ihm egal.

Gameknight ging zum König der Golems. Der Riese blickte nicht besonders freundlich auf ihn herab.

„Vielen Dank." Gameknight verbeugte sich. „Die Eisengolems haben uns ein weiteres Mal geholfen, Minecraft zu retten. Alle werden von eurer Tapferkeit und eurer Macht erfahren."

„Wir sind stets zur Stelle, um die Dorfbewohner zu schützen", entgegnete der König und führte die anderen Golems zurück in den Wald, wobei ihre donnernden Schritte immer leiser wurden, bis man sie irgendwann nicht mehr hören konnte.

Gameknight ging zu den bemalten Zombies, die Ba-Jin soeben gratulierten. In der Nähe sah er Hunter neben Crafter stehen, die die grünen Kreaturen misstrauisch musterte. Der Benutzer-der-kein-Benutzer-ist nahm Hunters Hand und zog sie mit sich zu Ba-Jin.

„Vielen Dank für eure Hilfe, Ba-Jin“, begann Gameknight. „Aber das war noch nicht die letzte Herausforderung. Wir müssen einen Weg finden, wie NPCs und Zombies in Frieden zusammenleben können.“

Ba-Jin und Hunter musterten einander.

„Ihr habt auch eine Ehrbezeugung für die Toten?“, fragte Hunter überrascht.

„Wir nennen es Würdigung des Opfers.“

„Niemand hätte sterben oder geopfert werden müssen, weil wir einander hassen“, sagte jemand.

Gameknight drehte sich zu Stitcher um, die auf sie zukam.

„Wir haben viel gemeinsam“, erkannte Stitcher, in deren Stimme Stärke mitschwang. „Aber wir müssen mehr über einander lernen, damit wir die Gemeinsamkeiten erkennen. Dann müssen wir uns nicht mehr töten, sondern können in Frieden zusammenleben.“

Hunter sah erst Ba-Jin und dann die Armee aus bemalten Zombies an. Sie nickte dem Zombiemädchen zu, wobei ihre roten Locken wippten. Ba-Jin streckte eine klauenbewehrte Hand aus und berührte lächelnd Hunters Haar.

„Deine Haare sind wunderschön“, sagte sie. „Ich werde sie malen, sobald ich zurück in der Zombiestadt bin.“

„Vielleicht kann ich mir das Bild ja irgendwann mal ansehen“, meinte Hunter.

Ba-Jin lächelte sie an.

„Es wird Zeit, nach Hause zu gehen.“ Der Zombie drehte sich zu Monet113 um. „Werde ich dich wiedersehen?“

„Auf jeden Fall“, versprach Monet.

Ba-Jin lächelte noch einmal, wobei man ihre scharfen, zackigen Zähne sehen konnte. Sie hob eine Hand über den Kopf und führte ihre Armee zurück in den Wald und zu den Höhlen, in denen sich ihr Portal befand.

Gameknight sah sich unvermittelt Crafter und Digger gegenüber.

„Ich wusste, dass uns der Benutzer-der-kein-Benutzer-ist nicht enttäuscht“, erklärte Crafter laut.

Die NPCs hinter der Barrikade jubelten, und viele hatten einen Erd- oder Steinblock in der Hand. Sie kamen zu dem Bruchsteinwürfel, in dem Herobrine festgehalten wurde, und legten die Blöcke auf das Gefängnis, als wollten sie ihren Teil dazu beitragen, dass er nie wieder freikommen konnte.

„Was machen wir mit ihm?“, fragte Gameknight und deutete auf die Blöcke.

„Wir werden jedes Jahr in diesem Dorf ein Fest feiern“, bestimmte Crafter. „NPCs werden aus allen Winkeln angereist kommen, um einen Block auf das Grab des bösen Herobrine zu legen, und wir alle werden dafür sorgen, dass er für immer hier in seiner Schweinegestalt festgehalten wird.“

Gameknight trat zu dem Berg, der bereits vier Blöcke hoch war, und legte eine Hand auf den kalten Stein. Er dachte an Stonecutter und wie viel der NPC geopfert hatte, um ihn zu beschützen. Herobrine hätte Gameknight garantiert besiegt, wäre der NPC nicht stark genug gewesen, sich dem üblen Schatten-Crafter zu widersetzen. Tatsächlich hatte er dadurch alle gerettet.

„Ich werde dich nie vergessen, Stonecutter“, sagte Gameknight und drehte sich dann zu seiner Schwester um.

„Es ist Zeit, nach Hause zu gehen, Jenny.“

KAPITEL 29

NACH HAUSE

Gameknight legte einen Arm um Monet113.

„Ob du es glaubst oder nicht, ich bin froh, dass ich dir nach Minecraft folgen musste", gestand Gameknight. „Wer weiß, was passiert wäre, wenn wir nicht hier gewesen wären."

„Wahrscheinlich hätte Herobrine Minecraft übernommen und uns alle vernichtet", mutmaßte Crafter. „Wir brauchten den Benutzer-der-kein-Benutzer-ist, damit er uns alle zusammenbringt und wir als Einheit auftreten konnten."

„Und wäre Monet113 nicht nach Minecraft gekommen, hätten uns die bemalten Zombies nicht geholfen", warf Stitcher ein. „Dank ihrer Kunst werden NPCs und Zombies nun zum ersten Mal überhaupt zusammenarbeiten … Vielleicht entsteht daraus sogar ein dauerhafter Frieden."

„Das hoffe ich", erwiderte Monet. „Aber beim nächsten Mal werde ich …"

Plötzlich war Monet113 von einem grellen Licht umgeben. Gameknight hatte das Gefühl, in die Sonne zu sehen, und er musste einige Schritte zurückgehen und den Blick abwenden. Als das Licht verblasste, war Monet verschwunden.

Geht es ihr gut, Dad?

Alles bestens, erwiderte sein Vater. *Jetzt bist du an der Reihe.*

Gameknight sah seine Freunde an und spürte, wie ihm kleine eckige Tränen über die Wangen liefen. Er war so traurig. Sie waren seine Freunde – seine Familie –, und er ließ sie nur ungern zurück. Aber er wusste auch, dass er in die physische Welt gehörte und zu seiner richtigen Familie … nach Hause. Er musste gehen.

„Ich werde euch vermissen", gab er mit erstickter Stimme zu. „Aber ich komme euch besuchen … und warte damit nicht so lange wie beim letzten Mal."

„Versprochen?", fragte Stitcher.

Gameknight nickte, und das Mädchen lächelte und kam weinend angelaufen, um ihn fest in den Arm zu nehmen. Plötzlich wurde Gameknight umgerannt und zu Boden geworfen. Topper und Filler umarmten ihn, so fest sie konnten.

„Du darfst nicht gehen", jammerte Topper.

„Ja, du musst bleiben", erklärte Filler mit tränenerstickter Stimme.

„Tut mir leid, Kinder, aber meine Welt ist da draußen in der physischen Welt. Aber ich komme euch besuchen … Versprochen."

„Versprochen? Wirklich?", hakte Filler nach.

Gameknight nickte, rappelte sich auf und half den Zwillingen beim Aufstehen.

„Ich komme wieder", versprach der Benutzer-der-kein-Benutzer-ist. „Jemand muss doch dafür sorgen, dass ihr keine Schwierigkeiten macht, und da ich derjenige bin, der in Minecraft schon die meisten Regeln gebrochen hat, weiß ich ganz genau, was ihr vorhabt."

Die Kinder liefen kichernd zu ihrem Vater Digger, der nun ebenfalls nähertrat. Der große NPC legte Gameknight eine muskulöse Hand auf die Schulter.

„Anfangs waren wir Feinde, Gameknight999", sagte Digger, und Gameknight ließ den Kopf hängen. Aber Digger legte ihm eine Hand unter das Kinn und zwang ihn, ihm in die Augen zu sehen. „Aber jetzt sind wir wie Brüder … Wir sind eine Familie … Und in einer Familie passt man immer aufeinander auf, nicht wahr?"

„Genau", bestätigte Gameknight.

Er drehte sich zu Hunter um, in deren Augen Tränen schimmerten, und grinste sie an.

„Halt die Klappe", fauchte Hunter und wischte sich die Wangen ab.

„Ich hoffe, du hast Frieden gefunden, Hunter."

Sie sah ihn lächelnd an und nickte.

„Vielleicht", antwortete sie. „Diese neuen Zombies … Möglicherweise haben wir ja mehr gemeinsam, als ich dachte … Jedenfalls will ich nicht, dass sie vernichtet werden. Ich werde versuchen, meine Rache zu vergessen und einfach mein Leben zu genießen."

Gameknight schenkte ihr ein Lächeln, das sie erwiderte.

Danach wandte sich der Benutzer-der-kein-Benutzer-ist an Crafter, seinen ältesten Freund in Minecraft.

„Kommt ihr zurecht?", erkundigte sich Gameknight.

„Ich denke schon", erwiderte Crafter. „Wir fahren mit den Loren zurück in unser Dorf. Es könnte eine Weile dauern, aber da wir nicht mehr von Monsterarmeen gejagt werden, können wir uns zur Abwechslung Zeit lassen."

Der junge NPC legte Gameknight eine Hand auf die Schulter und sah ihn mit seinen großen blauen Augen an.

„Ich wünsche dir Frieden, Benutzer-der-kein-Benutzer-ist."

„Ich dir auch, Crafter.“

Ein sanftes Glühen umfing Gameknight, und Crafter machte einen Schritt nach hinten und winkte ihm zu. Dann winkten alle NPCs. Als das Leuchten heller wurde, setzte die Musik von Minecraft ein und Gameknight hatte die Stimme des Orakels im Ohr.

Nimm das, was du in Minecraft gelernt hat, mit in die physische Welt, sagte sie, während die Musik noch lauter wurde. *Du bist deutlich gewachsen, musst aber noch immer viel lernen.*

Danke für alles, Orakel, dachte Gameknight. *Ich werde deine Lektionen nie vergessen.*

Das ist alles, was ich mir erhoffe, erwiderte sie.

Die Musik von Minecraft schwoll immer weiter an, und dann gab das Orakel Gameknight999 noch eine letzte Botschaft mit auf den Weg, bevor er aus Minecraft verschwand.

Stell dir vor, was du erreichen kannst … und dann tu es!

MINECRAFT-SEEDS

Kapitel 2
Pilzland-Seed: -1709377804482683860

Kapitel 3
Vergrabener Wüstentempel: 12644172425695081l6
Wüstentempel an der Oberfläche: 1766653575
x: -223
y: 66
z: 91
Großer Wüsten-Seed im Westen:
-9065479248748140566

Kapitel 7
Birkenwald und Grasland: -2472569073260569022
Eisebene: 5855666058316996616
Sumpf und Hexenhütte: 2020
Tafelberge: 7500265628670811614
Dichter Wald: 3145708
Dschungel: 2835344613182623992

Kapitel 8
Riesige Zombiestadt-Höhle: -7724690690182843954
x: -774
y: 83
z: 628

Kapitel 10
Wüstendorfbewohner-Seed: -9065479248748140566
x: -412
y: 83
z: 106

x: 1556
y: 79
z: -456

Kapitel 17
Fischerdorf: 3066265633229975217

Kapitel 20
Ozeanmonument: 5345405787186960689
x: -281
y: 61
z: 151

VORSCHAU AUF „CRAFTER IN GEFAHR“

Augenblicklich stieg ihm der muffige Geruch der uralten Festung in die Nase und ließ Gameknight erkennen, wie zeitlos dieses Gemäuer war. Das Bauwerk musste das älteste sein, das er je betreten hatte, und es schien aus der ersten Version von Minecraft zu stammen … aus der Pre-Alpha oder einer noch früheren.

Er atmete erneut ein und spürte ein Kribbeln in der Nase. Sofort musste Gameknight daran denken, wann er das letzte Mal hier gewesen war. Beinahe konnte er das Aufbrechen der Blöcke hören, in denen die kleinen Monster gelauert hatten. Als er diese heiligen Hallen zuletzt betreten hatte, war er aus der Bibliothek und durch die Festung gejagt worden, und nicht alle seiner Begleiter hatten es geschafft.

Und nun war er wieder hier.

Gameknight musterte seine Freunde und fragte sich, ob dieser Besuch ähnlich enden würde.

Werden sie alle das Tageslicht wiedersehen?

Eine laute Explosion über ihren Köpfen ließ die

Wände und die Decke erbeben und Staub herabrieseln. Gameknights TNT hatte den Eingang hinter ihnen versiegelt.

„Das sollte sie eine Weile aufhalten", meinte der Benutzer-der-kein-Benutzer-ist und wandte sich an seinen Vater, nachdem sich der Staub ein wenig gelegt hatte. „Das war eben ganz schön peinlich, Dad ... Dass du dein Holzschwert gezogen und dann fallen gelassen hast."

„Nein, ich habe die Monster absichtlich abgelenkt, damit wir unbemerkt hier reingehen können", erwiderte Monkeypants. „Wie heißt es doch so schön? ‚Krieg basiert immer auf Täuschung.' Genau das habe ich diesen Zombies gerade beigebracht."

Hunter grinste Gameknight an, und ihr verzauberter Bogen tauchte den Korridor in helles Licht und ließ Schatten über die Wände tanzen.

Er blickte den Gang entlang und sah die Fackeln an den Wänden, die sie beim letzten Mal dort platziert hatten. Am Eingang waren die braun gefleckten Seelensandblöcke zu erkennen, mit denen Crafter verhindert hatte, dass die Silberfischchen die Festung verlassen konnten.

DER SCHWARM!

„Seid in der Nähe der Blöcke ja vorsichtig", ermahnte Gameknight die anderen. „In einigen sind Silberfischchen verborgen, und hier unten gibt es Hunderte, wenn nicht gar Tausende davon."

„Hmm", knurrte Digger. „Genau. Und Creeper müssen zerstört werden, bevor sie explodieren können. Ich möchte den Schwarm eigentlich nicht noch einmal zu sehen bekommen. Beim letzten Mal haben wir es nur mit Mühe und Not lebend hier rausgeschafft."

„Was?!", fragte Monkeypants. „Mit Mühe und Not? Sollte ich da irgendwas wissen, Junge?"

Als er auf seinen Sohn zuging, trat er auf einen der braun gefleckten Blöcke und kam auf einmal nur noch sehr langsam voran.

„Was ist denn los? Was ist das für ein Zeug?", fragte sein Vater.

„Ja, da gibt es etwas, das du wissen solltest", sagte Hunter grinsend. „Tritt nicht auf Seelensand … Dadurch wird man SEHR langsam!"

Sie wandte sich ab und marschierte lachend durch den Korridor.

„Ich kundschafte schon mal alles aus", rief sie über die Schulter, und Stitcher lief ihr schnell hinterher.

„Okay, der Plan sieht folgendermaßen aus", setzte Gameknight an, während sich Monkeypants noch immer aus dem Seelensand zu befreien versuchte. „Der Brunnenraum liegt auf der rechten Seite in der Richtung, in die Hunter gegangen ist. Solange wir die Fackeln immer zu unserer Rechten haben, kommen wir dort an. Irgendwo in der Nähe des Brunnens befindet sich der Portalraum, aber wir müssen uns vorsehen … Hier laufen überall Monster herum, mit denen nicht zu spaßen ist."

„Monster … Hier unten in diesen dunklen Gängen? Wie soll man die denn sehen?", fragte Monkeypants.

„Man sieht sie, wenn sie einen angreifen", entgegnete Digger.

Das Schwein in Herders Armen quiekte leise, doch sie hatten ihm ein Seil ums Maul gewickelt, damit es keine lauten Geräusche von sich geben konnte. Herder setzte das Tier vorsichtig auf den Boden, behielt das Seil jedoch fest in der Hand. Instinktiv versuchte das rosafarbene Schwein, die Flucht zu ergreifen und in die entgegengesetzte Richtung davonzulaufen. Aber der schlaksige NPC zog das Seil stramm und zwang das Tier, immer dicht neben ihm zu bleiben. Herobrine wirbelte herum, um den Jungen ins Bein zu beißen, bekam das Maul dafür jedoch nicht weit genug auf.

Gameknight grinste, kniete sich hin und sah Herobrine in die leuchtenden Augen.

„Bist wohl nicht mehr so mächtig wie früher, was?“, spottete der Benutzer-der-kein-Benutzer-ist.

Über ihren Köpfen war das Knurren von Zombies zu hören.

„Wir müssen weiter“, drängte Digger und legte sich seine große Spitzhacke auf die Schulter.

„Ja … Dad, bleib dicht bei mir. Die Zombies da oben werden uns dicht auf den Fersen bleiben. Also gehen wir.“

Bevor Gameknight den ersten Schritt machen konnte, rannte Grasbrin in die andere Richtung und platzierte einige Erdblöcke am Rand des flackernden Fackellichts am Boden. Er bohrte die Hände in die braunen Blöcke und ließ etwas Gras sprießen … Die Halme wuchsen dick und gesund nach oben und versperrten den Weg. Zufrieden mit seinem Werk zog Grasbrin die Hände wieder heraus und kehrte zu seinen Gefährten zurück.

„Sieee werden denkeeen, wir wääären daaa laaang gegangeeen“, sagte Grasbrin in seinem typischen Singsang.

„Perfekt!“, rief Gameknight.

„Kommt ihr jetzt oder wollt ihr da Wurzeln schlagen?“, rief eine sarkastische Stimme aus der Dunkelheit.

„Wir kommen ja schon!“, brüllte Gameknight und zog seine beiden Schwerter.

Sie liefen durch die finsteren Gänge der Festung, bewegten sich von einer Fackel zur nächsten und achteten immer darauf, diese auf der rechten Seite zu haben. Gameknight konnte Hunters Schritte weit vor ihnen hören. Gelegentlich blieb sie stehen und das Sirren ihrer und Stitchers Bogensehne hallte durch die Luft.

Auf einmal schoss ein Creeper aus einem Seitengang und hielt direkt auf Herder und Herobrine zu. Der Junge schrie auf, als das gefleckte grüne Monster loszischte. Bevor es jedoch detonieren konnte, war Gameknight mit seinen beiden Schwertern zur Stelle. Er sorgte dafür, dass der Explosionsvorgang abgebrochen wurde, weil der Creeper vor der Attacke zurückweichen musste. Gameknight attackierte das Monster wieder und wieder, bis es mit einem Ploppen verschwand und nur einen kleinen Haufen Schwarzpulver zurückließ.

„Ist alles in Ordnung?“, erkundigte sich Gameknight bei Herder.

Der junge NPC nickte.

„Denkt daran, dass kein Creeper explodieren darf, da sonst die Silberfischchen freigelassen werden", erläuterte Gameknight. „Ihr müsst sie schnell und entschlossen ausschalten."

„Verstanden", erwiderte Herder. „Ich war nur ein bisschen … überrascht."

„Es ist keine Schande, Angst zu haben", meinte Gameknight, „aber man darf sich davon nicht beherrschen lassen. Nimm deine Furcht zur Kenntnis und such einen Weg, damit zu leben."

Er zerzauste dem Jungen das lange dunkle Haar und lächelte ihn aufmunternd an.

„Danke", murmelte Herder.

„Kommt ihr Idioten jetzt endlich?", rief Hunter, die im Lichtkreis einer Fackel wartete.

Gameknight rannte los, und Herder folgte ihm auf dem Fuß.

Während sie durch die Gänge hasteten, erschütterte plötzlich ein lautes wütendes Knurren das uralte Gemäuer.

Grasbrin grinste.

„Anscheineeend habeeen sie die falscheee Spuuur gefundeeen", meinte der Licht-Crafter.

Baumbrin tätschelte seinem Freund die Schulter und grinste.

„Wir müssen uns beeilen", raunte Crafter ihnen zu. „Sie wissen jetzt, wo wir sind."

„Kommt", forderte Digger sie auf. „Schnell!"

Digger schnappte sich seinen jungen Freund Crafter, hob ihn hoch und lief los. Die anderen folgten ihm. Sie kamen an dunklen Türrahmen vorbei, die in die verwirrenden Tiefen der Festung führten. Hin und wieder begegneten sie einer Spinne oder einem Zombie, aber Gameknight und Hunter machten den Monstern schnell den Garaus.

Das Knurren hinter ihnen wurde lauter, da die Verfolger langsam aufholten.

„Schneller!", rief Gameknight.

Sie gingen vom Rennen zum Sprinten über und folgten dem Licht der Fackeln zum Brunnenraum, wurden jedoch langsam müde.

„Können wir uns bitte kurz ausruhen? Ich brauche eine kleine Pause", bat Monkeypants.

„Ja, bitte", stimmte Digger ihm zu.

„Gut, aber nur eine Minute", erwiderte Gameknight.

„Ich sehe mal nach, was uns da vorn erwartet." Stitcher verschwand in der Dunkelheit.

„Es ist keine gute Idee, allein loszulaufen", meinte Monkeypants.

Der Affe im Supermankostüm zog sein Eisenschwert und folgte dem jungen NPC um die Ecke. Sie waren noch keine Minute weg, als Stitchers Stimme auf einmal zu ihnen herüberhallte.

„Oh nein … Wir sitzen in der Falle."

„Was?", fragte Gameknight.

Er zog sein Diamantschwert und lief ebenfalls um die Ecke, dicht gefolgt von seinen Gefährten. Als er um die Biegung kam, blieb er vor Schreck wie angewurzelt stehen.

Der Gang vor ihnen war … verschwunden. Es sah aus, als hätte ein Riese diesen Abschnitt der Festung einfach rausgehoben und nichts als ein tiefes Loch hinterlassen. Die Lücke war ungefähr zwanzig Blöcke tief und hatte steile, glatte Wände. Auf der anderen Seite führte der Weg leicht nach oben und schien erklimmbar zu sein. Doch auf dieser Seite verlief das Loch beinahe vertikal. Wer lossprang, war so gut wie tot.

Um sich herum sah Gameknight lauter kleine Schwarzpulverhaufen. Offenbar waren hier sehr viele Creeper explodiert. Er ging an den Rand des Loches und sah hinein. Dort unten huschten kleine Wesen herum, die ihre gegliederten Schwänze über den Boden schleiften … Das waren Silberfischchen, und zwar Hunderte.

Der Benutzer-der-kein-Benutzer-ist trat einen Schritt zurück und drehte sich zu seinen Freunden um. Er wusste, dass man ihm seine Angst und seine Unsicherheit ansehen konnte.

„Können wir da runterklettern?“, wollte Digger wissen.

Gameknight schüttelte den Kopf.

„Der Boden ist mit Silberfischchen bedeckt … Wir hätten keine Chance“, antwortete er.

„Was sind Silberfischchen?“, fragte Monkeypants.

„Winzige Monster, die sich wie ein Schwarm auf jeden stürzen, der dumm genug ist, in ihre Nähe zu kommen“, klärte Hunter ihn auf. „Man kann nicht gegen sie kämpfen … erst recht nicht gegen so viele, wie sich da unten aufhalten.“

Sie seufzte.

„Wir sitzen in der Falle“, gestand sie sich resigniert ein.

Hunter ging zur Wand, platzierte einen Block auf dem Boden, holte ihre Pfeile aus dem Inventar und legte sie so auf den Boden, dass sie schnell herankommen konnte.

„Was machst du da?“, erkundigte sich Monkeypants.

„Ich bereite mich vor“, erwiderte sie. „Wir werden vermutlich gleich etwas nachspielen, von dem mir Gameknight mal erzählt hat.“

„Was denn?“, fragte Monkeypants.

„Ich glaube, er nannte es Custers letztes Gefecht.“

Stitcher ging zu ihrer Schwester und platzierte ebenfalls einen Erdblock am Boden, hinter dem sie beim Schießen in Deckung gehen konnte. Digger setzte Crafter ab, ging zurück in den Gang und hob Löcher aus, um den Vormarsch der Zombies zu verlangsamen.

„Ihr benehmt euch alle so, als wäre das das Ende … aber das stimmt nicht!“, rief Monkeypants.

Sie ignorierten ihn.

Monkeypants sah seinen Sohn an, und Gameknight erwiderte den Blick mit betrübter, niedergeschlagener Miene.

„Wir müssen uns auf den Kampf vorbereiten, Dad“, sagte Gameknight.

„Ihr beide solltet in die physische Welt zurückkehren“, schlug Crafter mit leiser Stimme vor. „Es wäre doch sinnlos, hier zu sterben, wenn es nicht sein muss.“

„Nein!“, protestierte Gameknight. „Ich lasse dich nicht im Stich!“

„Du hast keine andere Wahl“, beharrte sein Freund. „Du kannst jederzeit nach Minecraft zurückkehren, wenn das alles hier vorbei ist, und den Dorfbewohnern nach Herobrines Flucht helfen.“

„Blaue Farbe“, sagte Monkeypants und spähte in den Abgrund.

„Was?“, fragte Gameknight.

„Was wir hier wirklich brauchen, ist blaue Farbe aus diesem anderen Spiel, das du immer spielst … Portal 2 … Ja, genau“, meinte Monkeypants.

„Was hast du gesagt?“, fragte Gameknight aufgeregt.

„Ich sprach von Portal 2“, erwiderte sein Vater. „Du weißt schon, das Spiel mit den Portalwaffen, Glados und …“

„Blaue Farbe … Ja, natürlich! Du bist ein Genie!“, rief Gameknight und steckte die Schwerter weg.

Das Stöhnen und Knurren der näher kommenden Zombies wurde immer lauter, und ihr trauriges Heulen hallte von den Wänden wider.

„Ha, ha.“ Gameknight trat lachend an den Abgrund und sah hinunter.

Er entfernte sich etwa acht Schritte vom Rand und drehte sich wieder um. Danach ging er in die Knie und machte sich bereit zu sprinten.

„Was hast du vor, Gameknight?“, wollte Hunter wissen.

„Etwas unglaublich Gefährliches und Dummes“, antwortete er grinsend.

„Das gefällt mir!“, rief sie strahlend.

Gameknight zwinkerte ihr zu, sprintete auf das Loch zu und sprang in die Luft, während das Quieken und Quäken der Silberfischchen in seinen Ohren dröhnte.

BAND 1 DER DAS-GEHEIMNIS-UM-HEROBRINE-REIHE

Nach der Schlacht um die Quelle schwor sich Gameknight999, nie wieder die Welt von Minecraft zu betreten – bis seine kleine Schwester, Monet113,

versehentlich ins Spiel gezogen wird und seine Hilfe braucht.

Gemeinsam mit alten und neuen Freunden macht sich Gameknight auf den Weg in die Zombiestadt, um seine Schwester vor dem furchtbaren Zombiekönig Xa-Tul zu retten. Dieser wurde von einer Kreatur mit weißglühenden Augen gecraftet, die alles Lebende und insbesondere Gameknight hasst. Um gegen ihn zu bestehen, muss sich Gameknight ein paar neue Tricks einfallen lassen, denn Gefahren lauern hinter jeder Ecke ...

ISBN 978-3-7415-2258-1

BAND 2 DER DAS-GEHEIMNIS-UM-HEROBRINE-REIHE

Gameknights wahrer Feind hat sich endlich zu erkennen gegeben: Herobrine. Doch wie besiegt man jemanden, der unbesiegbar scheint? Gameknight er-

fährt von einem uralten, tief im Dschungel verborgenen Orakel, das möglicherweise die Antwort auf seine Frage kennt. Doch der Weg dorthin ist gepflastert mit Gefahren, denn Zombies, Spinnen und Creeper lauern hinter jedem Baumstamm und hinter jedem Busch. Werden Gameknight und seine Freunde das Orakel noch rechtzeitig erreichen?

ISBN 978-3-7415-2259-8

BAND 1 DER HEROBRINE-REBORN-REIHE

Gameknight999 ist in die wirkliche Welt zurückgekehrt, nachdem er Herobrine in einer furiosen Schlacht besiegt und die Minecraft-Welt gerettet hat.

Alle dachten, die Zeit der Kämpfe wäre vorüber ... doch das war ein Trugschluss. Herobrine schafft es, aus seinem Gefängnis zu entkommen, und attackiert Crafter, Gameknights besten Freund. Crafters Leben hängt am seidenen Faden und Gameknight kehrt wieder zurück ins Spiel – mit dabei sein Vater, ein absoluter Minecraft-Noob. Zusammen mit seinen früheren Gefährten treffen sie auf altbekannte Widersacher und die Schlacht gegen Herobrine beginnt von Neuem ...

ISBN 978-3-7415-2341-0

Ab Juli 2018 überall im Buchhandel und unter ullmannmedien.com erhältlich.